가장 중요한 것

Самое главное

Николай Николаевиу Евреинов

대산세계문학총서 111

가장 중요한 것

Самое главное

니콜라이 예브레이노프 지음 ─ 안지영 옮김

문학과지성사

2012

대산세계문학총서 111_희곡

가장 중요한 것

지은이 니콜라이 예브레이노프
옮긴이 안지영
펴낸이 홍정선
펴낸곳 ㈜문학과지성사
등록 1993년 12월 16일 등록 제10-918호
주소 121-840 서울 마포구 서교동 395-2
전화 02)338-7224
팩스 02)323-4180(편집) 02)338-7221(영업)
전자우편 moonji@moonji.com
홈페이지 www.moonji.com

제1판 제1쇄 2012년 7월 31일

ISBN 978-89-320-2324-3
ISBN 978-89-320-1246-9 (세트)

이 책은 대산문화재단의 외국문학 번역지원사업을 통해 발간되었습니다.
대산문화재단은 大山 愼鏞虎 선생의 뜻에 따라 교보생명의 출연으로 창립되어
우리 문학의 창달과 세계화를 위해 다양한 공익문화사업을 펼치고 있습니다.

차례

일러두기

1. 「즐거운 죽음」은 예브레이노프 드라마 선집 제2권(Евреинов Н. Драматические сочинения Т.2 Пг., 1914)을, 「제 4의 벽」은 예브레이노프 드라마선집 제3권(Евреинов Н. Драматические сочинения Т.3 Пг., 1923)을, 「가장 중요한 것」은 페트로그라드에서 출간한 단행본(Евреинов Н. Самое главное. Пг., 1921)을 저본으로 했다.
2. 본문의 각주 중 '예브레이노프의 주' 라고 표기한 것 이외의 주석은 모두 옮긴이의 것이다.
3. 맞춤법과 외래어 표기는 1989년 3월 1일부터 시행된 「한글 맞춤법 규정」과 『문교부 편수자료』『표준국어대사전』(국립국어연구원)을 따랐다.

즐거운 죽음
Весёлая смерть

짧지만 흥미진진한 프롤로그와
작가 예브레이노프가 쓴 마무리 인사를 덧붙인 1막 광대극

등장인물 아를레킨*

콜롬비나**

피에로***

의사

죽음

---

* 16~18세기 유럽 전역에 번성했던 이탈리아의 극 형식인 코메디아 델라르테Commedia dell'arte의 주요 등장인물. 이탈리아어로는 아를레키노Arlechino라 불린다. 베르가모 출신의 하인 역으로 유럽에서 특히 큰 인기를 누렸다.

** 코메디아 델라르테의 주요 등장인물. 이탈리아어로는 콜롬빈Colombine이라 불린다. 하녀.

*** 코메디아 델라르테의 주요 등장인물. 페드로리노Pedrolino, 피에로Pierro 등 다양한 이름으로 불렸다. 아를레키노와 함께 주인을 위해 계략을 꾸미는 하인.

무대의 오른쪽과 왼쪽으로 문이 나 있다. 가운데 자리한 벽 옆에는 침대가 놓여 있고, 침대 위에 걸린 커다란 시계는 8시를 가리키고 있다. 시계 아래쪽 오른쪽에는 거대한 실내용 온도계가, 왼쪽에는 비파가 걸려 있다. 무대 전면의 오른쪽에는 등잔을 올려둔 작은 탁자가 세워져 있고, 그 곁에는 두 개의 간이의자가 놓여 있다. 무대 전면의 왼쪽에는 술병, 술잔, 빵과 과일을 넣어둔 유리장이 자리하고 있다. 이제 침대 옆에 놓인 세번째 간이의자만 언급하면, 방의 세긴 살림 묘사는 대략 끝이 난다. 막이 오르면 아를레킨이 얼굴을 위로 향한 채 부동자세로 반듯이 누워 자고 있다. 흰머리가 난 것을 제외하면, 평범한 아를레킨의 모습이다. 파리들이 앵앵거리는 소리가 들린다. 피에로는 전형적인 피에로 복장의 긴 소매로 아를레킨의 얼굴 주위를 맴도는 파리를 쫓다가, 늘 그렇듯 엉뚱한 실수로 잠든 아를레킨의 코를 건드리고 만다. 잠시 후 객석 쪽으로 다가가 이미 모든 것을 단념했다는 듯 손을 내젓는다.

피에로   쉿…… 쉬잇! 조용히 자기 자리에 앉으시고, 잡담도 좀 줄여주세요. 그리고 의자에 앉아서 들썩거리지 좀 마세요. 순진한 친구에게 이끌려 이곳에 오시기는 했지만, 진지하신 양반들이라 이런 광대극 따위에는 전혀 관심이 없다는 것 잘 안다고요. 하지만 여러분의 개인적인 취향에는 눈곱만큼도 관심이 없는 다른 관객들께 어떻게 해서든 그런 사실을 암시하려 하실 필요는 없다고요. 게다가 아를레킨이 자고 있잖아요…… 보세요! 쉿…… 제가 나중에 다 설명을 해드리죠. 그러니 제발 그동안은 이 사람을 깨우지 마세요! 그리고 콜롬비나가 나타나도 말이죠, 옆 사람한테 여러분이 그 여자를 알고 있고, 전에 연애질도 좀 한 적이 있고, 뛰어난 재능을 알아볼 줄 안다는 걸 보여

주고 싶어서 미친 사람처럼 박수를 쳐대시면 안 돼요. 정말 부
탁입니다! 지금 이게 장난이 아니라고요. 아를레킨이 심각하게
아파요! 지금 아를레킨이 콜롬비나를 부르며 잠꼬대를 하고 있
어요! 두 사람 사이에는 당연히! 결단코! 아무 일도 없는데 말
이죠! 콜롬비나는 내 마누라니, 그거면 말 다한 거 아니겠습니
까. 제 생각엔 말이죠, 아를레킨이 내일까지도 못 살 것 같아
요. 점쟁이 여편네가 말하길 아를레킨이 술 마시고 노는 것보다
잠을 더 많이 자게 되면, 바로 그날, 정확히 자정에 죽을 거라
고 했거든요. 보세요, 지금 저녁 8시잖아요. 그런데 아직도 자
고 있단 말입니다. 실은 더 심한 이야기도 해드릴 수 있어요.
사실 저는 아를레킨이 곧 죽을지도 모른다는 걸 알고 있거든요.
하지만 제대로 된 배우가 어떻게 공연이 시작하기도 전에 관객
에게 극의 결말을 이야기해버리겠어요! 저는 극장 측을 곤란하
게 하는 그런 배우는 아니거든요. 게다가 관객들이 극장에 오는
건 희곡에 담긴 무슨 의미나 대화의 기술 때문이 아니라, 그저
희곡이 어떻게 끝나는지 보러 오는 거란 걸 너무너무 잘 알고
있거든요. 그래도 저는 한숨을 멈출 수가 없고, 또 이 긴 소매
에 얼굴을 묻고 울며 (운다), 이렇게 말하지 않을 수 없어요.
"불쌍한 아를레킨! 불쌍한 아를레킨! 이런 날이 올 거라고 누
가 생각이나 했겠냐고……" 저는요, 이 녀석을 정말 사랑했어
요! 물론 녀석이 제 최고의 친구라고 해서 녀석을 조금도 질투
하지 않았다는 건 아닙니다. 피에로는 실패한 아를레킨이라는
걸 모를 사람이 누가 있겠습니까. 하지만 전 제 의상처럼 그렇
게 순진하지만은 않아요. 정말입니다. 그리고 벌써 의사에게도

다녀왔어요. 물론 소용없는 일인 걸 알아요. 아를레킨은 의사 없이도 멋지게 죽을 수 있을 테니까요. 하지만…… 선량한 사람들이 그렇게들 하니 저라고 뒤처질 수는 없죠. 제가 다른 사람들처럼 행동하지 않는다면, 저도 용감하고 명랑한 아를레킨이 되었게요. 아를레킨에게 법 따위는 필요가 없으니까요. 하지만 저는…… 전…… 그저 멍청하고 겁 많은 피에로일 뿐이라고요. 이제 공연이 진행되면 제 성격에 대해서 더 잘 아실 수 있을 겁니다. 여러분이 지금 제 수다에 질려 도망가버리시지 않고 끝까지 남아주신다면 말이죠. 이제 남이 조금도 도와주지 않았는데 제 머릿속에 떠오른 한 가지 계획에 관해 말씀드리고, 제 수다를 접겠습니다. 만일 아를레킨이 이 시계로 정확히 12시에 죽게 되어 있다면 말이죠, 이 시계를 두 시간이라도 앞으로 돌려놓는 것이 친구로서 제가 해야 할 일 아닐까요? 전 말이죠, 항상 속이는 걸 좋아했어요. 게다가 죽음과 아를레킨을 한꺼번에 속이고, 그것도 죽음을 골탕 먹이고, 아를레킨을 도울 수 있다면, 이거야말로 천재적인 계획이 아니겠어요? 자, 이제 일을 벌여볼까요? 공연이 시작됩니다! (간이의자 위로 기어올라 침대에 아슬아슬하게 발을 딛고 시곗바늘을 정확히 두 시간 앞으로 돌려놓는다.) 불쌍한, 불쌍한 아를레…… (말을 채 끝내지도 못하고 어마어마한 소리를 내며 바닥으로 떨어진다.) 불쌍한 피에로! (무릎을 꿇고 울상이 된 얼굴로 등을 문지른다.)

아를레킨이 잠에서 깨어나 미소를 지으며 피에로의 턱을 자기 쪽으로 잡아당겨 부드럽게 입 맞춘다.*

피에로   (순진한 얼굴로) 내가 깨웠어?

아를레킨   왜 진작 안 깨웠어?

피에로   왜?

아를레킨   내 시간은 정해져 있잖아.

피에로   그런 말 하지 마!

아를레킨   난 남은 시간을 제대로 살고 싶다고!

피에로   제대로 살 거야.

아를레킨   너 때문에 그 시간을 그냥 자버릴 뻔했다고.

피에로   난 그저……

아를레킨   몇 시지?

피에로   6시.

아를레킨   겨우?

피에로   그래. 몸은 좀 어때?

아를레킨   죽어가는 것 같지 뭐.

피에로   왜 그렇게 소심해? 웃겨. (운다.)

아를레킨   울지 마! 난 아직 살아 있잖아. 그런데 너 무슨 짓을 한 거야?
           혹시 내 시계가 거짓말을 하고 있는 건 아니고?

피에로   의사를 부르러 갔었어. 좀 조용히 누워 있으라고! 열 좀 재야겠
           다. (벽에서 온도계를 내린다.)

아를레킨   의사를 부르러 갔었다고? (낄낄댄다.) 그래, 뭐, 그자가 날 좀
           재미있게 해줄 수도 있겠지……

---

* 이 작품의 원문 출판본에는 지문 표기 원칙이 지켜지지 않은 경우가 많다. 지문 표기 오류
  의 경우는 별도의 설명 없이 옮긴이가 현대 희곡 지문 표기의 원칙에 따라 수정하여 옮겼다.

피에로   팔 좀 치워! 이렇게 말이야. (온도계를 끼운다.) 누가 오는 것
               같은데. (왼쪽으로 뛰어나갔다 바로 되돌아온다.)

온도계가 불탄다.

               어떻게 된 거야?
아를레킨   온도계가 정확한 체온을 가리키는 거지.

피에로는 잽싸게 온도계를 꺼내 불을 끄고는 제자리에 걸어둔다.

               (벌떡 일어나 손가락으로 딱딱 소리를 내며 빙빙 돈다.) 오호! 아
               를레킨이 아직은 살 만한데!
피에로   (불만스러운 목소리로.) 괜히 온도계만 망가뜨렸군!
아를레킨   (비파가 있는 쪽으로 다가가며) 뭐, 아주 오래 살진 못하겠지
               만…… (비파를 집어 든다.) 봐, 줄이 거의 다 끊어졌고, 남은
               것들도 다 닳아버렸어! 하지만 그렇다고 세레나데의 시작을 연
               주하지 못하겠어? (비파를 연주한다.)*

왼쪽에서 발걸음 소리가 들려온다.

피에로   들리지? 의사 선생이야! 연주는 집어치우고 얼른 누우라고. 의

---

* 이 공연의 음악은 의도적으로 조야하게 구성해야 한다. 아이들을 위한 음악처럼 정겨운 음
악을 들으며 노인들이 러시아 장터에서 상연되던 초라한 광대극의 매혹을 떠올릴 수 있어
야 한다. (예브레이노프의 주)

사 선생이야. 난 발걸음 소리만 들어도 사람을 알아볼 수 있어. 도움이 필요한 이웃을 찾아 서둘러 오는 사람만이 저런 발소리를 낼 수 있는 거야.

아를레킨 (연주를 멈추고 비파를 벽에 걸며) 돈을 찾아오는 거겠지.

문 두드리는 소리. 아를레킨은 자리에 눕는다.

피에로 들어오세요!

의사 (거대한 안경을 쓴 대머리로 큰 코는 새빨갛다. 옆구리에는 '관장 펌프'를 끼고 있다. 왼쪽에서 방으로 들어와 잠시 멈추어 서더니 객석을 향해 노래한다.)

"어디서든 불러만 주시면
당장 달려가지요, 당장 달려가지요.
환자들을 도와 눈 깜짝할 사이에 치료하지요.
환자들을 치료하지요, 환자들을 치료하지요.
부자에게든, 프롤레타리아에게든
단숨에 날아가죠, 단숨에 날아가죠.
하지만 여러분께 숨기지는 않겠어요.
치료는 하지만, 고치지는 못하죠.

가난한 사람에게도 무정하지 않죠.
하느님, 피하게 하소서, 하느님, 피하게 하소서!
가난뱅이에게서 받을 게 뭐가 있나?

땡전 한 푼이라도, 마지막 땡전 한 푼이라도 받아내야죠.
부자에게든, 프롤레타리아에게든
기타 등등, 기타 등등."

아를레킨 씨, 안녕하십니까! 어디가 불편하시죠?

아를레킨	그거야말로 댁이 판단하실 일이 아닌가요?
의사	지당하신 말씀입니다. (피에로의 귀에 대고) 절대 환자의 말에 반박해서는 안 됩니다. (아를레킨에게) 체온은 재보셨나요? (침대 옆에 놓인 간이의자에 앉는다.)

피에로는 그의 왼쪽에 선다.

피에로	(손을 내저으며) 아이고, 말도 마세요.
의사	(아를레킨에게) 뭔가 느껴지는 증상이 있나요?
아를레킨	발작.
의사	기침은요?
아를레킨	웃겨요.
의사	뭐가 웃기죠?
아를레킨	댁이 웃겨요. (숨이 넘어갈 듯 킬킬댄다.)
의사	(피에로에게) 의술을 믿으시지 않나 보죠?
피에로	아뇨, 당신만 못 믿는 것 같은데요.
의사	정말 이상한 환자군요. (아를레킨에게) 맥 좀 재봅시다. (오른손으로는 시계를 꺼내고, 왼손으로는 아를레킨이 내민 다리를 잡는다.) 아이고머니나! 셀 수가 없군! (다리를 내려놓는다.) 혀 좀

보여주세요.

아를레킨   누구한테요?

의사   저한테요.

아를레킨   아, 당신에게요? 기꺼이 그러죠! (우스꽝스러운 얼굴을 하며 혀
를 내민다.)

의사   고맙습니다.

아를레킨   별말씀을! (다시 혀를 날름거린다.)

의사   됐어요, 됐습니다!

아를레킨   아니에요, 사양하실 것 없습니다! (다시 혀를 내민다.)

의사   이미 진찰했습니다.

아를레킨   뭐, 원하시는 대로! (혀를 감춘다.)

의사   이제 당신 소리를 좀 들어봐야겠는데요.

아를레킨   무슨 이야기를 할까요?

의사   아뇨, 제 이야기는요, 선생 소리를 좀 들어봐야겠단 말입니다.

아를레킨   그러니까 제가 묻잖습니까. 무슨 문제에 관해서 말입니까?

의사   이해를 못하시네요.

아를레킨   이해를 못한다고요? 아니죠, 아니에요, 그럴 리가요! 나 같은
사람은 말이죠, 당신 같은 사람을 훤히 들여다본다고요. 내 목
을 걸고 맹세하는데, 당신 같은 사람이야말로 결코 나 같은 사
람을 이해할 수 없죠.

의사   (피에로에게) 횡성수설하기 시작했어요. (아를레킨에게) 그렇다
고 칩시다! 어찌 되었든 당신 가슴에 제가 머리를 좀 대봐도 될
까요? 꼭 필요한 일인데……

아를레킨   당신 마누라가 질투하지 않을까요?

의사	(이쪽저쪽을 청진해본다. 피에로에게) 열이 정말 높아요. 내 귀랑 볼이 타지 않은 게 다행일 지경이에요. (아를레킨에게) 그래요, 그래. 정말 많이 편찮으시군요. 하지만 곧 회복되시기를 바라봅시다. (피에로에게) 전혀 가망이 없어요. 기계가 망가졌다니까요. (다시 청진하며 아를레킨에게) 한참 더 사실 겁니다. (피에로에게) 이제 곧 죽을 거예요. (아를레킨에게) 저를 부르신 건 참 잘하신 겁니다. (피에로에게) 저를 부를 게 아니라 장의사를 부르는 것이 나을 뻔했네요. (아를레킨에게) 원래 몸이 튼튼하시군요. (피에로에게) 그 몸도 견디지 못할 겁니다. (아를레킨에게) 치료만 받으시면 됩니다. (피에로에게) 아무것도 소용이 없을 겁니다.
아를레킨	어떤 처방을 내리시겠습니까?
의사	일찍 주무셔야 합니다. 흥분하셔서도 안 되고요. 무조건 금주하셔야 하고, 매운 것, 짠 것, 기름기 있는 것, 자극적인 것, 신 것, 우유나 버터로 만든 것, 너무 차거나 뜨거운 것을 드시거나 과식하셔도 안 됩니다. 가벼운 운동은 하셔도 좋고요, 결코 흥분하셔서는 안 됩니다. 항상 찬바람을 쐬지 않게 조심하시고요, 번잡한 일은 피하셔야 합니다.
아를레킨	그렇군요! 그런데 그렇게 살면, 도대체 살 필요가 있을까요?
의사	그건 선생이 결정하실 일이지요.
아를레킨	병명이 도대체 뭡니까?
의사	노환입니다.
아를레킨	하지만 내가 당신 아들뻘로 보이잖습니까.
의사	제 아들이 되기에는 너무 뻔뻔하십니다. 그만 가보겠습니다!

(인사를 하고는 피에로가 있는 쪽으로 다가가서 작은 소리로 말한
다.) 왕진 비용은 누가 내십니까?

피에로가 고갯짓으로 아를레킨을 가리킨다.

의사   (아를레킨과 다시 작별 인사를 나눈다.) 안녕히 계십시오.
아를레킨   안녕히 가십시오.

의사는 주저하듯 나가다 멈추어 선다.

        혹시 뭘 잊으셨습니까?
의사   그러는 선생께서는 뭐 잊으신 것 없습니까?
아를레킨   아뇨, 전혀요. 해주신 처방을 전부, 확실하게 기억하고 있습니
        다. 걱정 마세요.
의사   아뇨, 아뇨, 그걸 걱정하는 게 아닙니다.
아를레킨   그럼 뭘 걱정하시는 거죠?
의사   흠…… 우리끼리 하는 말이지만, 왕진료 내는 것을 잊으셨거
        든요.
아를레킨   그럴 리가요! 정말 이상하군요.
의사   불쾌하게 생각하지 마시기 바랍니다!
아를레킨   그럴 리가요.
의사   (다시 작별 인사를 한다.) 그럼, 안녕히 계십시오.
아를레킨   (진정을 담아 그의 손을 잡고 흔들어댄다.) 안녕히 가십시오, 의
        사 선생, 안녕히 가십시오.

의사	흠…… 다시 건망증에 빠지셨군요.
아를레킨	그래요, 그래. 정말 우연이네요! 지당하신 말씀입니다! 내가 선생 의견에 반대하면 그거야말로 정말 뻔뻔한 짓이지요.
의사	그래서 제가 상기시켜드린 겁니다.
아를레킨	진심으로 감사드립니다.
의사	천만의 말씀입니다.
아를레킨	아닙니다, 무슨 말씀이세요. 감사드립니다.
의사	그러니까…… 돈은?
아를레킨	당신이 저를 고쳐주셔서 제가 건강해지면, 그때 받으시게 될 겁니다.
의사	그렇군요. 하지만…… 미리 말씀드리자면 저는 불치병을 제외한 모든 병을 치료할 수 있습니다만, 당신 병은……
아를레킨	그럼 이렇게 하죠. 제가 좀 나아지고 당신이 주신 처방이 효과를 발휘하면 그때 드리겠습니다. 아니면 누가 알겠습니까! 당신이 새빨간 거짓말을 했을 수도 있는 거 아닙니까? 그럼 내가 왜 돈을 내야 합니까?
의사	정 그러시다면 이렇게 말씀드려야겠군요. 저 말입니다…… 선생의 건강 상태로 보건대 아마 내일까지도 사실 수 없을 겁니다.
아를레킨	(침대에서 벌떡 일어나며) 뭐라고요? 그렇다면, 젠장, 도대체 내가 왜 당신에게 돈을 줘야 합니까?
의사	하지만 당신이 죽어버리면 누가 내게 돈을 주나요?
아를레킨	도대체 무엇에 대해 돈을 내라는 건지 여쭤봐도 되겠습니까?
의사	무엇에 대해서라뇨?
아를레킨	내가 정말 오늘 죽는다면, 나를 죽음에서 구해낼 수 없는 당신

의술이 무슨 가치가 있습니까? 또 내가 산다 해도 당신 의술은 아무런 가치가 없는 겁니다. 그 의술이란 게 고작 무식한 점쟁이들만큼도 아는 게 없다는 이야기니까요.

의사   저는 개똥철학을 듣자고 여기 온 게 아닙니다.

아를레킨   선생이 왜 오셨는지는 제가 알죠.

의사   이상한 암시는 하지 마세요.

아를레킨   (낄낄거리며 피에로에게) 이자가 이걸 암시라고 부르는데. (베개 아래서 돈을 꺼낸다.) 이게 당신이 여기 온 이유죠! (오른편 문 쪽으로 다가가 돈을 내민다.)

의사   (돈을 잡으려 손을 뻗는다.) 감사합니다!

아를레킨은 낄낄거리며 문 뒤로 사라졌다 순식간에 다른 문 쪽에서 나온다. 의사는 이번에는 그쪽으로 달려든다. 피에로가 우스워 데굴데굴 구르는 사이, 아를레킨은 벌써 반대편 문에서 나와 의사의 주변을 맴돈다. 조금 돌다가 왼쪽으로 사라지고, 이어 다시 오른편 문에 나타나기를 두 번 정도 반복한 뒤 의사 앞에 멈추어 서서 그에게 돈을 준다.

아를레킨   내 민첩함에 대해 뭐 하실 말씀 없으십니까?

심장박동을 연상시키는 쿵쿵 소리가 들린다.

의사   저 세상에서 신께서 선생께 좋은 것들을 주시기를 빕니다. 당신 같이 죽어가는 사람은 처음 봅니다. 그런데 당신에게서 나는 이 소리가 뭐죠?

아를레킨   이건 내 심장이 뛰는 소립니다.

증기선의 칙칙폭폭 소리가 들려온다.

의사   이건요?

아를레킨   이건 내가 헐떡대는 소리죠.

의사   그런데도 아직 서 계신단 말입니까?

아를레킨   그렇죠. 고대하던 죽음을 신나게 맞이하기 위해 필요한 즐거움
        만큼은 아직 충분히 가지고 있으니까요.

의사   아니, 어떻게 고대하던 죽음이란 말입니까?

아를레킨   아, 그거 말입니까? 죽음이 딱 제시간에 오는 거니까요. 지혜
        롭게 세상을 산 사람에게는 죽음도 항상 고대하는 존재죠.

의사   수수께끼 같은 말씀을 하시는군요.

아를레킨   당신 같은 사람은 말이죠, 죽음을…… (웃는다.)

의사   그걸 댁이 어떻게 아십니까?

아를레킨   당신이 어떻게 죽어갈지 한번 말해볼까요?

의사   궁금하군요.

아를레킨   (침대에 누워 온몸을 떨며 탄식한다.) 아! 오! 우! 아직 이렇게
        젊은데…… 난 아직 제대로 살아보지도 못했어…… 도대체 왜
        평생을 그렇게 절제하며 살았을까? 아직 온갖 욕망이 내 안에
        서 들끓는데…… 창 쪽으로 몸을 좀 돌려줘! 아직 이 세상을
        보고 싶다고…… 구해줘! 원하는 것의 반도 해보지 못했단 말
        이야! 항상 죽음에 대해 잊고 있었기 때문에 서둘러 살려 하지
        않았어. 구해줘, 구해주세요! 아직 즐겨본 적이 없단 말이야!

항상 내일을 위해 건강과 힘과 돈을 저축해왔어. 온갖 희망을 내일에 걸고, 점점 커져가는 눈덩이처럼 그걸 굴려왔다고! 정말 나의 내일은 불가능한 것이 되어버린 걸까? 가능한 것의 경계를 넘어 되돌아올 수 없는 곳으로 굴러떨어져버린 걸까? 내 통속적인 상식의 경사면을 따라 구르다 결국 떨어지고 만 거야! 아! 오! 우! (마지막으로 손을 뻗다가 한 번 경련을 일으킨 듯 떨더니 잠잠해진다.)

의사는 눈물을 흘린다.

(낄낄대며 일어나 박수를 친다.) 아닙니다! 아를레킨은 그렇게 죽지 않아요.

의사   (훌쩍이며) 내가 어떻게 해야 할까요?

아를레킨   (손을 내민다.) 자, 충고를 해드릴 테니 돈을 내셔야죠. 난 선불로 받습니다.

의사   얼마나요?

아를레킨   딱 당신이 받아 가신 만큼만 내시죠.

의사   (돈을 돌려준다.) 자, 여기 있어요.

아를레킨   (거만하게) 가서 자기 삶을 사십시오. 더 이상은 해드릴 말씀이 없어요.

의사   무슨 말씀인지.

아를레킨   이해를 못하신다면, 치료가 안 되는 분이네. 가서 자기 삶을 사시란 말입니다. 하지만 죽지 않을 사람처럼 사는 게 아니라, 내일이면 죽을 사람처럼 살란 말입니다.

의사	(못 믿겠다는 듯 고개를 끄덕인다.) 음…… 해보겠어요. (눈물을 닦는다.) 아를레킨 씨, 안녕히 계세요.
아를레킨	의사 선생님, 안녕히 가세요.

의사는 한 손가락을 이마에 올린 채 생각에 잠겨 그가 등장할 때 울려 퍼졌던 음악의 박자에 맞추어 비틀거리며 왼쪽으로 나간다.

아를레킨	(피에로에게) 피에로, 저 사람에 대해 뭐 할 말 없어?
피에로	나쁜 것 빼곤 할 말 없어. (낯빛이 어두워진다.)
아를레킨	저 늙은 원숭이가 내가 내 죽음도 예감하지 못하고 있다고 생각한 거지. 내가 아직도, 신나게 놀기보다 잠을 더 많이 잔 인간에게 곧 죽음이 닥칠 거란 사실을 의심하기라도 한 것처럼 말이지. 그나저나 몇 시지?

시계가 8시를 가리킨다.

	내 시계가 늦는 거 아니야? 내 시계는 항상 나와 발맞추어 갔는데, 지금은 어째……
피에로	넌 너무 의심이 많아.
아를레킨	다 너 같을 수는 없잖아.
피에로	그게 무슨 말이야?
아를레킨	곧 알게 될 거야. 저녁식사 준비하는 걸 좀 도와줘.
피에로	(찬장 쪽으로 잽싸게 달려가며) 얼마든지.
아를레킨	3인분 식기를 준비해줘.

피에로	3인분?
아를레킨	응.
피에로	세번째 식기는 누구를 위한 건데?
아를레킨	죽음.
피에로	그럼 죽음이 우리랑 한 식탁에 앉을 거라고?
아를레킨	자네가 죽음한테 겁을 주지만 않는다면……
피에로	그럼 잔을 두 개만 준비할게. 난 자네들이랑 저녁 안 먹을 거야.
아를레킨	내 참. 농담한 거야. 죽음은 저녁밥으로 나를 먹겠지. 죽음은 나 하나면 충분하다고. 그래도 3인분 식기를 준비해줘. (등잔에 불을 켠다.)
피에로	세번째 식기는 누구 건데?

왼쪽에서 콜롬비나의 노래가 들려온다.

"나는 달빛을 받으며
남편 몰래 연인의 집으로 숨어드네.
금단의 열매가
두 배는 더 달콤하지.
아, 심장이 뛰고
떨리고 잦아드네.
갑자기 남편이 보게 되면,
듣게 되면, 알게 되면."

| 피에로 | 이게 뭐야? 콜롬비나의 목소리…… 내 마누라의 목소리잖아! |

아를레킨	이젠 세번째 식기가 누구 건지 알겠지?
피에로	(비극적으로) 아! 아! 배신자! 아! 아! 교활한 놈! 네 놈의 우정이 이런 거야?
아를레킨	진정해. 아직 아무 일도 일어나지 않았잖아!
피에로	아이고, 남 생각해주시네!
아를레킨	내가 정말 자네 생각을 해주는 거라면?
피에로	이래놓고 너, 감히 나를 사랑한다고 말하는 거야?
아를레킨	난 너희 둘을 다 사랑해. 넌 내가 너만 사랑하길 바라서 질투하는 거야?
피에로	내가 누구를 질투하는지, 왜 질투하는지 잘 알잖아.
아를레킨	이성을 찾아. 네가 나도 사랑하고 콜롬비나도 사랑한다면, 우리 둘을 위해 기뻐해야 하는 거 아냐? 게다가 너도 우리 둘이 널 사랑한다는 걸 알잖아. 그럼 도대체 뭐가 문제지? 세번째 식기를 차리라고!
피에로	아니, 난 그렇게 단순한 인간이 아니야. 착한 사람들은 그렇게 살지 않아. 그러니 네 놈에게 복수를 하는 길밖에는 남은 것이 없다고!
아를레킨	어떻게 할 건데?
피에로	죽음으로.
아를레킨	하지만 자네가 아무 짓 안 해도 죽음은 곧 찾아올 거야. 내 시간은 이미 정해져 있다고. 나중에 온갖 사람들에게 자네가 날 죽인 거라고 말해도 누가 뭐라겠어?
피에로	그래도……
아를레킨	그러니까 도대체 이야기하고 말고 할 게 뭐가 있냐고. 세번째

26

식기를 차리라고.

피에로   (생각에 잠겨) 그래도 어떻게?

아를레킨   자, 자! 시간이 아깝다고.

피에로는 잠시 주저하더니 세번째 식기를 가지러 간다. 하지만 돌아오는 길에 걸려 넘어져 식기를 떨어뜨린다.

이런 둔탱이 같으니라고! 깨뜨리지 않고는 되는 일이 없지!

피에로   (감정을 담아) 네가 할 말은 아니지! 넌 내 행복을 깨뜨렸다고!

아를레킨   (세번째 식기를 놓으며) 제발 진부한 말은 빼고 가자고. 넌 벌써 오래전에 콜롬비나에 대한 열정이 식었고, 그저 그래야 하니까 질투를 하는 거라고. 하지만 쉿!

다시 콜롬비나의 노래가 들린다.

"콜롬비나가 마스크를 쓰고
화려한 옷을 입었네.
아를레킨을 만나야 해,
피에로를 만나는 것이 두려워.
아, 심장이 뛰고
떨리고 잦아드네.
갑자기 남편이 보게 되면,
듣게 되면, 알게 되면."

난 콜롬비나를 만나러 가겠어. 자넨 등잔을 좀 바로 놓으라고. (왼쪽으로 뛰어나간다.)

피에로는 생각에 잠겨 서 있다.

피에로　　허…… 등잔을 바로 놓으라고? (갑자기 자기 이마를 세게 친다.) 아, 시계를 바로 고쳐야겠어! (침대로 뛰어올라 시곗바늘을 쥔다.) 만일 아를레킨의 죽음이 내 손에 달려 있어야 한다면, 그렇게 되라지! 여러분, 여러분이 증인입니다! 난 결코 당하고 복수도 못하는 그런 인간이 아닙니다. 이제 시곗바늘을 두 시간 뒤로 돌려놓을 겁니다. (시곗바늘을 되돌려놓는다.) 아! 아를레킨, 아무도 자기 운명은 피할 수가 없는 거야! (침대에서 뛰어내린다.) 이제 나는 아주 평온해. 난 복수를 한 거야. (손바닥을 마주 비비며 서성인다. 왼쪽에서는 콜롬비나의 노래가 들린다.) 그 여편네가 날 어떤 눈으로 볼지 궁금하군. (다리를 벌리고 몸 몸통은 앞으로 숙인 채 양손을 허리에 얹고 문 가까이에 선다.) 배신녀 씨, 이리 들어와보시지!

아를레킨　　(왼쪽 문 뒤에서) 두려워하지 마, 콜롬비나! 무서워하지 말고 들어와. 내가 이미 피에로를 설득했어. 맹세하는데, 피에로도 동의했다고.

콜롬비나　　(눈을 빛내며 들어와 피에로에게 달려든다.) 동의했다고? 아, 그러서? 동의를 하셨다고! 이 형편없는 놈. 지 마누라를 그렇게 건사하는구나! 마누라가 바람을 피워도 너한텐 아무 상관이 없다 이거지! 아무 상관이 없어! 대답해! (피에로를 때린다.)

피에로	(당황하여) 하지만 콜롬비나, 들어봐……
콜롬비나	뭘? 네 놈 연설까지 들으라고? 형편없는 남편 중에서도 제일 형편없는 남편 놈의 말을 들으라고……
피에로	하지만 콜롬비나……
콜롬비나	멍청이……
피에로	한마디도 말할 기회를 안 주잖아……
콜롬비나	(피에로를 때리며) 변명의 여지가 없어! 복도 없는 년, 내가 이런 거지 같은 놈에게 시집을 왔다니! 저런 놈에게 가장 좋은 시절을 다 바쳤어! 그런데도 저놈은 아내로서의 내 명예를 지켜주지도 못하고! (그를 때린다.) 자! 자! 자! 이 거지 같은 놈아, 이거나 받아라!
피에로	하지만 이건 너무하잖아. 아를레킨, 내 대신 말 좀 해봐.
아를레킨	(물러나며) 남의 가정사에 끼어들 수는……
피에로	하지만 이봐……
아를레킨	난 다른 사람의 사생활에 간섭하지 말라고 배웠거든.
콜롬비나	(피에로에게) 그렇구나, 이게 날 사랑하는 거야! 이게 날 질투하는 거라고! 이 사기꾼 같은 놈, 네 맹세는 도대체 어디다 팔아먹었냐?
피에로	(정신을 차리고) 하지만 젠장, 이게 도대체 무슨 경우야! 뻔뻔한 여편네 같으니! 여기 바람피우러 온 건 자기면서 감히 그런 말을……
콜롬비나	됐어! 닥치라고! 난 당신 같은 사기꾼들의 수작을 잘 알아. 자기가 잘못하고도 유리한 위치를 차지하려고 오히려 죄 없는 사람들을 공격하지. 하지만 나한테는 어림없어, 이 한심한 놈아.

아를레킨	(두 사람 사이에 서며) 여러분, 귀중한 시간을 낭비하지 맙시다! 저녁 준비도 되어 있는데 식욕이 달아나게 할 필요가 있을까요?
피에로와 콜롬비나	하지만 이건 정말 심하잖아!
아를레킨	난 싸움이 길어지는 게 싫은데.
피에로와 콜롬비나	내 잘못은 아니야.
아를레킨	화해하시지. 부부싸움은 칼로 물 베기라고.
피에로와 콜롬비나	절대 그렇게는 못해.
아를레킨	도대체 왜 고집을 부리는데?
피에로와 콜롬비나	내 가장 소중한 감정이 모욕당한 거라고!
아를레킨	아, 거 참, 그만들 해.
피에로와 콜롬비나	싫어.
콜롬비나	먼저 저자가 벌을 받아야 해요.
아를레킨	어떻게?
콜롬비나	나한테 키스해요, 아를레킨! 사랑스럽고 멋진 아를레킨!
아를레킨	거절을 하면 당신이 화를 낼 테니…… (키스한다.) 난 항상 친절한 기사였지. (키스한다.) 게다가 내 마음은 부드럽고. (키스한다.) 그건 애들도 알지. (키스한다.) 그리고 이 집의 주인으로서, (키스한다.) 난 손님들에게 친절해야하고, (키스한다.) 특히 대상이, (키스한다.) 세상의 아름다운 반쪽이라면 더 그렇지. (키스한다.)
피에로	(관객들을 향해) 불쌍한 인간들! 저자들은 내가 이미 복수를 했고 그래서 아주 평온하다는 걸 몰라요.
콜롬비나	(아를레킨에게) 더 뜨겁게, 더 강하게, 더 세게, 더 아프

게 입 맞춰줘요. 숨도 쉬지 말고 물어뜯듯이, 그렇게요.

아를레킨은 콜롬비나가 원하는 대로 키스해준다.

피에로   (침착하게, 심지어 비웃으며. 여전히 관객들을 향해) 자기들이 내
아픈 곳을 건드리고 있다고 생각하는 겁니다.

콜롬비나   (아를레킨에게) 더, 더! (피에로에게) 아, 감정도 없는 괴물!

피에로   (콜롬비나에게) 하세요, 뭐든지 하세요! (관객들에게) 내 양심
은 깨끗하다고요. 나는 내 명예를 지켰고, 흥분할 필요가 하나
도 없다, 이 말입니다.

콜롬비나   (아를레킨에게) 내 눈에, 이마에, 뺨에, 턱에, 관자놀이에 키스
해줘요.

아를레킨은 두 번 청하지 않도록 제대로 키스해준다.

피에로   (관객을 향해) 여러분, 여러분이 내가 이미 복수를 한 것을 본
증인들입니다!

콜롬비나   내 머리카락 끝이 닿는 목 부분, 당신의 키스로 달콤한 전율이
흐르는 거기에 입 맞추어주세요.

아를레킨은 이번에도 친절하다.

피에로   난 상관없어. 하고 싶은 대로들 하라지. 나는 모욕당한 남편 역
할을 다 했고, 기분이 아주 좋다고.

콜롬비나	(피에로를 향해 발을 구르며) 저런, 저런 몹쓸 놈! 넌 이게 아무 상관없단 말이야?
피에로	(객석을 향해 행복하게 웃으며) 내 침착한 모습으로 저자들을 미치게 만들 겁니다.
콜롬비나	(아를레킨에게) 저 인간 속 좀 상하라고 우리 사랑의 춤을 춰요!
아를레킨	내가 어찌 그대 말에 반대를 하겠소, 하지만……
콜롬비나	'하지만'이라뇨?
아를레킨	만일 피에로가 세상 모든 것을 잊을 만큼 춤을 좋아하는 게 아니라면?
피에로	(콜롬비나와 아를레킨에게) 사양 말고들 하세요! (관객을 향해) 나는 미리 모든 것에 대해 복수했고, 이미 끝난 일을 가지고 흥분할 이유가 전혀 없다, 이거죠.
아를레킨	(피에로에게 비파를 건네며) 그럼 우리 춤에 반주 좀 해줄래?
콜롬비나	물론이죠! 그 시간에 빈둥거릴 수야 없지 않겠어요?
피에로	(비파를 받아들고 앉는다.) 원하신다면 기꺼이 해드리죠. (객석을 향해) 모욕당한 자신의 명예를 지킨 남편이 얼마나 냉담할 수 있는지 좀 보시죠.
콜롬비나	연주해요!
피에로	(관객들을 향해) 오, 신이시여! 이미 복수를 했고, 아무도 나를 비웃을 수 없을 때 마음이 이렇게도 가볍군요! (열심히 연주한다.)

아를레킨과 콜롬비나는 열정적으로 '사랑의 춤'을 춘다. 갑자기 아를레킨이 멈추

어 서더니 비틀거리다가 간신히 숨을 고르며 침대에 주저앉는다. 피에로는 연주를 멈춘다.

콜롬비나　왜 그래요? 무슨 일이에요?

아를레킨　(심장을 움켜쥐며) 아니야, 별일 아니야.

다시 대포가 터지는 소리, 증기선의 광폭한 울림과도 같은 거대한 심장박동 소리가 들린다.

콜롬비나　(겁에 질려) 자기 심장이 어찌나 크게 뛰는지 귀가 멀 지경이에요! 숨 쉬는 소리는 또 왜 이렇고!

피에로　(기쁨에 겨워 관객들을 향해) 아를레킨이 스러지고 있어요! 약해지고 있다고요! 불쌍한 남편들이여, 나와 함께 기뻐하십시다! 아내가 위험에 처해 있는 여러분들, 기뻐하십시다!

콜롬비나　(아를레킨에게) 전에는 이런 일이 전혀 없었잖아요.

피에로　(관객들을 향해) 하지만…… 아니에요! 나와 함께 슬퍼해주세요. 어찌 되었든 결국 아를레킨은 내 친구이고, 그거면 된 거죠. 사실 바람둥이 계집 때문에 아를레킨과 싸울 수는 없지요! 그리고 콜롬비나가 나보다 그놈을 더 좋아한 건, 그놈 탓이 아니라 취향이 형편없는 콜롬비나 탓인 거죠. 물론 이건 질투 때문에 한 말이에요. (깊은 생각에 잠긴다.)

아를레킨　(일어서서 웃는다.) 많이 놀랐어? (콜롬비나에게 입 맞춘다.) 미안해! (12시를 가리키고 있는 시계를 본다.) 곧 진짜 이유를 알게 될 거야.

콜롬비나   무슨 일이에요?

아를레킨   앉아서 저녁을 먹자고. 춤을 추고 나니 배가 고파졌어. 기분이 아주 좋군.

모두가 식탁 앞에 앉아 먹고 마신다.

콜롬비나   나한테 뭐 숨기는 거 있죠?

아를레킨   마셔, 콜롬비나, 마시라고! 식탁 위에 좋은 포도주가 있을 때는 아무 걱정도 하면 안 되는 법이지.

두 사람은 포도주를 마시며 서로 입 맞추고 조용히 미소 짓는다.

피에로   (관객을 향해) 맙소사! 정말 극심한 양심의 가책을 느껴요. 도대체 내가 아를레킨에게 무슨 못된 짓을 저지른 거죠? 무엇 때문에! 도대체 무엇 때문에! 한 조각도 목구멍으로 넘어가지 않아요. 어떻게 아를레킨을 쳐다봐야 할지 모르겠어요! 기꺼이 아를레킨 앞에서 내 죄를 자백하고 싶지만, 아! 그럴 수는 없어요. 그럼 내 복수는 뭐가 되냔 말이에요! 복수를 안 할 수는 없단 말이죠! 난 배신당한 남편이고, 선량한 사람들이 그렇듯 복수를 해야 한단 말이죠. 아, 괴로워요, 울고 싶어요! (주먹을 들어 관객들을 위협한다.) 사악하고 혐오스런 사람들! 이런 멍청한 규칙을 생각해낸 게 바로 당신들이야! 당신들 때문에 내가 내 최고의 친구의 생명을 단축시켜야만 했던 거라고! (관객들에게 등을 보이며 돌아선다.)

아를레킨   (콜롬비나에게) 오늘 왜 늦었어?

콜롬비나   의사 선생 때문에요. 여기 근처에서 의사 선생을 만났거든요.

멀리서 '의사의 노래'가 들린다.

           절뚝거리며 춤을 추더라고요. 술에 취해서는 모든 아가씨들에
           게 수작을 걸면서요.

아를레킨   그래서?

콜롬비나   나한테 연애를 하자고 조르더라고요. 자기가 아직 힘이 넘치
           고, 30년 전에는 무지 미남이었다면서요. 나는 과거와 사랑에
           빠질 수 있는 역사학자가 아니라고 설명하느라 늦은 거예요.

아를레킨   (관객들을 향해) 불쌍한 의사 선생! 도대체 왜 좀더 일찍 나한
           테 충고를 구하러 오지 않았는지!

콜롬비나   정말 불쌍하긴 했어요.

아를레킨   (관객들을 향해) 소 잃고 외양간 고치는 셈이지요.

콜롬비나   울면서 이렇게 말하더라고요. "도대체 뭣 때문에 내 힘을 그렇
           게 아꼈는지!" 그래서 이렇게 말해줬죠. "당신 주름살을 보면
           요, 열정이 불타오르는 게 아니라 존경의 마음이 샘솟아요."

아를레킨   하지만 콜롬비나, 그거 알아? 그 의사 선생이 나보다 나이는 두
           배 더 많지만 실은 나보다 젊어.

콜롬비나   무슨 말이에요.

아를레킨   당신은 진짜 노년에 대해 생각해본 적이 없어서 그래. (피에로
           의 어깨를 툭 친다.) 도대체 왜 아무것도 안 먹고, 우리 대화에
           끼지도 않아?

콜롬비나	우리를 우울하게 만들려는 거죠. 하지만 저 쓸모없는 인간의 계획이 성공하면 안 되죠.
피에로	(울며) 불쌍한 여편네 같으니라고. 아를레킨이 죽어가는 걸 모르겠어?
콜롬비나	죽어간다고? 네 놈의 헛바닥에 종기나 돋아라. 아니면 우리 잔에 독이라도 탄 거야? 아니야, 아니지. (경멸적으로) 너 같은 인간이 그런 일을 할 수 있겠어?
피에로	(계속해서 울며) 불쌍한 아를레킨, 자네 시간은 이미 정해졌어.
콜롬비나	뭐라는 거예요? 도대체 이 작자가 무슨 헛소리를 지어낸 거죠?
아를레킨	(시계를 돌아보며) 그래, 콜롬비나, 그건 사실이야. 이제 자기도 그걸 알아야 할 때가 되었네. 난 곧 죽게 될 거란 걸 분명하게 느끼고 있어.
콜롬비나	(슬픔에 잠겨) 아를레킨! 사랑하는 사람! (운다.)
아를레킨	울지 마, 콜롬비나! 난 입술에 미소를 띤 채 여기를 떠날 거야. 난 말이야, 늦은 저녁 지쳐서 휴식이 필요할 때, 잠을 좀 자고 싶은 것처럼, 그렇게 죽고 싶어. 난 원 없이 내 노래를 불렀어! 원 없이 즐거움을 누렸고! 원 없이 웃었어! 내 힘과 건강, 그리고 돈도 즐겁게 써버렸지! 한 번도 인색했던 적이 없었고, 그래서 늘 즐겁고 속 편했어. 난 아를레킨이고, 아를레킨으로 죽을 거야. 울지 마, 콜롬비나! 내가 다른 사람들처럼 죽지 않고, 인생을 충분히 즐기고 운명과 지나온 삶에 만족하며 죽어가는 걸 기뻐해줘야지! 아니면 당신은 내가 탐욕스러운 눈빛을 하고, 입으로는 애걸복걸하며 살려달라고 매달리는 걸 보고 싶어? 아니, 아를레킨은 그런 존재가 아니야. 이생에서 내 할 일을 다

했으니 평안히 죽어야지! 정말이야! 내가 내 키스가 필요한 사람들에게 나의 키스를 퍼부어주지 않았나? 다른 사람들의 행복을 위해 내 영혼을 탕진해버리지 않았나? 한심한 남편의 마누라들을 내가 얼마나 많이 위로해줬는데! 자기가 지혜롭다고 생각하는 멍청이들을 얼마나 많이 우롱해줬는데! 열정적인 노래로, 가차 없는 몽둥이로, 얼마나 많은 사람들을 일깨워주었는데! 얼마나 많은 사람들에게 본을 보여줬는데! 난 내 삶을 다 살아냈고, 죽음이 가져갈 건 껍질 한 장뿐이야! "순간을 잡아라!" 이게 나의 좌우명이지! 난 순간을 잡는 데 게으름을 피운 적이 없어! 더는 잡을 순간이 없을 만큼 많이도 잡았지! 한 번의 키스, 한 모금의 포도주, 한 번의 신나는 웃음, 그러면 됐어!

콜롬비나　하지만 어떻게 두렵지 않을 수가 있죠?

아를레킨　태어나는 게 더 두려웠지. 이제는 되돌아가는 것뿐이야.

콜롬비나　존재하지 않게 되고, 아무것도 남지 않는데!

아를레킨　'아무것'도 남지 않으니 '무엇을' 두려워해야 하지?

콜롬비나　하지만 난 두려워요!

아를레킨　그건 당신이 아직 자기 잔을 다 마시지 않아서 그래. 그걸 다 마시지 못할까 봐 두려운 거라고.

콜롬비나　하지만 생각해봐요……

아를레킨　죽음이 우리 대신 생각해줄 거야.

콜롬비나　그럼 우린요?

아를레킨　우린 시간의 흐름에 관해서 기억하게 되겠지! 시간이 얼마나 빨리 흐르는지 말이야! 콜롬비나, 자기를 다 탕진해버려! 삶의 포도송이를 눌러 짜 포도주로 만들라고! 죽음이 왔을 땐 이미 포만감에 가득 차 있을 수 있도록 즐기는 걸 미루지 마! (손에 비파를 든다.) 이봐, 친구, 그럴 수만 있다면 자네도 자기 자신을 다 탕진해버려!

피에로는 응답으로 목 놓아 울고, 아를레킨은 킬킬댄다.

아니, 아니! 그렇게 탕진하라는 건 아니고. 내 말을 잘못 이해했어!

피에로   등잔이 깜빡거려……

아를레킨 (슬프게) 그런데 집에는 기름이 없군.

콜롬비나 하지만 아직 타오르고 있어요! 타오르고 있다고요!

아를레킨 (즐겁게) 타오르고 있어, 콜롬비나! 타오르고 있다고! (비파를 연주하며 노래한다.)

> "그대 내 노래를 들어요!
> 그리고 그 뜻 전부를 이해해요!
> 나는 평생 이 노래를 불렀나니
> 지금도 사랑의 노래를 부르리!
> 사랑의 노래를 부르리!
> 사랑의 노래를 부르리……"

노래가 끝나면서 비파의 줄이 끊어진다.

콜롬비나 (비통하게) 줄이 끊어졌어요!

아를레킨   (웃는다.) 내 노래는 이제 끝났어……

문 두드리는 소리

　　　누구지?

왼쪽 문을 두드리는 소리가 다시 들린다.

　　　피에로, 나가봐!

피에로가 등잔을 들고 나가 문을 열자, 죽음이 들어온다. 선명한 흰빛 해골의 모습을 한 그녀는 투명하고 희미한 빛깔로 된 콜롬비나의 의상을 입고 있다. 해골에도 콜롬비나의 의상에 그려진 것과 같은 삼각형이 그려져 있다. 그녀는 아를레킨을 향해 근엄하게 손을 뻗는다. 피에로가 덜덜 떠는 바람에 등잔의 불꽃이 절망적으로 깜박인다. 피에로처럼 콜롬비나도 힘없이 손을 늘어뜨리고 눈을 감은 채 간이의자에 꼼짝 않고 앉아 있다. 아를레킨은 일어나 죽음을 맞이하러 나간다. 그의 모습은 매우 우아하다.

　　　어서 오시지요, 부인. 딱 제시간에 오셨군요. 방금 당신 이야기를 하던 참이었거든요. 늦지 않게 오시다니 정말 친절하시네요. 하지만 왜 그렇게 비극적인 몸짓을 하시는 거죠? 둘러보세요, 부인! 당신은 지금 아를레킨의 집에 와 계세요! 당신의 몸짓을 포함해 비극적인 것은 무엇이라도 비웃을 수 있는 아를레킨의 집에 와 계시다고요!

죽음은 광대극의 여주인공 같은 몸짓으로 시계 쪽으로 다가가 시계를 향해 손을 뻗는다.

됐어요, 됐습니다, 부인! 내가 이미 원 없이 웃어버리지 않았더라면, 정말이지 부인 때문에 말 그대로 배꼽이 빠지게 웃었을 겁니다. 왜 그러시는 거죠? 시계를 멈추고 싶으신가요? 시간은 충분합니다. 내가 알기로 아직 내 때가 이르지 않았는데요. 아니면 내가 부인과 싸움이라도 할 거라고 생각하시나요? 아뇨, 아닙니다. 난 그런 어리석은 바보 부르주아가 아닙니다. 아름다운 부인의 뜻을 기꺼이 받아들여야죠. 전 아름다운 부인께 반항할 생각도 없고, 사실 싸울 힘도 없습니다. 내 모든 힘을 다 써버렸거든요. 하지만 전통적인 춤은 어떻게 된 건가요? 사람들이 지금처럼 제대로 죽는 법을 잊어버리기 전, 아름답던 그 옛날 당신의 춤은요? 그때는 사람들에게 죽음도 오락이었죠. 부탁합니다! 아, 제 부탁에 놀라셨어요? 그래요, 맞아요, 우리 시대에 아를레킨은 화석 같은 존재죠!

목금 실로폰과 목재 캐스터네츠의 매콤한 소리가 먹음직스럽게 뿌려진 맛깔스러운 바이올린 연주 소리가 들린다. 죽음은 춤을 춘다.

콜롬비나, 피에로! 눈을 떠, 얼른 눈을 떠! 얼마나 즐거운지 보라고! (박자에 맞추어 박수를 치다가 콜롬비나의 허리를 부드럽게 안아 자기 침대에 앉힌다.)

춤이 끝난다. 죽음은 아를레킨 앞에 멈추어 서서 그의 어깨에 손을 얹는다. 피에로는 온몸을 떨며 오른쪽 문 뒤로 가서 숨는다.

      (죽음에게) 아름다운 숙녀여, 잠시만! 잠시만요! 이 땅의 것들과 이 땅의 방식으로 작별하게 해주시죠! 콜롬비나, 한 번 더, 딱 한 번 더 키스해줘! 피에로, 이 겁쟁이, 어디로 간 거야? (일어선다.) 불을 밝혀주기 귀찮다면…… (등잔을 들어 죽음에게 건넨다.) 죽음이여, 불을 밝혀주오! 등잔에 아직 한 방울의 기름이 남았으니. (콜롬비나에게로 돌아온다.)

죽음은 포옹하고 있는 남녀를 가리고 선다. 키스와 열정적인 숨소리가 들린다. 어딘가 멀리, 저 멀리서 '아를레킨의 음악'이 울린다.

콜롬비나   (꿈꾸듯) 아를레킨, 내 사랑!

등잔의 불이 꺼진다. 마지막 키스와 함께 음악이 잦아든다. 암전 상태에서 몇 초간 정적이 흐른다. 이어 무대는 생기는 없지만 화려한 달빛으로 가득 찬다. 시계는 12시를 가리키고 있고, 아를레킨의 침상 곁에는 콜롬비나가 무릎을 꿇고 있다. 오른쪽에서 피에로가 들어온다.

피에로   (관객들을 향해) 자, 이제 이걸 어쩝니까. 정말 모르겠어요. 먼저 무엇을 위해서 울어야 할까요? 아를레킨을 잃은 걸 슬퍼해야 할지, 콜롬비나를 잃은 걸 슬퍼해야 할지, 나 자신의 비참한 운명을 슬퍼해야 할지, 아니면 이토록 경솔한 작가의 공연을 보신 친애하는 관객 여러분의 운명을 슬퍼해야 할지. 도대체 작가는 이 작품을 통해서 무슨 말을 하고 싶었던 걸까요. 이해를 못 하겠어요. 물론 제가 판단할 일은 아니죠. 어찌 되었거나 저는 그저 별 볼일 없는 역할을 연기한 멍청하고 겁 많은 피에로일 뿐이니까요. 그나저나 이 이상한 공연, 우리끼리 얘기지만, 관객 모독이라고밖에 볼 수 없는 이 공연의 작가가 저한테 끝에 무슨 말을 하라고 시켰는지 아시게 되면, 아마 더 놀라실 겁니다. 쉿! 들어보세요! "천재적인 작가였던 라블레가 죽을 때, 그의 침상 곁에 수도승들이 모여들어 온갖 방법으로 라블레에게 죄를 회개하라고 설득했습니다. 라블레는 그저 웃기만 하다가 마지막 순간이 찾아오자 오만한 목소리로 이렇게 말했습니다. '막을 내리시오, 광대극은 끝났소!' 그리고는 숨을 거두었습니다." 이 양심 없는 작가가 도대체 왜 등장인물 중 한 명의 입을 통해 다른 사람의 말을 하는 건지 정말이지 잘 모르겠지만, 제가 무슨 힘이 있겠습니까. 양심적인 배우인 저는 끝까지 착실한 배우로 남아, 작가의 뜻을 거스르지 않고 다음과 같이 오만하게 외치겠습니다. "막을 내리시오, 광대극은 끝났소!"

막이 내려온다.

(피에로는 내려진 막 앞에 남는다.) 여러분, 이 말씀을 드리는 걸 잊었습니다. 작가가 인생의 그 어떤 것도 진지하게 대할 필요가 없다고 설교하는 만큼, 작가 자신도 이 작품에 대한 여러

분의 박수갈채뿐 아니라, 야유도 진지하게 받아들이지 않을 겁니다. 제 생각에는 말이죠, 만일 이 작가의 말이 사실이라면, 이 자의 작품 역시 진지하게 대할 필요가 없다는 결론이 나옵니다. 게다가 아마 아를레킨은 벌써 숨을 거두었던 침상에서 일어나 여러분이 불러주기를 기다리며 단장을 하고 있을지도 모르죠. 어찌 되었거나 배우들은 작가의 이 자유분방한 짓거리에 대해 아무 책임이 없음을 밝히는 바입니다. (나간다.)

막

제4의 벽
Четвёртая стена

2막 소극*

등장인물　파우스트

마르가리타

메피스토펠레스

마르타

극장장이자 연출가

조연출

연출보조

소품 담당

프롬프터

수위

거리의 소년

거리의 청소부

군중

제1막

자연주의적인 디테일을 과도하게 살려 꾸민 파우스트 방의 한구석. 단 한 개의
디테일도 잊은 것이 없다! 게다가 모든 것이 진짜다! 무대 오른쪽에는 창이 나
있고, 그 앞에는 파우스트의 책상이 놓여 있다. 왼쪽에는 중세의 침대가 자리하
고 있다. 파우스트 역을 맡은 배우는 중세의 이불을 덮고 중세의 수면 모자를 쓴
채 그 침대 위에서 자고 있다. 침대 옆에는 중세의 세면용 대야가 놓여 있다. 침
대 아래에는 중세의 '그릇'*이 감추어져 있다. 막이 올라도 무대는 어둡다. 단원
들이 오케스트라석에 모여 앉아 느릿느릿 악기를 조율하고 있다.

연출보조　　(늙고 불평 많은 '극장의 쥐'.** 황급히 무대로 뛰어 들어와 시
　　　　　　　계를 보더니 조명실을 향해 소리친다.) 조명 주세요! 이런 젠
　　　　　　　장, 도대체 어디들 가 있는 거야? 벌써 11시인데 꿈쩍들도
　　　　　　　안 하는구먼. (파우스트에게) 이반 포타프이치! (파우스트를
　　　　　　　깨운다.) 이반 포타프이치! 11시예요! 조연출 선생이 오셨다
　　　　　　　고요! 지금 코트를 벗고 있어요! 오케스트라 단원들도 다 제
　　　　　　　자리에 있다고요! 프롬프터도 프롬프터석에 앉았고!
파우스트　　아~ 함! 뭐라고요? 몇 시라고요? (기지개를 켠다.)

창문을 통해 프로젝터로 쏜 '대낮의 빛'이 비친다. 이어 무대 전면에도 조명이 켜
진다.

---

* 요강을 뜻한다.
** 극장에서 잔뼈가 굵은 사람을 뜻하는 다소 비하적인 표현이다.

연출보조	벌써 11시 하고도 15분이나 지났어요! (조명 담당자에게) 프로젝터가 또 깜빡이잖아요! 도대체 몇 번을 지적해야 됩니까? 대낮에 빛이 그렇게 깜빡이는 거 봤어요? 대답 좀 해봐요!
수위	(파우스트에게 차와 흰 빵, 『페트로그라드 신문』을 가져다준다. 연출보조에게) 팔 팔르이치께서 부르시는데요.
연출보조	(파우스트에게) 이반 포타프이치! 저를 정말 난처하게 만드시네요! 꼭 난처하게 만드세요! 오케스트라도 다 모였다고요! (파우스트를 흔들어 깨운다.) 제발 좀 일어나세요! 다리를 잡고 끌어낼까요? 그렇게 할까요? 이런 젠장맞을! 정말 끔찍한 일이야! (오른쪽으로 뛰어나간다.)
수위	(파우스트에게) 차가 식습니다요!

오케스트라석에서는 북소리가 울려 퍼지고, 깔깔대는 소리도 들려온다.

파우스트	(몸을 한번 부르르 떨더니 침대 아래로 다리를 내린다.) 더러운 놈들! (중세의 가운을 걸치고, 중세의 실내화를 신고, 흰 빵을 한 조각 베어 물고 차를 거의 단숨에 마셔버린다.) 세수할 것 좀 가져와요!
수위	여기 있습니다. (신문을 침대 위에 놓고 물병을 든다.)
파우스트	정말이지 다시 시골로 가겠어…… 이건 일이 아니라 귀양살이야. 모욕이고 학대라고! (수위의 시중을 받으며 세수를 한다.) 젊지도 않은데…… 이렇게는 못하겠어…… 자연주의고

'사실'이고 나발이고 간에 그게 무슨 상관이야! 쥐새끼들 때문에 3시 전에는 잠들 수도 없어. (목을 헹구고 목청을 시험해본다.) 정말 괴상망측한 일이지…… 지방에서는 나를 업고들 다녔다고! (중세의 수건으로 얼굴을 닦는다!)

무대 뒤에서는 조연출이 손뼉 치는 소리, 고함치는 소리가 들린다. "합창단 여러분, 제자리로! 주목! 제자리로 가세요!" 이어 여러 목소리들이 웅성거리는 소리,* 발 구르는 소리가 들린다. 보면대 뒤에서 오케스트라 지휘자가 나타난다. 파우스트는 가짜 턱수염을 달고, 거울 앞에서 수면 모자를 바로잡고는 탐욕스럽게 신문을 훑어본다. 수위는 구정물이 든 양동이와 찻잔을 내간다.

조연출   (숱이 많은 머리에 깔끔하게 면도를 하고 안경을 쓰고 있어 꼼꼼한 젊은 학자처럼 보인다. 손에는 「파우스트」 악보와 수첩을 들고 있다. 왼쪽에서 걸어 들어오며) 시작합시다, 여러분, 시작해요! (파우스트의 손에 『페트로그라드 신문』이 들려 있는 것을 보고는) 이반 포타프이치! 도대체 이게 뭡니까! (그에게서 신문을 빼앗는다.) 꼭 어린애처럼……

파우스트   (당황하여) 안녕하십니까!

조연출   (인사하며) 어떻게 이러실 수가 있어요! 정말이지 항상 보모가 따라다녀야겠습니까?

파우스트   그저 혹시 연극평이 없나 해서…… (흰 빵을 한 조각 베어 문다.)

---

* 오르간의 저음으로 이런 효과를 낼 수 있다. (예브레이노프의 주)

조연출	난데없이 20세기 신문을 들고 있는 파우스트라니요! 이게 말이 됩니까?
파우스트	전 그저……
조연출	부끄러운 줄 아세요! 극장 측에서 공연이 끝난 뒤에도 무대를 내드릴 때는 역에 몰입하고 그 역을 살아내라는 뜻 아니겠습니까?
파우스트	(흰 빵을 씹으며) 오해하시는 겁니다…… 전 제 역할을 살아내고 있습니다. 밤새 파우스트를 살아내고, 아침 내내 살아내고 있습니다.*
조연출	손에 『페트로그라드 신문』을 들고요? 신문을 손에 들고 말입니까? 흰 빵을 씹으시는 것까지는 좋다 칩시다. 하지만 죄송하게도 파우스트는 흰 빵이 아니에요! 16세기라고요, 선생! 파우스트 역과 하나가 되어 타고난 자기 역할처럼 그 속에 몰입해 들어가지 못하시면 절대 성공할 수가 없습니다! 나중에 선생 역할을 다른 사람에게 넘겨도 불평하지 마세요! 죄송하지만, 우리가 여기 코미디나 올리자고 모여 있는 게 아닙니다! 우리의 일은 너무도 중대한 겁니다! 광대극이 아니라고요!
파우스트	내가 뭘 그렇게 잘못했다는 겁니까?
조연출	아직도 모르시겠어요? 우리가 왜 밤새도록 파우스트 연구실

---

* 러시아어 단어 'переживать'의 이중적인 의미에 기반을 둔 말장난이다. 'переживать'에는 '몰입하여 역을 살아내다'라는 뜻도 있지만, '괴롭다, 마음이 힘들다'라는 뜻도 있다. 이런 의미에서 파우스트 역을 맡은 배우의 대사는 한편으로는 "밤새 괴로워하고, 아침 내내 괴로워하고 있습니다"로 해석될 수도 있다.

의 이 복잡한 무대장치를 전부 설치해두고 있는지, 왜 선생이 이 무대장치 속에서 잠자야 하는지, 왜 항상 파우스트 옷을 입고 파우스트 분장을 해야 하는지, 한마디로 말해서 왜 선생이 온 폐부로 중세 스콜라 철학의 분위기 속에서 숨 쉬어야 하는지 그 이유를 모르신단 말씀입니까? 우리 공연 전체의 목적은 말입니다, 진짜를 보여주는 겁니다. 아시겠어요, 진, 짜, 파우스트, 머리끝에서 발끝까지 진짜 파우스트를 보여주는 거란 말입니다.

파우스트   저도 할 수 있는 한 그렇게 하고 있습니다.

조연출   (탁자 위에 놓인 고대 사본을 펼치며) 그렇군요! 그래서 호문쿨루스*에 관한 연금술사들의 논문은 펼쳐 보시지도 않았군요!

파우스트   제가 오늘 좀 늦잠을 잤습니다…… 늦게 잠이 들었거든요…… 여기 쥐가 너무 많아서……

조연출   (냉혹하게 비웃으며) 아, 이제는 쥐까지 책임이 있네요!

파우스트   그리고 카를 안토느이치, 저는 연금술, 화학, 우주학 같은 것에는 정말 소질이 없습니다! 솔직히 말씀드리면, 학교 때 그 과목들에서 낙제를 했거든요. 그래서 연극을 하게 된 겁니다…… 게다가 이젠 나이도 많아서……

이들의 대화가 진행되는 동안 파우스트보다 나이가 더 많은 소품 담당이 큰 잔을 가져와 탁자 위에 놓는다.

---

* 라틴어 homunculus를 음차한 단어를 사용하고 있다. homunculus는 연금술사들이 만들고자 했던 작은 인간을 뜻한다.

조연출	(소품 담당에게) 진짜 독이죠?
소품 담당	스트리크닌과* 청산가리를 반씩 섞었습니다.
조연출	좋습니다.

소품 담당이 나간다.

	(파우스트에게) 보세요, 배우에게 필요한 분위기를 만들어주
	려고 우리가 얼마나 디테일한 것까지 신경 쓰는지 좀 보시란
	말입니다! (잔 속에 든 액체의 냄새를 맡는다.) 진짜 독이라
	고요! 한 모금만 마시면 황천길로 가는 겁니다.
파우스트	(떨리는 손으로 독이 든 잔을 든 채 노래한다.)
	"아, 그대, 선조들의 잔이여!
	한때는 가득 찼던 이 잔이여!
	왜, 왜 그대는 내 손 안에서
	이리도 떨고 있는가?"
	(두려운 듯 잔을 멀리한다.) 제기랄, 정말 떨리네! 이게 정말
	진짜 독인가요?
조연출	(거만하게) 우리는 모조품은 취급하지 않습니다.
극장장	(그는 연출자이기도 하다. 숱이 많은 턱수염에 키가 큰 젊은이.
	소탈하게 보이려 애쓰지만 행동거지는 거만하다. 연출보조의 수
	행을 받으며 들어와 오케스트라 지휘자와 인사한다.) 안녕하십

---

* 마전(馬錢)의 씨에 함유되어 있는 알칼로이드. 독성이 강해 근육 경련, 질식, 탈진을 일으
켜 결국 사망에 이르게 한다.

니까, 마에스트로! (그가 나타나자 일어서는 연주자들에게)
여러분, 안녕하십니까?

극장장의 뒤를 따라 들어온 수위는 무대 전면 오른쪽에 의자 두 개를 놓고 나간다.

(진지하게 코를 쿵쿵거리더니 미소를 짓는다.) 아, 사람이 사
는 듯한 냄새가 나네요…… 좋습니다…… 진짜라는 것이 느
껴져요…… 무대장치가 아니라 정말 사람 사는 방 같습니
다! 바로 이런 게 필요한 거죠…… 화학약품 냄새가 적은 게
좀 유감이네요! 어찌 되었든 연금술사의 실험실이니까요!

조연출   (연출보조에게) 화학약품 냄새가 좀더 나도록 준비하세요!
연출보조 예. (수첩에 메모를 한다.) 화학약품을 더할 것……
극장장   (파우스트에게) 어떠세요? 역에 몰입하고 계신가요? (턱수
         염을 바로잡아준다.) 여기서는 파우스트를 살아내기가 좀 수
         월하신가요?
파우스트 노력하고 있습니다…… (탁자에 놓인 남은 빵조각을 치운다.)
극장장   오늘 새로운 공지사항이 있습니다…… 리얼리티 문제와 관련
         해서요…… 사실 어제 문득 떠오른 생각이지만…… 오늘을
         위해 아껴두었습니다…… 자, 시작합시다! (손뼉을 친다.)

조연출이 뛰어온다.

합창단은 9페이지 라장조 알레그레토* 부분 준비하세요! (지
휘자에게) 마에스트로, 도입부 부탁합니다!

오케스트라는 극장장이 요구한 부분을 연주한다.

합창단   (무대 뒤에서)

"아!

아가씨여, 왜 잠자고 있는가?

이미 하루가 시작되고,

곧 하늘 위로 태양이 떠오르리.

이미 새들은 저렇게 아름답게

아침을 노래하고,

온 하늘 끝이 선명하게 빛나네.

꽃봉오리는

꽃을 피우고

온 세상은 행복과 사랑을 향해

다시금 눈을 떴으니……"

파우스트   (합창단 노래의 가사에 맞추어 아주 세세하게 준비한 연기를 하

다가 놀랄 만큼 비극적인 모습으로 창가로 뛰어간다.)

"환희에 찬 응답이여, 너는 이성을 잃었구나!

제발 그 입을 다물라!

나로부터 멀어지라, 오, 삶이여! 삶이여!"

극장장   (조연출과 함께 오른쪽에 앉으며) 등을 돌리고 노래하세요!

등이 보이게! 관객은 잊으세요!

---

* Allegretto: 조금 빠르게 연주하라는 음악 용어.

파우스트	(큰 잔을 들고, 관객을 완전히 등지고 돌아선다.)
	"아, 그대, 선조들의 잔이여,
	한때는 가득 찼던 이 잔이여!
	왜, 왜 그대는 내 손 안에서
	이리도 떨고 있는가?"
극장장	(조연출에게) 진짜라서 정말 리얼하군요!
조연출	(칭찬에 기분이 좋아져서) 스트리크닌과 청산가리를 반씩 섞
	었습니다.
극장장	(격려의 표시로 고개를 끄덕이며) 바로 그게 느껴집니다.
합창단	(무대 뒤에서)
	"들판은 아름다움으로 그대를 부르네.
	향기롭고 화려한 꽃들이
	알록달록한 무늬가 되어
	여기저기 수놓아졌네.
	모든 것이 마술과도 같은 아름다움으로 가득 차
	우리의 시선을 유혹하고 어르네.
	모든 것이 이토록 충만하니……"
극장장	(손뼉을 치며) 잠시만요! 쉿……

모두가 노래를 멈추고 창가로 다가선다.

합창단원 여러분! 제발, 이것이 오페라라는 사실을 잊어주세
요! 그냥 현실에서 노래하듯 그렇게 노래하세요! 여러분이
부르는 노래는 독일의 대학생, 농민, 범부 들의 합창이 아닙

니까? 이탈리아인인 척하는 버릇은 제발 버리세요. 그런 건 이 공연에서는 아무 소용이 없습니다! 더 저속하고, 단순하고, 자연스럽게 노래하세요! 볼가 강에서 배를 끄는 인부들이 어떻게 노래하는지 들어보셨지요? 그렇습니다! 이 사람들이 바로 그런 배 끄는 인부들이에요. 독일 사람들이라는 점만 다른 겁니다. (손뼉을 치며 자기 자리로 돌아간다.) 처음부터!

합창단은 노래를 반복한다.

극장장   (합창단과 오케스트라의 연주를 중지시키고) 그렇게 하니 훨씬 좋습니다. 하지만 여전히 이상적인 것하고는 거리가 멉니다. (조연출에게) 특별 연습 시간을 정하세요! 단원들에게 예술에서의 진실이 무엇인지 다시 한 번 설명해주십시오!

조연출   알겠습니다. (메모를 한다.)

극장장   (지휘자와 파우스트에게) 알레그로 아지타토*부터 갑시다. "내게 신이란 무엇인가!"

오케스트라는 극장장이 요구한 도입 부분을 연주한다.

파우스트   (지쳐 침대에 쓰러져 노래한다.)
"내게 신이란 무엇인가!

---

* allegro agitato: 격렬한 기분으로 빠르게 연주하라는 음악 용어.

그는 믿음도 사랑도 돌려주지 않으리!
젊음도 내게 주지 않으리."

파우스트는 침대 아래로 다리를 내리고는 침대에 걸터앉은 채 분노에 찬 신경질적인 노인을 사실적으로 연기하며 목청껏 노래한다. 극장장과 지휘자, 연출자는 몸짓과 발 구르기 등 가능한 모든 방법을 동원하여 그에게서 최대한 자연스러운 분노를 끌어내려 애쓴다.

"이 땅의 즐거움이여, 나는 그대를 저주한다,
내게 속한 이 땅의 감옥의 사슬을 저주하며,
병들고 불완전한 육체의 구성을 저주한다.
사랑의 꿈들을 저주한다!
명예와 삶이 내게 무슨 소용이 있나?
행복과 희망이 내게 무슨 소용이 있나?
나는 그것들을 저주한다.
나의 인내심은 바닥이 났다⋯⋯
오, 악마여! 나에게 오라!"

무대 마루의 구멍에서 메피스토펠레스가 나타난다. 그는 역사 연구의 최신 결과에 근거한 의상을 입고 있다.

메피스토펠레스 (노래한다.)

"여기 내가 왔노라!
놀랄 것이 무엇이냐?

나는 방금 그대의 부름을 들었나니.

장검을 들고,

모자에는 깃털을 달고,

화려한 망토를 둘렀네!

돈도 셀 수 없이 많으니

정말이지 내 모습은 훌륭하지 않은가!"

극장장   (손뼉을 치며) 잠시만요!

모두 멈추어 선다.

안녕하십니까, 세묜 안드레예비치! (메피스토펠레스와 인사

를 나눈다.) 저와는 초면이지요. 불쾌하시겠지만, 선생, 선

생의 배역을 없애야 할 것 같습니다.

메피스토펠레스 뭐라고요? 아니, 도대체 왜요?

극장장   걱정하지 마십시오! 선생 연기의 문제는 전혀 아닙니다. 문

제는……

메피스토펠레스 그럼 도대체 뭐가 문제입니까? 뭐 때문에 나를 비난하는 겁

니까?

극장장   선생이 문제가 아닙니다. 훨씬 심각한 문제가 있습니다. 제

가 어제 읽은 에커만의 책에 따르면요,* 메피스토펠레스는

파우스트 자신의 한 측면일 뿐이라더군요.

---

* 요한 페터 에커만(Johann Peter Eckermann, 1792~1854): 독일의 문필가로 괴테의 비
  서를 지냈다. 그가 남긴 총 3권의 『괴테와의 대화』(1836~48)는 괴테 연구의 중요한 문헌
  으로 사용된다.

메피스토펠레스 아니, 도대체 그게 무슨 얘깁니까?

극장장 그러니까 괴테의 메피스토펠레스는 바로 파우스트와 동일 인
물이라는 이야기죠. 단지 부정적이고, 타협적이며, 가장 저
급한 의미에서 '지상(地上)적인' 파우스트란 말입니다. 파우스
트의 비극에 나오는 메피스토펠레스는 이반 카라마조프의 비
극에 나오는 악마나 마찬가지다, 이 이야기입니다!

메피스토펠레스 아니, 정말 진지하게 그런 말씀을 하시는 겁니까?

극장장 이보세요, 선생. 가장 중요한 것은 '사실'입니다. 모스크바예
술극장이 독립적인 등장인물로서의 악마를 과감하게 내쳤던
것처럼, 사실주의 오페라의 대표주자인 우리도 이미 오래전
에 그렇게 했어야 했던 거죠.

메피스토펠레스 (비틀거리며) 농담하시는 거죠!

극장장 전혀요. 「카라마조프 가의 형제들」 공연에서도 카찰로프*가
자기 캐릭터 속에 악마와 이반 표도로비치 모두를 담아냈던
것처럼, 우리의 「파우스트」에서도 이반 포타프이치가(파우스
트를 가리킨다.) 자신의 캐릭터 속에 메피스토펠레스와 파우
스트를 모두 담아낼 거란 얘기죠!

파우스트 파…… 파…… 파…… 파……

극장장 뭐가 파…… 파…… 파…… 파……입니까?

파우스트 음역이 너무 낮잖습니까? 메피스토펠레스는 베이스고, 저
는…… 저는 테너가 아닙니까?

---

* 바실리 이바노비치 카찰로프(Vasilii Ivanovich Kachalov, 1875~1948): 모스크바예술극
장(MXAT)의 저명한 배우로, 1910년에 모스크바예술극장에서 상연된 「카라마조프 가의
형제들」에서 이반 역을 맡았다.

극장장	그건 아무것도 아닙니다! 그냥 한 옥타브 올려서 부르세요. 그럼 아무 문제없습니다. 내가 미리 다 생각해두었어요!
조연출	사실 저도 같은 생각을 했었습니다. 사실 이게 말이 안 되지 않습니까! 사실주의적인 작품에 현실적인 인물들, 실제적인 사건들, 그러다가 갑자기 환상적인 요소가 끼어드는 셈 아닙니까? 사실 동화에나 나올 법한 낯짝이 아니고 뭡니까! 악마라니요! 이거야 뭐, 아이들이나 놀라게 할 도깨비가 아니냐고요!
메피스토펠레스	(극도로 흥분하여) 나는…… 나…… 나는…… 도대체 뭐라고 말해야 할지… 난…… 그러니까 설명을 해야겠는데……
극장장	(친절하고 차분하게) 세묜 안드레예비치, 제발 부탁입니다. 불만이 있더라도, 설명은 다음 기회로 미루도록 합시다! 연습만 끝나면 무슨 말씀이든 듣겠어요! 선생, 지금 우리는 연습 중입니다! 상황에 맞게 처신해주세요! 선생도 배우시니 창조적인 작업을 할 때 매 시간이 얼마나 소중한지는 이해하시겠지요?

메피스토펠레스는 일그러진 얼굴로 비틀거리며 무대 뒤로 향한다.

	(파우스트와 지휘자에게) 여러분, 다시 한 번 메피스토펠레스의 출현부터 갑시다!
메피스토펠레스	(돌아보며) 뭐라고요?
극장장	아니요, 아닙니다. 선생 없이 갈 테니, 신경 쓰지 마십시오.

메피스토펠레스가 나간다.

이반 포타프이치! 시작하시죠!

파우스트   저는…… 저는 메피스토펠레스 파트를 외우지 못했는데요!

극장장   138번이나 함께 연습을 했는데도 정말 그 파트를 기억하지
못하신단 말입니까?

파우스트   그것보다, 그 파트를 노래할 때는 어떤 연기를 하죠?

극장장   똑같이 하세요. 누군가 다른 사람 이야기를 듣는 것처럼 하
시란 말입니다! 메피스토펠레스가 선생 내면의 소리라고 상
상해보세요! 다른 측면에서 오는 목소리라고요!

파우스트   그리고 제가 직접 그 목소리 대신 노래를 하라고요?

극장장   당연한 것 아닙니까! 하지만 다른 측면에서 오는 소립니다!
(손뼉을 친다. 지휘자에게) 모데라토*! 메피스토펠레스 등장!

파우스트   (자기 역할을 연기하며 메피스토펠레스 파트를 노래한다.)
"여기 내가 왔노라!
놀랄 것이 무엇이냐?
나는 방금 그대의 부름을 들었나니.
장검을 들고!"

극장장   (주위 사람들에게 설명을 하며) 이건 상징이죠!

파우스트   "모자에는 깃털을 달고!"

극장장   (동일하게) 역시 상징입니다.

파우스트   "화려한 망토를 둘렀네!

---

* Moderato: 보통 빠르기로 연주하라는 음악 용어.

돈도 셀 수 없이 많으니

정말이지 내 모습은 훌륭하지 않은가!"

극장장   훌륭합니다! 이제 메피스토펠레스 무대 등장 문제는 해결된 거라고 생각해도 되겠군요! 메피스토펠레스가 무대 바닥에서 등장하는 이 모든 부자연스러운 장면들, 불빛 조명 같은 광대극 짓거리 없이도 갈 수 있게 되었어요. 이런 것은 '모든 것을 삶에서처럼!'이라는 구호를 충실하게 지키는 진지한 극장에는 어울리지 않는 것들이죠. (파우스트의 손을 쥔다.) 이렇게 하는 것이 더 훌륭하고, 지혜롭고 고상하다는 것에 동의하시겠지요?

파우스트   (칭찬에 마음이 녹아) 물론입니다. 이렇게 하시는 것이 더 독창적이네요. 훨씬 독창적입니다. 물론 제가……

극장장   괜한 소리 하지 마세요, 괜한 소립니다! 너무 겸손하시네요! 물론 아직 모든 것을 정확하게 아시는 것은 아니지만, 그건 문제가 아니죠! (지휘자에게) 파우스트를 위해 메피스토펠레스 파트를 조바꿈하라고 이야기해주세요! (연출자에게) 이 장면을 위해 특별 연습 시간을 잡으세요! (지휘자에게) 이제 바로 '마르가리타의 환영' 장면으로 갈까요?

오케스트라가 극장장이 요구한 부분을 연주한다. 왼쪽에서는 벽을 통해 물레 앞에 앉은 마르가리타의 형상이 비친다.

파우스트   (메피스토펠레스 대신 과장되고 거친 목소리로)

"자, 어때? 뭐가 보이나?"

(자기 배역대로, 달콤한 테너의 소리로)

"나는 그대의 것!"

극장장   (손뼉을 치며) 브라보! (오케스트라가 멈춘다.) 두 존재가 노래하는 것이 단번에 느껴지는군요. (주위 사람들에게) 그렇지 않습니까? 진짜 현실 같습니다! 사실성이 확실하게 느껴집니다! 내가 왜 전에는 이런 생각을 못했는지 이해를 못하겠네요. 그런데 문제가 있어요! 이렇게 사실적인 무대 위에 마르가리타의 환영이 나타난다는 건 말이죠, 완전히 아이들 동화 같은 것, 그러니까 부자연스러운 거죠! 물론 과학도 환각 상태를 이야기하기는 하지만 실증주의의 용광로에서 교육을 받은 명철한 두뇌의 파우스트 박사가 밤도 아니고 이른 아침 시간에 그런 환영을 볼 리가 만무하죠! 여러분은 이 점에 대해 어떻게 생각하시나요? 제 생각으로는 말이죠, 만일 이런 해석 속에서 그래도 '마르가리타의 환영' 장면을 넣어야 한다면…… 가장 적합한 장소는 창문가가 아닐까 합니다.

마르가리타   '창문가'라뇨?

극장장   그러니까 파우스트가 창가에 있는 마르가리타를 보는 거죠.

마르가리타   하지만 이 장면은 '물레 장면'이잖아요.

극장장   그게 무슨 문제입니까! 마르가리타가 물레를 들고 창문 곁을 지나가게 하십시다! 방금 시장에서 물레를 사서 집에 가는 길에 새 물건을 구경하려고 잠시 멈춰 선 거죠. 그런데 마침 그게 파우스트의 집 앞이었다, 이겁니다.

조연출   맞습니다. 무대 전체에 실생활의 느낌을 주기 위해서 마르타를 내보낼 수도 있지요.

극장장	그래요, 마르타를 내보낼 수도 있죠. 더 자연스럽게 보일 겁니다.
조연출	제가 가서 불러오겠습니다! (오른쪽으로 뛰어나간다.)
극장장	(마르가리타에게) 알리사 페트로브나, 이쪽으로 와주세요! 잠시만요!

마르가리타가 자기 자리를 벗어나 극장장이 있는 쪽으로 온다.

	(파우스트와 연출보조에게) 마르가리타 의상이 전혀 어울리지 않는다는 걸 이제야 알았어요! 이건 무슨 가면무도회도 아니고! (전형적인 마르가리타 의상인 아름다운 원피스를 입고 무대 전면으로 다가온 마르가리타에게) 알리사 페트로브나, 이건 부조화예요!
마르가리타	무슨 말씀이세요?
조연출	당신 의상 말입니다. 무대 전체와 전혀 반대되는 의상입니다.
마르가리타	무대미술 담당자의 스케치대로 만든 건데요…… 극장장님도 승인하셨잖아요……
극장장	압니다. (그녀를 둘러본다.) 엉망이에요…… 다른 의상이 필요해. 게다가 당신은 너무 우아해요! 설득력이 없어요. 마르가리타는 평민이에요! 게다가 시골 여자라고요! 군인의 누이죠. 게다가 뚜쟁이 집에 살고 있어요! 용병들이 살았던 저 속한 시대에 말이죠. 분장이나 그외의 것들이 완전히 다 달라져야 해요. 그런 여자는 청어 꼬리를 얽을 줄 알고, 손에는 물레질 때문에 물집이 잡혀 있고, 거의 거지나 마찬가지

라 더러운 일로 빵조각을 벌고, 아침에는 맨발로 시장을 뛰어다닌다는 걸 관객들이 느끼게 해줘야 해요. 그렇지 않으면 누가 당신의 마르가리타를 믿겠습니까?

마르타 (창문에서 머리를 내밀며) 부르셨어요?

극장장 예, 불렀습니다! (마르가리타에게) 창문 아래로 오세요!

마르가리타는 무대 뒤쪽으로 가 마르타와 나란히 창문 앞에 선다.

(물레를 보는 동작을 취하도록 두 사람을 모아두고 무대로 돌아온다. 지휘자에게) 우리가 멈춘 대목부터 다시 갑시다!

오케스트라가 연주를 계속한다.

파우스트 (메피스토펠레스 대신 스스로 왼손에서 오른손으로 독이 든 잔을 건네주며)
"그대는 잔을 받아라!
이제 그 안에 담긴 것은 죽음도 독도 아닌
삶의 기쁨이니, 전부 다 마셔라!
거기에는 죽음도 없나니! 독도 없나니!
거기에는 젊음과 사랑만이 가득하니!"
(말한다.) 이 속에 든 것이 진짜 독이면 이걸 어떻게 마시라는 거죠?

극장장 마시는 척하세요!

파우스트 (소심하게 자기 대사를 말한다.)

"나는 마시네!

나는 마시네!"

파우스트는 조심스레 잔을 마시는 '척한다'. 연출자는 무대 뒤로 가 마르가리타와 마르타에게 지나가라는 신호를 보낸다. 그들은 서로 안은 채 천천히 왼쪽으로 지나간다.

"나는 마시네!

사랑스러운 형상이여, 그대를 위하여 마시네!"

(메피스토펠레스의 목소리로) "자!"

(자기 목소리로) "그녀를 볼 수 있을까?"

(메피스토펠레스의 목소리로) "보게 되리!"

(자기 목소리로) "곧 볼 수 있을까?"

(메피스토펠레스의 목소리로) "오늘이라도!"

(자기 목소리로) "오, 기쁨이여!"

(메피스토펠레스의 목소리로) "가세!"

(자기 목소리로) "가세!"

(극장장을 향해 말한다) 이젠 어쩌죠?

극장장   뭘 말입니까?

파우스트   이제 메피스토펠레스와의 듀엣곡이 이어지잖아요.

극장장   파우스트 역을 노래하세요! (지휘자에게) 첼로로 메피스토펠레스 파트를 연주하세요! 오케스트라 파트를 재편성해주세요!

지휘자는 동의한다는 표시로 고개를 끄덕이며 오케스트라를 멈추지 않고 연주를 계속한다.

파우스트 "나는 사랑을 원하네, 환락을 원하네,
          애무와 포옹 속에서 불타기만 원하네.
          사랑과 열정의 그 옛날처럼
          젊은 포옹이 주는 환희에 취하기 원하네.
          오, 그대, 나의 삶에 젊음을 돌려다오,
          나의 황홀경을 되돌려다오!"

극장장   (노래가 진행되는 동안 조연출과 함께 여러 차례 지시사항을 내
          리며 독촉한다.) 등을 돌려요! 등이 더 보이게! 관객은 잊으
          세요! 자연스럽게! 더 자연스럽게! ("나의 황홀경을 돌려다
          오!"라는 구절이 끝나자 손뼉을 쳐 오케스트라와 파우스트를 멈
          추게 한다. 연출자에게) 아무리 그래도 이건 시가 아닙니까?

조연출   그렇습니다만……

극장장   내 말은 '시'란 말입니다.

조연출   할 수 있는 한 수정을 했는데요.

극장장   그래도 각운이나 운율이 남아 있어 여전히 시라는 게 느껴져
          요. 한마디로, 시란 말입니다. 현실에서 사람들이 시로 말하
          는 걸 들어본 적 있습니까?

조연출   너무하시네요. 마치 제가 아무것도 모르는 애송이인 것처럼
          설명을 하시네요.

극장장   그러니까 산문이 되도록 만들란 말입니다. 이건 '엉터리 오
          페라'가 아니지 않습니까! 사실주의적인 오페라라고요! 그런

68

데 여기 시가 나오면 어떻게 하느냐, 이 말입니다! 구어체처럼 단순한 일도 이루지 못하면 누가 이게 공연이 아니라 진짜 삶이라고 믿겠습니까!

조연출   (메모하며) 알겠습니다. 다시 수정하겠습니다.

극장장   (지휘자에게) 계속 갑시다!

파우스트   저…… 죄송합니다만, 질문이 있는데요, 파우스트가 젊은 청년으로 변하는 장면은 어떻게 하실 건지요? 며칠 내에 설명해주신다고 하셨는데, 어떻게……

극장장   (말을 끊으며) 변한다고요? 뭐가 어떻게 변한단 말입니까?

파우스트   젊은이로요! 희곡을 보면 파우스트가 잔을 받아 마시고 젊은이가 되지 않습니까!

극장장   (큰 소리로 웃어댄다.) 하하하! 맙소사! 이반 포타프이치, 도대체 언제쯤에야 그 어린아이 같은 파우스트 해석에서 벗어나시겠어요! 오페라의 그 멍청한 짓거리들이 지겹지도 않아요? 좀더 진지해지세요! 제발, 희극배우가 아니라 심리학자로서 파우스트를 좀 보세요! 파우스트는 그 영혼이 젊어지는 거란 말입니다! 아시겠어요? 몸이 아니라 영혼이 젊어지는 거라고요! 파우스트를 명료한 이성으로 이해해서 무대에 올리는 우리의 이 사실주의적인 공연에서 백발노인이 한 순간에 검은 머리의 청년이 되는 그런 어린아이 마술 같은 일을 허용하면, 도대체 공연이 뭐가 되겠습니까! 선생은 푸른 트리코*에 타조 털 달린 모자, 온갖 잡스러운 것들을 걸친 가

---

* 트리코 편물기로 짠 메리야스 직물로 만든 의상이다. 여기서는 몸에 딱 붙는 푸른 바지를 의미한다.

장무도회 없이는 파우스트의 두번째 젊음을 표현할 수 없다고 생각하시는 겁니까?

파우스트 그럼 이렇게 수면 모자라도 쓰고 있으라는 말입니까?

극장장 바보 같은 모자를 쓰는 것보다야 수면 모자를 쓰는 쪽이 훨씬 더 파우스트 박사에게 어울린다고 생각합니다.

조연출 (격의 없이 파우스트가 입고 있는 가운의 앞섶을 잡고 파우스트에게) 참 이상한 양반이네, 이반 포타프이치! 선생을 파우스트 역으로 모시면서 우리가 선생 목소리뿐 아니라 연세도 고려했다는 걸 모르셨단 말입니까?

파우스트 내 나이요?

조연출 당연하죠! 파우스트는 연로한 인물이니까, 당연히 파우스트만큼 나이 든 사람이 무대에서 그 역할을 맡는 것이 좋은 거죠……

파우스트 하지만 나는…… 나는…… 아직 늙지는 않았다고요!

조연출 선생은 그저 딱 맞습니다. 그리고 약간 쉰 듯하고 갈라지는 그 목소리도 잘 맞고요……

파우스트 그건 제가 오늘 약간 감기에 걸려서……

조연출 제발 치료받지 마세요. 그러지 않으면 우리 공연 전체를 망치게 될 겁니다. 오페라 전체가 진행되는 동안 맡으신 역과 같은 상태를 계속 유지하시면 됩니다! 게다가 저 개인적으로는 사실주의를 더 잘 표현하기 위해 가래 소리와 쉰 소리를 좀더 내시고, 사레가 들린 소리도 내시고, 기침도 하시고, 코를 훌쩍거리기도 하셨으면 좋겠어요. 한마디로 더 자연스럽게 파우스트의 노년을 드러내셨으면 하는 거죠.

극장장	(다소 권위적인 말투로 조연출의 의견을 지지하며 파우스트에게) 만일에 말입니다. 무대 위의 노인에게서 노인에게 특징적인 모든 연약함이 드러나지 않는다면 그게 무슨 사실주의적인 연기냐, 이런 이야기입니다.
조연출	사실주의를 위해 그 뭐랄까, 노인 냄새를 객석으로 풍길까, 그런 생각까지도 하고 있습니다. 그래요, 그래! 객석에 낡은 것, 코담배, 좀약 등등 냄새가 나는 성분을 분사하는 겁니다! 관객들이 파우스트가 가까이 있는 것을 실제로 느끼도록 말입니다! 노인네들은 항상 냄새를 풍기지 않습니까.
연출보조	(자신의 나이를 생각하며 기분이 상해) 도대체 무슨 냄새 말입니까?
조연출	선생을 염두에 둔 건 결코 아닙니다!
연출보조	아뇨, 설명을 좀 해보시죠!
극장장	여러분, 그만하세요! 그건 나중에 따져봅시다! 지금은 말다툼이나 할 때가 아닙니다! (지휘자와 파우스트에게) 파우스트와 메피스토펠레스의 듀엣곡, 다시 한 번 갑시다! "나는 사랑을 원하네!" (파우스트에게) 자, 새로운 해석으로!
파우스트	그러니까 쉰 소리를 내란 말씀인가요?
극장장	바로 그겁니다!
파우스트	그러다간 제 목소리를 완전히 망칠 것 같은데요.
극장장	연출자의 지시에 따라주세요!
파우스트	연출자가 내 목소리를 돌려주지는 못할 것 아닙니까.
극장장	거절하시는 겁니까? 좋습니다. 그렇다면 한 달분 월급을 벌금으로 내시게 돼도 불평하시면 안 됩니다!

파우스트	아니, 도대체 무엇 때문에요?
극장장	연출자의 지시 거부에 해당합니다! 계약서 171항을 보시죠.
파우스트	하지만 내 의무는 쉰 소리를 내는 게 아니고 노래를 하는 겁니다!
극장장	선생은 연기를 하셔야 할 의무가 있습니다. 파우스트 역을 연기하시든지 아니면 계약서 183항에 따라 2천 루블의 위약금을 내셔야 하는 겁니다.
파우스트	해봐도 그게 잘 안 되면 어쩝니까?
극장장	뭐가 문젭니까? 될 때까지 연습하면 되지요.
파우스트	(잠시 생각한 뒤) 아닙니다, 차라리 지금 당장 해보겠습니다. 목청이 더 귀하니까요.
극장장	진작 그러시지! (지휘자에게 손뼉으로 신호를 보낸다.)

오케스트라가 도입부를 연주한다.

| 파우스트 | (노인 소리로 노래한다.) "나는 사랑을 원하네, 환락을 원하네, 애무와 포옹 속에서만……" |

파우스트가 노래하는 동안 극장장과 연출자는 파우스트에게 영감을 불러일으키기 위해 온갖 지시를 내린다. "기침하세요!" "코를 푸세요!" "중얼거려요!" "가래 끓는 소리를 내세요!" "좋습니다!" "가래를 뱉으세요!" "그래요, 그렇게!" 등등. 파우스트가 실제로 침 때문에 사레에 들려 기침을 시작해 결국 아리아는 멈추고 만다.

파우스트	아이고! 물 좀 주세요! (연출보조가 서두르다가 그만 독이 든 잔을 그에게 들이민다. 파우스트는 화가 나서 그를 있는 힘껏 밀어낸다.) 저리 꺼져!
조연출	(진정시키며) 익숙하지 않아서 그런 겁니다! 금방 가라앉을 거예요! 가라앉죠? 보세요, 별거 아닙니다.
파우스트	(숨을 헐떡이며) 이러다간 1분 만에 숨이 막혀 죽을 수도 있겠다고요.
극장장	대신 정말 완벽한 사실주의 아닙니까! 정말 제대로 된 '노인'을 연기하셨어요. 정말 감동입니다!
조연출	이 동작만 하지 마세요! (시범을 보여준다.) 그런 건 가짜 오페라들에서나 하는 겁니다. 제발, 그런 짓거리만 하지 마십시오. 그러면 완벽한 현실처럼 보일 겁니다!
연출보조	(짐짓 두려운 체하며 극장장과 연출자에게 다가가) 저, 사실주의 관련으로 한마디 조언을 드려도 될까요?
극장장	(거만하게) 진지한 조언은 어떤 것이든 기꺼이 받습니다.
조연출	(역시 거만하게) 어디 말씀해보시죠!
극장장	겁내지 마시고요!
연출보조	(주저하며) 저는 물론 평범한 사람이고, 고상한 연출론에 대해서는 아는 게 하나도 없습니다. 그저 저는……
극장장	뭐 말입니까?
연출보조	제발 나무라지 마십시오! 그저 좋은 뜻에서 말씀드리는 겁니다. 그러니까 정말 극단적인 생각이기는 한데 말입니다……
극장장	빨리 본론으로 들어가시죠!

연출보조	제 생각에는 말입니다, 만일 오페라에서 완전한 사실주의를 이루고 싶으시면, 반만 그렇게 하실 것이 아니라……
조연출	끝까지 말씀해보세요.
연출보조	저…… 현실에서 사람이 대화하지 않고 노래하는 걸 들어보신 일 있습니까?
조연출	(당황하여, 잠시 침묵하다) 그렇죠. 하지만 이건 오페라입니다!
극장장	(조연출에게) 좀더 정확하게 말하자면, 오페라가 아니라 음악 드라마입니다! 이게 첫번째고요, 두번째로 음…… 그러니까 사실 나도 그 생각을 했었습니다!
조연출	그렇군요, 하지만 어떻게 해야 할까요?
연출보조	음악에 맞춰 대화를 하는 거죠!
조연출	'대화'라뇨?
연출보조	실제처럼 하는 겁니다. 관객들이 알아들을 수 있게, 자연스럽게요.
극장장	(무언가를 생각하며) 알겠습니다, 무슨 말씀을 하시려는지 알겠어요……
연출보조	제가 생각하는 걸 전부 말해도 된다고 하시면……
극장장	전부 말하세요, 전부. 아주 명민하시네요……
연출보조	(연출자를 향해) 글쎄 뭐, 명민한지는 모르겠지만, 아직 냄새를 풍기지는 않죠……
극장장	그만 하세요! 왜 그걸 선생 이야기로 받아들이십니까. 또 무슨 제안을 하려 하셨지요?
연출보조	노래 대신 대화를 하게 된다면 말입니다, 러시아어가 아니라

	독일어로 대화를 해야겠지요.
극장장	무슨 말씀이시죠?
연출보조	극 배경이 독일 아닙니까. 파우스트는 바로 독일 사람이고 요!
극장장	(기쁘고 놀란 나머지 잠시 침묵한 뒤) 젠장! 당신은 콜럼버스 예요, 콜럼버스란 말입니다! 왜 내가 이 생각을 못했을까! (연출자에게) 어떻게 생각하시죠?
조연출	물론 파우스트가 독일인이었다는 사실에 대해서 토를 달 수 는 없겠지만…… 그럴 경우 제대로 논리를 맞추려면, 그러 니까 제 말은 전적으로 역사적인 논리에 근거하자면, 우리의 파우스트는 그냥 독일어가 아니라 고대 독일어로 말을 해야 한다는 겁니다.
극장장	그럼 뭐 어떻습니까! 우리가 「파우스트」를 고대 독일어로 번 역하면 되지요! 자연주의를 견지하기로 했으면 그렇게 밀고 나가야죠.
파우스트	(소심하게) 극장 관계자 여러분께 알려드릴 일이 하나 있는 데요, 저는 고대 독일어는 고사하고, 독일어도 한 마디 못하 는데요……
극장장	(생각에 잠겨 심각하게) 그래요, 그 점이 가장 본질적인 문제 죠…… 선생께서 독일어를 모국어처럼 완벽하게 구사하시기 위해 독일에서 좀 사시도록 공연을 2년쯤 연기해야 할지도 모르죠……
연출보조	저…… 여러분들을 곤경에서 구할 방안이 있습니다!
극장장	말씀해보시죠.

연출보조	이반 포타프이치가 독일에 갈 이유가 하나도 없습니다. 자연 주의의 관점에서 보자면요, 오페라에서 이반 포타프이치는 그저 몇 마디 노래, 아니 몇 마디 말만 하면 되기 때문이죠.
극장장 조연출 파우스트	무슨 말씀이죠?

연출보조 파우스트 파트를 보면 주로 독백이나 메피스토펠레스와의 대화가 가장 많지 않습니까. 그런데 사실 어떤 인간이 자기 혼자 이야기를 합니까? 미친 사람들이나 그렇게 하죠. 오페라의 끝에서 마르가리타는 미치고 말죠. 미쳤다면 얼마든지 자기 혼자 대화를 할 수 있지요. 하지만 파우스트는 어떻습니까? 도대체 작가가 어느 부분에서 파우스트가 미쳤다고 쓰고 있습니까?

극장장 젠장! 이거야말로 가장 중요한 사실 아닙니까? (조연출에게) 어떻게 생각하시죠?

조연출 (당황하여) 자기 자신과 대화를 나누는 건 미친 사람들이나 하는 짓이고, 파우스트가 미치지 않았다는 것은 저도 전부터 알았죠.

극장장 (조연출에게) 그런데 왜 그 오랜 시간 그런 이야기를 단 한 마디도 하지 않았습니까? 138번이나 연습을 하는 동안 그런 이야기는 단 한 마디도 안 했잖습니까?

파우스트 죄송합니다만, 이젠 전혀 이해가 안 되는군요…… 머리가 너무 아파요…… 그러니까 결국 1막에서 나는 노래를 할 필요도, 대화를 할 필요도 없다는 건가요?

극장장	우리가 어떤 결정을 내렸는지 들으셨잖습니까?
파우스트	(이마를 움켜쥐며) 그러니까 내가 필요 없단 말입니까?
극장장	필요 없다니 무슨 말씀입니까? 감정! 표정! 연기! 막이 진행되는 내내 파우스트는 무대 위에 있을 겁니다. 선생 대신 누가 연기를 하겠습니까?
파우스트	팬터마임을 하라는 겁니까? 말없이 조각처럼 서 있으라는 건가요?
극장장	(엄하게) 이반 포타프이치! 계약서 14항을 기억하세요!
파우스트	(겁에 질려) 내가 무슨 말을 했다고 그러십니까! 내가 무대에서 뭘 해야 하는지 그게 이해가 안 돼서 그럽니다.
극장장	(교조적으로) 음악에 맞추어 감정을 느껴보세요! (지휘자에게) 1막 처음부터 갑시다! 시간 낭비하지 말고 지금 바로 연습해봅시다!

오케스트라가 연주를 시작한다.

연출보조	(극장장에게) 죄송합니다만, 아직 한마디 더 할 게 있습니다!
극장장	(지휘자에게) 잠깐! 쉿……
연출보조	제 생각으로는 오페라를 온전히 현실적으로, 그러니까 정말 자연스럽게 공연하고 싶으시다면 음악도 줄이셔야 할 것 같습니다!
극장장	(어리둥절하여) 무슨 말씀이죠? 농담하시는 거죠?
연출보조	결코 아닙니다. 보세요! 사람이 사는 게 괴로워서 약을 먹고

죽으려는데 갑자기 음악이 울린다…… 도대체 이게 뭐냔 말입니까. 여기 무슨 자연주의가 있냐고요.

조연출 그렇지요, 하지만 이건 오페라입니다!

극장장 (말을 고쳐주며) 음악 드라마죠.

조연출 그렇습니다, '음악' 드라마라고요! 그런데 아예 음악 없이 가자니 말이 됩니까.

연출보조 (선심을 쓰듯) 완전히 없애자는 게 아닙니다. 아니지요, 왜 그러겠습니까? 사실 이 희곡의 시간 배경이 시장이 성한 시대 아닙니까. 그러니까 어딘가 멀리 무대 뒤에서 작은 오케스트라가 연주도 하고, 합창단이 노래도 하죠. 아예 음악을 없애자는 이야기가 아닙니다! 방해가 되는 게 아니니까요! 「파우스트」 자체에서 모티프를 잡을 수 있습니다. 하지만 현실에서처럼 자연스럽게 만들기 위해서는 오케스트라가 와서 무대 앞에서 심포니를 연주하는 건 안 된단 말이죠. 그렇게 되면 관객의 입장에서 현실성은 완전히 사라지는 겁니다!

극장장 (신경질적으로 서성이며) 정말 맞는 말이군…… 정말 맞는 말이야…… 게다가 급진적이고! 아주 급진적이야! 이렇게 하면 우리를 비난하지 않을까 두려울 정도야…… 아마 신문에는 우리를 슬쩍 비웃는 기사가 실리고, 풍자화를 그려대겠지…… 음악 없는 오페라다, "휘어진 거울"*을 따라 했다고들 하겠지…… 하지만 사실성의 원칙이야말로 예술에서 가장 고결한 것 아닌가! 늑대가 두려우면 숲에 갈 수 없는

---

* 1908년부터 1931년까지 존속했던 페테르부르크의 소극장. 1925년 망명 전까지 예브레이노프는 이 극장에서 연출자로 일했다.

법!* (지휘자 앞에 멈추어 서서는 신경질적으로) 마에스트로! 잠시 나가주세요! 오케스트라 단원들도요! 여기서 의논할 것이 좀 있습니다…… 시간이 늘어질 것 같아서 그럽니다…… 그러니까…… 한마디로 말해, 당분간은 안녕입니다! 기분 나빠 하지 마세요! 내일 모든 지시사항을 알려드리겠습니다.

지휘자와 단원들이 자리를 뜬다.

소품 담당   (무대에 나타나 극장장에게) 뭐 제가 더 할 일이 있습니까? 소품 파트는 다 정리된 것 같으니…… 점심시간이라서요……

극장장   잠시만요.

이 막이 끝날 때까지 소품 담당은 무대에 남아 있다.

이반 포타프이치, 메피스토펠레스와의 듀엣 부분을 새로운 해석으로 한번 해봅시다!

파우스트   (깜짝 놀라서) 그러니까 혼자서요? 오케스트라도 없고, 노래도 없고, 대사도 없이 말입니까? 오로지 표정만으로요?

극장장   바로 그렇습니다.

파우스트   (이마를 움켜쥐며) 할 수 있을지…… 이젠 정말 모르겠습니다…… 머리가 어지러워요……

---

* 역경이나 어려움을 두려워하면 좋은 결과를 얻을 수 없다는 뜻의 러시아 속담.

극장장	자, 자, 변덕 부리지 마세요! 정신 차리시고!

파우스트가 포즈를 취한다.

프롬프터	(대머리에 안경을 쓴 늙은이가 프롬프터석에서 고개를 내민다.) 점심 좀 먹게 내보내주시죠. 어차피 대사도 없으니……
극장장	(말을 끊으며) 동작이라도 얘기해주셔야죠! 표정의 흐름을 생각나게 해주시라고요!

프롬프터는 투덜거리며 다시 프롬프터석으로 사라진다.

	(포즈를 취하고 기다리는 파우스트에게) 제발, 가능한 한 얼굴을 관객 쪽으로 향하지 마세요! 여기 (무대 전면과 평행인 선을 가리킨다.) 제4의 벽이 있다는 걸 잊지 마세요!
연출보조	(완전히 용기백배하여) 죄송합니다만, 사실성을 위해서 진짜 제4의 벽을 세우는 건 어떨까요?
극장장	그게 무슨 말씀인지?
연출보조	말 그대로입니다. 여기 진짜 제4의 벽을 세우는 거죠. 그럼 게임은 끝나는 거 아닙니까?
조연출	그러면 가수도 무대도 모두 가리는 꼴이 되지 않습니까!
연출보조	그거야 선생님들 마음이지요. 저는 그저 현실에서는 모든 방에 제4의 벽이 있다는 사실을 주지시켜드리고 싶었을 뿐입니다! 만일 파우스트의 연구실이라고 하면, 그 역시 모든 것이 제대로 갖추어져야 하지 않겠습니까! 그렇지 않으면 우스워

지는 거죠! 어떤 사람이 다른 사람들로부터 멀리 떨어져 홀로 음독자살을 하려는데, 그 자리에 관객들이 가득 들어앉아 그걸 지켜보고, 비판을 늘어놓고 있다, 이겁니다. 더구나 제3자들이 말입니다. 왜 그 자리에 제3자들이 있어야 하는 거죠? 왜냐하면 제4의 벽이 없으니까요. 제4의 벽을 세우지 않아서 타인의 시선을 가릴 만한 것이 없기 때문인 겁니다. 그래서 결국 아무리 훌륭한 관객이 오더라도 '코미디를 벌이게' 되는 겁니다. 광대극이 되는 거죠.

극장장　(신경질적으로 무대를 서성이며) 맙소사! 점점 더 어려워지는군!

연출보조　용서하십시오, 제가 너무 노골적으로 사실을 말했지요……

극장장　젠장! 그런데 도대체 내가 왜 전에는 이런 생각을 못했을까? 이해를 못하겠어!

조연출　그렇죠. 사실 저는 그런 생각을 잠시 했더랬습니다.

극장장　그런데 왜 그 오랜 시간 동안 입을 다물고 있었죠?

조연출　(다소 히스테릭하게) 왜냐하면 극장장님께서 모든 일에 간섭을 하시니까요! 제 손을 꽁꽁 묶으셨잖아요! 뭐라도 제안하면 제가 독창적인 척한다고 하시고, 극장장님을 거역하려 한다고 하시고! 혼자서 월계관을 쓰려고 하시잖습니까! 그래서 물고기처럼 입 닥치고 있는 겁니다!

극장장　(그런 말싸움에 대꾸할 여력이 없다는 듯 손을 내젓고는 연출보조에게 명령하는 동시에 부탁하는 동작으로) 제4의 벽을 세우세요! (소품 담당에게) 제4의 벽을 세우세요! (조연출에게) 제4의 벽을 세우십시오!

파우스트	그럼 도대체 내가 뭘 위해서 여기서 살고 경험하고 심지어 밤에도 쥐들과 함께 잠까지 잔 겁니까? 결국 관객으로부터 나를 가려놓으려고?
조연출	(거만하게) 어떤 벽도 진정한 연기를 하는 배우와 관객 사이를 갈라놓을 수 없습니다. 진정한 연기를 하도록 노력하세요! 그럼 나머지는 우리가 다 알아서 하겠습니다.
연출보조	(파우스트를 위로하며) 우선 그 저…… 선생의 격앙된 코 푸는 소리, 기침 소리, 뭐 이런 것들이 창문에서 아주 잘 들릴 겁니다. 왜냐하면 (극장장을 향해 몸을 돌려) 파우스트의 연구실에 창문을 낼 거니까요. 관객들이 그 창을 통해 당신을 보도록 말이죠……
극장장	(기뻐서) 물론입니다…… 여기 창을 낼 겁니다. (무대 전면에 위치하게 될 가상의 벽을 가리킨다.) 그리고 여기는……
파우스트	(말을 끊으며) 아, 그렇군요, 창문을 만드실 거군요!
연출보조	그거야 물론이죠!
파우스트	내가 그 창에 모습을 드러내도 되는 거죠?
연출보조	얼마든지요.
파우스트	(무언가를 고통스럽게 생각하며) 아, 알겠어요…… 여기 창이 난다고요…… 나는 여기 있고…… 관객은 저기 있고…… (이마를 움켜쥔다) 아, 머리가 어지러워요…… (극장장에게) 잠시 나가겠습니다…… 더 이상은 머리가 돌아가지를 않아요.
극장장	네, 나가세요, 가세요! (파우스트를 배웅하며) 난 오늘 정말이지 최고로 만족합니다. 이제 극장이 안고 있던 가장 중차대한 문제들이 해결되었다고 생각해도 좋을 겁니다! (파우스트가 나

간다.) 제4의 벽! 이거야말로 콜럼버스의 달걀 아닙니까? 얼마
나 단순하고, 기지가 넘치고, 동시에 당연한 발상입니까! (꿈꾸
듯이) 제4의 벽! 이거야말로 새로운 극장의 여명입니다! 거짓
과 광대짓, 순수예술에 어울리지 않는 모든 타협으로부터 자유
로운 극장 말입니다! (연출자에게) 갑시다! 당장 제4의 벽에 맞
는 무대 초안을 그려봐야겠어요! 제4의 벽과 관련해서 우리의
예전 공연을 돌 위에 돌 하나도 남기지 않고 뒤엎을 너무너무
좋은 생각들이 떠올랐습니다! 어찌 되었건 간에 그동안의 우리
공연은 '엉터리 오페라'였어요! (연출보조와 악수하고 양 볼에 입
을 맞춘다) 고마워요! 큰 신세를 졌습니다……

연출보조 (수줍게) 가능하시면 월급을 조금만 올려주시면…… 애가 다섯
이나 돼서 이리저리 돈 나갈 곳이 많아서요…… 마누라는 모자
타령이고, 세탁부 월급도 주어야 하고, 전차도 타야 하고……

극장장 물론입니다. 나도 신세를 갚아야죠. (그의 손을 한번 꼭 잡고는
조연출과 함께 나간다.)

연출보조는 무대 측면까지 따라 나가 비굴하게 절하며 이들을 배웅하고는 어리
둥절해하는 소품 담당 쪽으로 몸을 돌려 소리 없이 웃는다. 프롬프터석에서는
프롬프터가 기어 나온다. 그는 차분하게 안경을 이마 위로 올려 쓰고는 주머니
에서 소시지와 빵, 삶은 달걀, 종이에 든 소금을 꺼내어 파우스트의 탁자 위에
상을 차리듯 늘어놓는다.

소품 담당 (연출보조에게) 뭐가 그렇게 좋아?

프롬프터 (동의한다는 듯 웃으며, 연출보조에게) 그 자식들을 완전히

골탕 먹였어!

연출보조   (계속해서 웃으며) 그 병신들, 그걸 진지하게 받아들이다니!

프롬프터   장난 한번 제대로 쳤네그려! 대단해! 나는 내 자리에서 무서
           워 죽을 뻔했다고. 그 녀석들이 자네 장난을 알아챌까 봐서
           말이야.

연출보조   (계속해서 웃으며) 그 병신들이? 그걸 알아챈다고! 너무 머
           리를 써서 오히려 바보가 되어버린 녀석들이야! "당신은 콜
           럼버스요!" 이러던 걸 뭐! 하하하! 콜럼버스라니! (자기가
           싸온 음식을 들고 프롬프터 곁에 가 앉는다.)

프롬프터   (맛있게 먹는다) 그래…… 참…… 세상에 멍청이들이 많다
           지만, 이런 '자연주의'적인 천치들은 눈을 씻고 찾아도 찾기
           힘들 거야……

소품 담당   나는 아무것도 모르고 들어왔다가 깜짝 놀랐지…… 이게 뭔
           가, 우리 쿠지마 이바느이치*가 완전히 막나가는 거야!

프롬프터   (말을 고쳐주며) 콜럼버스 이바느이치지! (연출보조의 어깨
           를 치며 웃는다.)

소품 담당   거 참 별일이다, 했지! 남들이 보면 연출자가 지휘하는 줄
           알겠더라니까. (곁에 앉아 점잖게 종이로 싼 샌드위치를 꺼낸
           다.)

연출보조   그럼 자넨 어떻게 생각했는데? 내가 그 따위 일도 감독할 수
           없다고 생각하나? 아니, 얼마든지 할 수 있어! 정말 누워서
           식은 죽 먹기지! 판타지도 있고, 아름다움도 있는 진짜 예

---

* 연출보조의 이름과 부칭(父稱)이다.

84

술, 정말 진짜 창작이라면 그런 건 우리가 할 수 없는 거야. 하지만 뭐든지 사실과 똑같이 만들고 사기꾼같이 모방하는 그런 자연주의는 허허! 웃기지 말라고 해! 그런 건 바보도 할 수 있다고! 그게 무슨 예술인가!

프롬프터 (음식을 씹으며) 만일 역사적인 줄거리를 가진 연극이라면?

연출보조 그림 있는 책들을 어디다 쓰겠나? 요즘은 폐허가 된 온갖 유적들을 사진으로 찍어 책으로 만들어내지 않나! 그런 건 일도 아니라고! 글씨만 읽을 줄 알면 되지.

소품 담당 저 사기꾼 녀석, 월급까지 올려달라고 했어!

연출보조 당연하지! 그 녀석들을 공짜로 가르칠 수야 없지!

프롬프터 콜럼버스 이바느이치 아닌가!

연출보조 (우연히 손에 잡힌 '독이 든 잔'을 들고 소품 담당에게 진지한 어조로) 자네 진짜로 여기 스트리크닌과 청산가리를 섞어 넣었나? 누가 실수로 먹게 되면 어쩌려고…… 여보게, 조심해.

소품 담당 내가 미쳤나? 나도 내 목숨이 소중한 사람이야. 그거 위장약일세! 의사가 마누라에게 처방해준 건데 그걸 먹으면 마누라가 변비가 돼서 말이지.

연출보조 (소품 담당의 주머니에서 병을 꺼내며) 아, 이게 그 위장약이구만?

소품 담당 조심해. 스트리크닌이야!

연출보조 (병 뚜껑을 열고 냄새를 맡는다.) 스트리크닌이 아주 좋은데, 끝내주는군. 이것도 분위기를 위해선가? (모두가 웃는다.) 자, 서글픈데 술이라도 마시자고! (잔을 부딪친다.) 어쩌면 정말 우리들의 시대는 끝났는지 몰라! 극장은 '하향길'로 접어들었어! 어떻게 될지가 보여! (마신다.)

프롬프터   (노래를 부르며) "황금 같은 시절이 있었지……"

소품 담당도 함께 노래한다. 연출보조는 조용히 눈물을 흘린다.

일꾼   (잠시 후에 들어와) 막을 내릴까요?

연출보조   아이고, 이제야 겨우 일어나셨어? 벌써 오래전에 내렸어야지! 뭐, 우리가 여기서 공연이라도 하는 거야? 연습이 끝난 게 안 보여? 어서 막을 내리게!

일꾼이 나간다.

몇 번을 말해야 하는지!

소품 담당   (술병을 들어 두드리며) 연습 한 번 더 할까?

프롬프터   (연출보조와 함께 소품 담당의 농에 웃으며) 물론이지! 그건 또 다른 얘기니까!

소품 담당은 웃어서 떨리는 손으로 모두에게 술을 따른다.

우리 콜럼버스의 건강을 위하여!

모두가 술을 마시고 안주를 먹는다.

막

제2막

연미복을 갖춰 입은 오케스트라 단원들이 화려하게 조명을 밝힌 객석 앞에 장엄한 모습으로 앉아 있다. 잠시 공들여 악기를 조율하는 소리가 들리더니, 이어 지휘자가 등장한다. 그는 객석과 오케스트라를 향해 각각 인사를 하고 위엄 있게 자기 자리에 앉는다. 이어지는 정적. 아직 오르지 않은 막 앞에 연출자가 나타난다. 연미복을 입고 흰 장갑을 낀 그는 말끔하게 면도를 하고 머리 손질도 했다. 고양된 기분에 한껏 들떠 있다.

조연출　(관객에게 인사하고) 친애하는 신사 숙녀 여러분! 불멸의 오페라 「파우스트」의 서곡이 시작되기 전에 저희 극장 측에서는 여러분께 오늘 이 역사적인 공연의 초연 날짜를 상기시켜 드리는 것이 적절한, 아니 꼭 필요한 일이라는 판단을 내렸습니다. 왜냐하면 오늘은 무대예술의 사실주의가 완전한 승리를 거둔 날이기 때문입니다. 오늘은 고대 그리스 극장이 시작된 지 2천6백 년 되는 날이자, 서유럽 극장이 세워진 지 715년 되는 날이며, 우리 조국 러시아의 극장이 세워진 지 159년이 되는 날입니다. 이 모든 숫자를 더해보면, 3천473년*이 흐르는 동안 연극계의 가장 뛰어난 지성들이 연극의 사실성, 좀 더 형상적으로 표현하자면 무대에서의 사실성을 담보

---

* 여기에 언급된 것은 시간을 직선적인 의미에서 계산한 것이 아니라 이 세상의 곳곳에서 연극이 존재한 순간들을 전부 합한 것이다. 사실 전부 합산하면 3,474년이나 원서에 3,473년으로 되어 있어 그대로 옮겼다.

할 '희대의 명약'을 찾아 헛되이 헤매었던 것을 알 수 있습니다. 그들은 여러 세기를 기다리고, 또 기다려야만 하는 운명에 처했었습니다! 사실 이것은 모든 위대한 발견이 겪어야 하는 숙명과도 같은 것입니다. 위대한 발견은 언제나 여러 세기를 기다리고 기다려서야 이루어졌습니다! 아메리카 대륙을 발견하기 전에 얼마나 많은 시간이 흘렀는지를 기억하신다면, 무대 위에서 완전한 사실성을 실현하기까지는 그보다 더 많은 시간이 필요했다는 사실을 이해하실 수 있을 겁니다. 어찌 되었든 우리에게 중요한 것은 이것 한 가지입니다. 탐색의 기간은 끝났고, 이미 오늘, 진실로 의미심장한 날이라 할 바로 오늘, 지금껏 연극의 진실을 소망하며 고통스러워했던 모든 사람들이 마침내, 그토록 오랜 기간 기다려왔던 완전한 치유를 얻게 될 것이라는 점입니다. 오늘 보시게 될 초연은…… 아, 저는 극장 측의 요청으로 여러분께 오늘의 공연을 소개하기 위해 이 자리에 섰고, 제가 맡게 된 이 역할을 매우 자랑스럽게 생각합니다. 여러분, 오늘 보시게 될 초연은 거짓으로 점철된 오래된 관습적 예술을 완전히 박멸할 것입니다! 오늘 보시게 될 초연은 극장에서의 꾸밈없는 진실이 승리를 구가하며 외치는 외침입니다! 오늘 보시게 될 초연은 드라마 예술의 우주적 역사에서 가장 위대한 사건입니다. 우리는 그저 오늘의 공연을 보며 이것이 얼마나 엄청난 규모의 사건인지 대략 추측해볼 수 있을 뿐입니다. 사실 그 엄청난 규모는 말로 형언할 수 없을 정도입니다. 따라서 여러분도 이 공연의 값어치에 부응하는 마음으로 공연을 지켜봐주시기 바랍니다. 하지만 여러분의 평가가 어떠한 것이든, 극장 측은 맡은 바 의무를 다했다는 생각만으로도 이미 행복합니다. 무대 위에서 상연되는 연극적 거짓의 매혹보다 생생한 현실의 진실을 더 소중히 여겨야 한다는 그 막중한 의무 말입니다.

나간다. 오케스트라가 「파우스트」의 서곡을 연주한다. 그사이, 첫번째 막이 오르고 두번째 막이 그 모습을 드러낸다. 두번째 막 위에는 거울 앞에서 가발을 벗어던지고 가면더미를 발로 밟아 뭉개는 '진실'의 형상이 그려져 있다. '진실'은 일체의 장식을 하지 않은 늙고 추한 여인의 모습으로 형상화되어 있다. 그녀의 양 옆에는 월계관으로 휘감은 방패가 놓여 있고, 방패에는 다음과 같은 글귀가 새겨져 있다. 첫번째 방패에는 "Amicus Cato, sed magis amica Veritas,"* 두번째 방패에는 "빵과 소금은 먹고, 진실은 잘라내라!"**라는 글귀가 적혀 있다. 서곡이 끝나면 기괴한 정적이 흐른다. 그사이 지휘자가 나가고 두번째 막이 열린다.

막이 열리면 무대의 거의 맨 앞쪽에 저 악명 높은 제4의 벽이 솟아 있다. 제4의 벽은 중세 말기 독일 건축과 관련된 고고학 지식을 총동원하여 건축예술의 사실주의를 완벽하게 실현해 제작했다. 이른 아침의 여명이 비친다. 무대는 비어 있다. 2층에 난 창문 중 하나를 통해 유지 램프의 깜빡이는 빛이 보인다. 증류기

---

* "카토는 내 친구이지만, 진실이 더 좋은 친구이다." "Amicus Plato, sed magis amica veritas (플라톤은 내 친구이지만, 진실이 더 좋은 친구다)"라는 아리스토텔레스의 말을 변용한 것이다. 마르쿠스 포르시우스 카토(Marcus Porcius Cato, 기원전 234~기원전 149)는 로마의 정치인이다.
** 사사로운 정에 이끌려 진실을 굽히지 말라는 뜻의 러시아 속담.

두세 개, 지구본, 창틀에 놓인 해골 등으로 미루어 보아 파우스트 박사의 방이라는 것을 알 수 있다. 그의 불안한 그림자가 언뜻 보인다! 그리고 마침내 전형적인 노인의 기침 소리가 들린다! 마치 이에 화답이라도 하듯, 어딘가 멀리서 새벽 5시를 알리는 시청의 종소리가 울려 퍼진다. 날이 점점 더 밝아온다. 오른쪽에서는 오페라 「파우스트」의 첫번째 합창곡을 모티프로 한 노동조합 수공업자들의 술 취한 노랫소리가 들려온다.

> "Die schäfer putzte sich zum Tanz
> Mit bunter Jacke, Band und Kranz,
> Schmuck war er angezogen.
> Schon um die Linde war es voll
> Und alles tantzte shon wie toll."*

밤새 방탕하게 놀고 돌아오는 젊은이들의 무리가 무대 왼쪽에서 오른쪽으로 지나간다. 이들은 목청껏 신나게 합창을 하고, 그들 중 한 명은 바이올린으로 합창의 반주를 한다.

> "Es drückte haftig sich heran,
> Da stieß er an ein Mädchen an
> Mit seinem Ellenbogen;
> Die friche Dirne kehrt'sich um

---

* "목동은 춤추러 나가려고 치장을 했다네/알록달록한 재킷, 리본과 왕관,/장신구로 멋을 냈다네./보리수나무 주위는 이미 사람들로 가득 찼다네./모두가 정말 미친 듯이 춤을 췄다네." 이하 모두 독일어인데 더러 철자가 틀린 것도 있으나 원문 그대로 실었다.

Und sagte: Nun, das find ich dumm."*

무리는 비틀거리며 왼쪽으로 사라진다. 파우스트는 창문으로 고개를 내밀고 사라져가는 젊은이들의 뒷모습을 바라보며 고개를 끄덕인다. 젊은 시절을 회상하고는 눈물이 핑 돌아 큰 소리로 코를 푼다. 오른쪽에서는 거리를 비질하는 소리가 들린다. 파우스트는 오른쪽으로 고개를 돌리고 다시 사라진다. 3층의 열린 창문으로 볼품없는 여인의 모습이 보인다. 그녀는 입이 찢어져라 하품을 하고 머리를 매만진다. 왼쪽에서 누더기를 걸친 소년이 달려 나와 노골적인 의도를 드러내며 그녀의 창 아래 벽 옆에 붙어 선다. 그 순간 위쪽에서 소년을 발견한 여인이 상황을 파악하고는 사라진다. 오른쪽에서 나타난 청소부가 "Aber Donnerwetter, willst du Ruten kriegen!"**이라고 외치며 소년에게 빗자루를 휘둘러댄다. 소년이 "아!" 하고 비명 소리를 지르며 간신히 빗자루를 피하자, 빗자루는 벽에 맞고 만다. 바로 그 순간 하인은 곤경에 처한다. 3층의 여인이 누더기 소년에게 퍼부으려고 집어 던진 쓰레기를 뒤집어쓰고 만 것이다. 하인은 푸들처럼 몸을 털며 위쪽을 향해 고개를 들고 소리를 지른다. "Verfluchte Sau! So muß denn doch die Hexe dran!"*** 소년은 낄낄대며 왼쪽으로 도망친다. 하인은 "Halt, dummer Jung!"****이라고 외치며 소년을 쫓아 나간다. 전형적인 독일 도시의 여인 몇 명이 먹을 것을 들고 무대를 가로질러 간다. 객석은 소금에 절인 생선과 양파, 돼지고기 냄새로 가득 찬다.

---

* "서로서로 격렬하게 부딪쳤다네./그때 목동이 팔꿈치로 한 소녀를 밀치고 말았네./순결한 그 시골 소녀가 넘어졌다네./그러고는 말했네: 정말, 바보 같아."

** "이런 빌어먹을, 네가 회초리로 맞고 싶은 게냐!"

*** "저주 받은 암퇘지 같으니! 저 속에 분명 마녀가 들어 있는 게 틀림없다니까!"

**** "거기 서, 이 멍청한 놈아!"

취객들의 합창   (무대 뒤 왼쪽에서 "아름다운 꽃들이 유혹하네!"를 모티프로)

> "Ach wie und wo ich mich vergnüge,
>
> Ach mag es immerhin geschehn,
>
> Ach laßt mich liegen, wo ich liege,
>
> Ach denn ich mag nicht länger stehn."*

오른쪽에서 마르가리타와 마르타가 나온다. 두 사람 모두 초라한 옷을 입고 있다. 맨발의 마르가리타는 손에 물레를 들고 걸어 나오다 파우스트의 연구실 창문 바로 앞에 멈추어 선다. 파우스트는 마르가리타의 육감적이고 천박한 웃음소리를 듣고 다시 창가에 나타나는데, 이번에는 한 손에 독이 든 잔을 들고 있다.

마르가리타	(사랑스러운 듯 물레를 바라보며) Ach, Gott! mag das meine Mutter sein!**
마르타	O, du glückliche Kreatur!***
마르가리타	Ach, seh Sie nur! Ach, schau Sie nur!****
마르타	Geht! Ist schon Zeit!*****
마르가리타	(마르타와 함께 천천히 왼쪽으로 걸어 나간다. 물레를 돌리며 노래한다.)

---

* "아, 어떻게, 어디서 즐기든,/아, 그것이 영원히 계속되었으면 좋겠네./아, 내가 누워 있거든 그곳에 그대로 내버려두오./아, 더 이상은 서 있기 싫으니."

** "아, 이럴 수가! 이건 나의 어머니가 틀림없어!"

*** "오, 오묘한 피조물!"

**** "아, 좀 보세요! 아, 제발 좀 보세요!"

***** "가야 해요! 이미 시간 다 됐어!"

"Es war ein König in Thule,

Gar treu bis an das Grab,

Dem Sterbend seine Buhle

Einen goldenen Becher gab……

Es ging ihm nichts daruber……"*

오른쪽에서는 장터에서 흘러나오는 음악 소리가 들린다.

파우스트　　(객석을 향해) 더 이상은 못하겠어! 여러분, 여러분이 증인
　　　　　　이십니다! (독이 든 잔을 마시고 비틀거리며 사라진다.)

무대 뒤에서는 소동이 벌어진다. "무슨 일이지?" "무슨 일이야?" "들으셨어요?"
"막 내려!" "기다려보세요!" "연출자 어디 있어?" "의사를!" "무슨 일이야?" 등
의 소리가 들린다. 빠른 속도로 막이 내려온다. 약간 술에 취한 듯한 연출보조
가 막 앞으로 나와 선다.

연출보조　　(객석을 향해 인사를 하고 기침을 한다.) 저…… 그러니까 말
　　　　　　입니다……, 여러분, 파우스트 역을 맡은 배우가 갑작스럽
　　　　　　게 정신착란을 일으키는 바람에 오페라는 여기서 접어야 할
　　　　　　듯합니다…… (손바닥에 숨긴 종이를 몰래 들여다본다.) 이
　　　　　　에 관하여 존경하는 관객 여러분께 알려드리는 바입니다.

---

* "툴레에 한 왕이 있었다네./그 왕은 연인에게 받은 황금 잔을,/죽을 때까지 소중히 했다
네./왕에게 황금 잔보다 더 소중한 것은 없었다네."

(절을 하고 나간다.)

막*

가장 중요한 것

Самое главное

누군가에겐 희극이지만, 누군가에겐 드라마일 수도 있는 4막극

이 희곡을 나에게 선량함을 가르쳐준
율리야 이바노브나 다브이도바의 찬란한 기억에 바친다.*

---

* 예브레이노프가 괄호 안에 (Г. 그라벨)이라는 별칭을 기재한 율리야 이바노브나 다브이도
바에 관하여는 알려진 바가 없다.

등장인물　파라클레트　　　　　　　　　　조언자, 조력자, 위로자를 뜻한다

점쟁이 여인
프레골리 박사
슈미트　　　　　　　　　　　　　파라클레트의 가면들
수사
아를레킨

지방극장의 극장장
연출자
프롬프터
전기기술자
연인 역 전문 배우
맨발의 무희─그의 아내
희극배우
네로 역을 맡은 배우
페트로니우스 역을 맡은 배우　　　　　지방극장의 배우들
티겔리누스 역을 맡은 배우
루카누스 역을 맡은 배우
포페아 사비나 역을 맡은 여배우
리기아 역을 맡은 여배우
칼비아 크리스피닐라 역을 맡은 여배우
니기디아 역을 맡은 여배우

공동주택의 여주인*

타자수**   ─그녀의 딸

퇴역관리

대학생   ─그의 아들

여교사

공동주택의 거주자들

개를 데리고 다니는 여인***

귀머거리 여인

타락한 여인

삼중혼자(三重婚者)의 아내들

극의 배경은 20세기 초 러시아 중부 지역의 지방 대도시이다.****

---

* 원문에는 공동주택의 여주인 마리야 야코블레브나를 칭할 때 매번 '가구 딸린 공동주택
의 여주인'이라고 표기되어 있으나, 줄여서 '공동주택의 여주인'으로 옮겼다. 당시 러
시아의 공동주택에는 기본적인 가구들이 구비되어 있었다.

** 당시에는 타자수들이 모두 최초의 타자기 회사인 레밍턴 사의 타자기를 사용했기 때문
에 '레밍턴 타자수(ремингтонистка)'라 불렀다. 이 글에서는 '타자수'로 옮겼다.

*** 안톤 체호프의 유명한 단편 「개를 데리고 다니는 여인」에서 따온 등장인물의 명칭이다.

**** 예브레이노프는 '극장 소속 목수들'이나 소품 담당을 대신하여 자리를 지키는 '조수' 등
대사가 없거나 목소리만 등장하는 출연자들은 등장인물 목록에 포함시키지 않았다.

제1막

점쟁이 여인의 집. 초라한 집기들이 놓인 작은 방. 횃대에 올려둔 반짝이는 눈의 올빼미, 천장에 달아맨 거대한 박쥐, 점쟁이 여인의 책상을 기묘하게 장식하고 있는 빼빼마른 검은 고양이 등 세 마리 박제 동물이 단박에 시선을 끈다. 무대 왼쪽에 자리한 책상은 방에 하나뿐인 창문가에 놓여 있고, 창문에는 빛바랜 동양풍의 스카프가 걸려 있다. 두 개의 문 중 오른쪽 문은 응접실로, 중앙의 문은 침실로 통한다. 객석에서 잘 보이는 침실의 한쪽에는 옥양목 캐노피로 장식한 여성용 화장대가 놓여 있고, 중앙의 문 왼쪽에는 큰 옷장, 오른쪽에는 나지막한 칸막이가 세워져 있다. 벽면 이곳저곳에는 오래된 천궁(天宮) 지도, 별자리가 그려진 '신탁소(神託所)'* 그림, 십이궁도(十二宮圖),** 강신술(降神術) 실험 사진, 기이한 장면이나 '영혼'을 찍은 사진 등이 걸려 있다. 책상 위에는 박제 고양이 외에도 커피 찌꺼기가 담긴 단지와 작은 거울, 수정구슬점을 치기 위한 둥근 구슬, 작고 노란 밀랍 초 세 개와 큰 초 한 개가 꽂힌 오래된 촛대, 철제 걸쇠가 달린 거대한 고서들, 기름에 전 카드와 신문, 잡지 다발, 동전을 담아둔 큰 잔, 녹색과 보라색 액체가 든 유리구슬 몇 개가 담긴 컵, 겨우살이 나뭇가지를 꽂아둔 배가 불룩 튀어나온 병과 해골 등이 놓여 있다. 전체적으로 볼 때 방의 인테리어는 미신을 쉽게 믿는 방문자들이 혹할 만한 인상을 준다. 낮 시간용 조명이 켜져 있는데, 그 빛은 너무 탁하지도, 그렇다고 아주 환하지도 않다. 점쟁이 여인은 창을 등진 채 책상 앞에 놓인 검은 가죽 안락의자에 앉아 있다. 안락의

---

* '말하다'라는 뜻의 라틴어 'oraculum'을 음차한 러시아어 단어인 'оракул'을 번역한 것이다. 'oraculum'은 고대에 제사장을 통해 신의 말을 듣던 장소이다.
** 황도대(黃道帶, Zodiac)라고도 불리는 12개의 별자리 지도이다.

자는 점쟁이 여인의 모습만큼이나 낡았다. 방문객들은 점쟁이 여인의 반대편에 앉게 되어 있는데, 창에서 들어오는 빛 덕분에 그들의 자리는 비교적 밝다.

막이 오르면, 아침 나절, 손님을 맞이하는 점쟁이 여인의 집이 보인다. 그녀는 약간 떨리는 손으로 카드를 책상 위에 문양대로 가지런히 늘어놓고 있다. 입고 있는 낡은 잿빛 실내복은 커피 얼룩투성이인 데다가, 꼽추처럼 등이 굽어 잘 맞지도 않는다. 매부리코 위에는 거북이 등뼈로 만든 커다란 안경을, 그 위로는 꼭 반(牛)마스크처럼 생긴 빛바랜 초록색 챙 모자를 쓰고 있다. 게다가 그 챙 모자를 고무줄로 연결해 쓰고 있어, 마치 안과 의사들이 외과 요법에 의지하지 않으려고 처방해주는 특수한 안대처럼 보인다. 검은 레이스로 짠 부인용 두건이 봉두난발인 백발을 가리고 있고, 코담배로 더러워진 듯 보이는 윗입술 아래로는 썩은 이가 보이고, 턱과 오른쪽 광대뼈 위에는 털이 숭숭한 큰 사마귀 두 개가 나 있어, 인간의 운명을 예언하는 노파의 외모를 더욱 추하게 만든다. 목에는 진귀한 부적들로 만든 목걸이를, 팔에는 부적 '파티마의 손'*과 '제타투라'**로 장식하여 짤랑거리는 소리를 내는 은팔찌를, 손가락에는 터키석과 문스톤이 박힌 반짝이는 반지를 끼고 있다. 약간 쉰 듯한 목소리는 마치 목 안쪽에서 울려 나오는 듯 굵직하고, 발음은 카프카스 사람들의 발음처럼 무겁고 느리다. 점쟁이 여인 앞에는 뚱뚱한 부인이 앉아 있는데, 유감스럽게도 미모보다는 화려한 의상이 더욱 근사해 보인다. 뚱뚱한 부인은 눈을 깜빡이며 노파의 예언을 들으면서도, 계속해서 무릎에 앉은 강아지에게 신경을 쓴다. 멋진 개줄에 묶어 데려온 강아지는 반짝거리는 화려한 개목걸이에 우아한 옷을 입고 있다.

---

　* 파티마는 이슬람교의 창시자 무함마드의 딸이다. '파티마의 손'이라 불리는 손바닥 모양은 이슬람 문화권에서 부적과 액세서리로 사용된다. '파티마의 손'은 이슬람의 다섯 가지 근본 교리인 믿음, 기도, 순례, 금식, 자선을 상징한다.
** 제타투라는 이탈리아어 jettatura(저주)에서 온 단어로, 저주를 막는 부적이다. 일반적으로 약지와 검지를 앞으로 뻗고 있는 손의 형상을 본떠 산호로 만든다.

점쟁이 여인	돈에 관심이 있구먼! 돈에 아~주 관심이 많아…… 편지 다 발…… 사업 성공…… 금전 문제…… 실례지만, 부인, 혹 시 투기를 좀 하시나요?
개를 데리고 다니는 여인	(머뭇거린다.) 조금요, 근데 왜요? (강아지에게 입 맞추는 시 늉을 하고는 강아지를 쓰다듬는다.)
점쟁이 여인	내 그럴 줄 알았지. 카드를 보니 돈에 관한 이야기가 아주 많아. 그런데 별로 행복하시진 않고……
개를 데리고 다니는 여인	바로 그거예요. 그 사람이 떠난 뒤로는……
점쟁이 여인	누가요?
개를 데리고 다니는 여인	(조금 모욕당한 듯한 어조로) 내 남편이요…… 아니면 내가 이렇게 엉망이 됐겠냐고요! 그 사람이 떠난 후로 행복은 정 말이지 꿈에서나 보여요……
점쟁이 여인	좋은 사람이었나요?
개를 데리고 다니는 여인	내가 나쁜 사람을 사랑했겠어요……
점쟁이 여인	그러셨겠죠. 그럼 도대체 왜 남편이 부인을 떠났나요?
개를 데리고 다니는 여인	그러게 말이에요. (금빛 담배 케이스를 꺼내 담배를 피워 문 다.) 내가 가난한 고아였을 때 나랑 결혼한 사람이에요. 난 그때 무서운 구두쇠 숙모 집에서 살고 있었거든요. 정말이지 끔찍했죠. 그런 나한테 다가와서 사랑의 행복을 알려주고, 내 거친 환상에 자유를 준 사람이에요. 그러다가 고모가 죽 고 내가 유일한 상속녀가 되었을 때, 그이는 내 전 재산과 나를 버리고 떠나버렸어요. (레이스 손수건을 눈가에 댄다.)
점쟁이 여인	아~주 독특한 사람이군요.

개를 데리고 다니는 여인	이런 일을 겪고 나서도 여자 마음이 요지경 속이라고 말할 수 있을까요? 그럼 남자 맘은 어떤데요? 말 좀 해보시라고요.
점쟁이 여인	내가 무슨 말을 하는지는 그리 중요하지 않죠. 하지만 카드점이 이야기해주는 건 다른 문제지요.
개를 데리고 다니는 여인	얼마 전에 웬 근사한 남자가 마차를 타고 지나가는데, 세상에 잘 보니 그 남자가 벌써 10년째 호적에 내 남편이라고 기록된 바로 그 작자더라 이거예요. 아니, 인사라도 해야 하는 거 아닌가요?
점쟁이 여인	남편이 분명했나요?
개를 데리고 다니는 여인	물론이죠. 턱수염을 깎았다고 못 알아보겠어요? 더구나 난 마누라라고요. 이미 변호사랑 이야기를 끝냈어요. 이건 완전한 형사범죄예요. 영국에서는 얼마 전에 이런 죄를 지은 놈을 사형에 처했다더군요.
점쟁이 여인	무슨 죄로 말인가요?
개를 데리고 다니는 여인	삼중혼(三重婚) 말이에요. 70년 전쯤 그런 일이 있었다더군요. 영국에선 이런 일은 엄하게 다스린대요.
점쟁이 여인	하지만 부인, 첫째, 우린 러시아에 살고 있고요, 그리고 둘째로, 댁의 남편이 정말 세 여자와 결혼했나요?
개를 데리고 다니는 여인	그렇다니까요! 아니면 내가 왜 이렇게 흥분을 하겠냐고요! 작년에 바트빌둥엔*에 갔었거든요. 제가, 그러니까 저……, 신장이 좀 안 좋아요. 어쩌겠어요? 질 좋은 코냑은 좋아하고, 사는 건 재미가 없고…… 하여간 그러저러해서 그곳에

---

* 바트빌둥엔Bad Wildungen은 독일 카셀 근처에 있는 온천 마을이다.

서 한 벙어리 여자를 알게 되었거든요. 근데 그 여자 사진첩에 제 남편 사진이 떡하니 끼워져 있는 거예요. 그 여자랑 친해진 건요…… 제가 원래 휴양지의 수다쟁이 여편네들을 안 좋아해요. 그런데 이 여잔 벙어리니까 공책에다 뭔가 써주면, 그 여자도 그렇게 답을 하죠. 조용하고 편안하게. 게다가 귀도 아프지 않고. 무엇보다 그런 여자는 이랬다저랬다 말 바꾸는 일도 없고요. 어쨌거나 사진을 보다 내가 "이 사람은 내 남편이야." 이렇게 쓰고 두 번이나 밑줄을 쳤죠. 그러니까 그 여자가 "아니, 내 남편이야." 이렇게 쓰더니 세 번이나 밑줄을 치는 거예요. 그래서 "어떻게 이런 일이 있을 수 있지?"라고 썼죠. 그래서 어떻게 이런 일이 생겼나, 따져보다가…… 이렇게 써줬죠. "그놈이 중혼(重婚)을 한 거야. 우린 속은 거라고." 그러니까 그 여자가 "삼중혼자는 아닐까?"라고 쓰더니 자초지종을 설명하더군요. 어느 날 자기가 그놈이 어떤 거리의 여자랑 같이 있는 걸 잡았는데, 결국 어딘가로 잽싸게 도망쳐버려 놓치고 말았대요. 하지만 그년도 바보는 아니니 아마도 죄 많은 우리 둘처럼 사랑을 증명하기 위해 하느님의 종*을 교회로 끌고 갔을 게 뻔하다고요.

점쟁이 여인   재미있는 이야기군요.

개를 데리고 다니는 여인   재미있다마다요. 이번 여름 내내 수색대 전체가 동원됐는걸요. 그나저나, 우리끼리 얘기지만요, 나한테 너무 근사한 탐정을 보내줬더라고요…… (손가락 끝에 입 맞춘다.) 매력덩

---

* 결혼식에서 남편이 될 남자를 칭하는 정교회의 관용적 표현이다.

어리에, 미남에…… 게다가 분장이나 표정 같은 걸 배우려고 일부러 극장에서도 일한다더라고요…… 스베토자로프…… 그런 jeune premier*에 관해 들어보셨어요? 정말 매혹적이에요…… 그 몸짓…… 그 눈빛…… 나의 돈 후안을 잡아오면, 내가 그이를 부자로 만들어주겠다고 했어요…… 어머, 아니에요. 내가 무슨 꿍꿍이가 있어서 남편을 삼중혼으로 고소한 게 아니라고요…… 내가 왜 그러겠어요? 얼마나 힘든 일인데요…… 내가 원하는 건 그냥 경찰들이 그놈을 잡아서 내 앞에 끌고 오면 이혼을 요구하고 내 눈앞에서 꺼지라고 하는 거죠. 아니, 정말이지, 생각해보시라고요. 난 아직 젊으니 또 결혼을 할 수도 있는데 이혼을 안 했으니…… 그렇지 않아요? 완전 엉망이 될 수도 있는 거 아니겠어요. 사실 내가 진짜 형식을 중시하거든요……

점쟁이 여인　　아, 그러니까 당신도 혼자는 아니군요! 그나마 좀 위로가 되는군요.

개를 데리고 다니는 여인　　(미소를 지으며 무릎에 얹은 개를 끌어안는다.) 나한테 친구가 둘 있긴 하죠. 하나는 요 녀석 미미고요, 또 한 사람 이름은…… 이름이야 어떻든 무슨 상관이에요. 그렇지, 미미? (강아지에게 입 맞춘다.) 어디서 이렇게 더러워졌어? (강아지 옷의 먼지를 턴다.) 혹시 우리 미미를 위한 점도 봐주실 수 있나요?

점쟁이 여인　　개 점을 봐달라고요?

---

* '첫번째 연인 역'이라는 뜻의 프랑스어.

106

개를 데리고 다니는 여인	네, 요즘 이 녀석이 왠지 기분이 좋지 않아요. 몇 시간씩 창가에 앉아서 너무너무 슬픈 얼굴로 창밖을 바라보죠……
점쟁이 여인	그렇군요, 부인. 하지만 저한테 강아지용 카드는 없으니 어떻게 점을 본다지요?
개를 데리고 다니는 여인	강아지용 카드가 무슨 필요가 있어요. 요 녀석은 꼭 사람 같아서, 뭐든지 다 이해한다고요. 정말 그렇다니까요. 요 얼굴 좀 보세요. 난 요 녀석하고 절대 떨어지지 않는답니다. 그래서 교회도 안 다녀요. 왜 교회에 개를 데리고 들어가지 못하게 하는지 모르겠어요. 성경에도 "모든 피조물이 주를 찬양할지라," 또 "짐승을 사랑하는 자는 복이 있나니" 하시지 않았나요.
점쟁이 여인	(조금 짜증이 나서) 그렇죠. 하지만 성경에 대기실에서 (오른쪽 문을 가리킨다.) 사람들이 자기 운명을 알아보려고 노심초사하며 기다릴 때 개 점을 봐주라고 쓰여 있진 않죠.
개를 데리고 다니는 여인	(돈을 꺼내 책상 위로 내던진다.) 부탁해요. 두 배를 드릴게요. 제 변덕이라고 생각해주세요.
점쟁이 여인	(할 수 없다는 듯이 고개를 저으며 카드를 섞는다.) 성격 참 대단하시네요. 시간을 더 끌지 않으려면 그렇게 해야겠군요. 그럼 누가 패를 떼죠?
개를 데리고 다니는 여인	제가 대신 떼고요, 요 녀석은 앞발로 건드리라고만 하죠…… 말하자면 기를 불어넣으라고요. (패를 떼서 강아지의 앞발로 카드 패를 건드린다.)
점쟁이 여인	(한숨을 쉰다.) 아이고…… 난생처음 개 점을 다 봐줍니다. (패를 늘어놓는다.)

퇴역관리	(떨리는 턱에 잿빛 수염을 길게 기른 노인이 낡은 제복 코트를 입고 한 손에는 휘장 달린 군모를, 다른 한 손에는 끝에 고무마개가 달린 지팡이를 들고, 다리를 절뚝이며 오른쪽 문으로 들어선다. 물기 어린 눈에 불그스레한 코, 가련한 모습의 그가 조금 우물거리며 말한다.) 저…… 선량한 부인, 용서하세요. 정말 급해서 그러는데, 제가 너무 늙어서 더 이상 기다리기가…… 지금까지도 간신히 기다렸거든요…… 좀 봐주십시오……
점쟁이 여인	이제 다 끝났어요…… 조금만 기다리세요. 잠깐만 있으면 끝납니다.
퇴역관리	알겠습니다. 고맙습니다. 너그럽게 봐주세요. (나간다.)
개를 데리고 다니는 여인	(퇴역관리의 뒤통수에 대고) 무식한 노인네 같으니. 묻지도 않고, 그것도 제일 결정적인 순간에 끼어들어. 그렇지, 미미야? (강아지에게 입 맞춘다.) 보세요, 얘가 놀랐잖아요. 자, 어떤 좋은 이야기를 해주실 건가요?
점쟁이 여인	(카드를 보며) 좋은 얘긴 별로 없는데요. 첫째, 병에……
개를 데리고 다니는 여인	우리 미미가 병에 걸린다고요?
점쟁이 여인	피할 수가 없겠는걸요…… 첫째는, 너무 먹어서, 둘째는, 너무 앉아만 있어서 병에 걸린다는군요.
개를 데리고 다니는 여인	정말요? 아니, 카드로 그런 것도 알 수 있나요? 또 무슨 일이 있죠?
점쟁이 여인	여왕이라…… 사랑에 빠졌구먼. 여왕을 애타게 그리워하는데요……
개를 데리고 다니는 여인	알아요, 그 깜둥이 똥개. 우리 앞집에 살죠…… 이런, 이런, 이런. 미미, 이럴 줄은 몰랐어……

점쟁이 여인	게다가 하트 퀸이니…… 이 여인한테도 대~단한 호감을 갖고 있는데요.
개를 데리고 다니는 여인	미미, 이 난봉꾼! 하트 퀸이 누군지 당장 말해! 난 처음 듣는 소리야. 말해봐, 누구야?
점쟁이 여인	(귀 뒤를 긁적이며) 부인, 아무래도 그 사항에 관해서는 댁에 가서 이야기하시는 게 좋겠는데요. 그 개가 대답을 할 때까지 기다리면 제 고객들의 인내심이 진짜로 바닥나버릴 것 같습니다. 어떻게 생각하세요?
개를 데리고 다니는 여인	(화가 나서) 아이 참! 묻고 싶은 것이 너무너무 많았는데. 뭐, 그래도 그렇게 서두르시니…… (일어나서 개를 바닥에 내려놓는다.) 이미 돈은 냈지요? (책상 위에 던져둔 돈을 가리킨다.)
점쟁이 여인	감사합니다. 그런데 여기에 기부하는 것을 잊으셨군요. (동전을 모아둔 큰 잔을 내민다.) 가난한 사람들을 위한 겁니다.
개를 데리고 다니는 여인	(동전을 꺼내서 잔에 넣는다.) 아우, 정말이지 가난한 인간들 때문에 거치적거려 죽겠어요. 한 걸음 걸을 때마다 거지 아니면 자선사업가가 기다리니…… 그렇지, 미미? 거지들은 진짜 참을 수가 없어. 얘가 거지들을 보면 얼마나 짖어대는지 아세요? 보면 놀라실 거예요. 하지만 어쨌거나, 이건 제 이름으로 하는 거고요, 이건 미미 이름으로 하는 거예요. 뭐 이런다고 파산하진 않을 테니까. 그럼 또 봐요. (나간다.)

점쟁이 여인은 돈을 책상 서랍 속에 밀어넣고 카드를 모은다.

퇴역관리	(들어서며) 들어가도 됩니까?
점쟁이 여인	들어오세요.
퇴역관리	선량한 부인, 전…… 그저…… 잠시 들른 겁니다. 시간을 끌지 않을게요. 믿으셔도 됩니다. 우리 여주인, 그러니까 공동주택의 주인이신 마리야 야코블레브나가 보내서 왔습니다…… 그러니까…… 저랑 아들놈이 그 집에 세 들어 살거든요……
점쟁이 여인	앉으세요.

관리는 점쟁이 여인의 맞은편에 앉는다.

	마리야 야코블레브나가 오늘 우리 집에 들르신다고 했는데……
퇴역관리	예, 예. 제가 바로 그 이야기를 하려고…… 오늘 딸을 데리고 올 거예요. 그런데 그건 그분 일이고, 전 제 아들 녀석…… 그러니까 페쟈라고, 대학생인데…… 그 녀석 얘기를 하려고…… 마리야 야코블레브나가 부인 집에 같이 가자고 페쟈를 설득했거든요…… 그런데 그 녀석은 부인의 점을…… 죄송합니다, 기분 나빠하지 마세요, 미신이라고 생각하거든요…… 그리고 사실 저도, 죄송하지만…… 그러니까…… 저…… 점을 아주 확실하게 믿는 건 아닙니다…… 하지만 마리야 야코블레브나가 부인이 정말 너무도 선량한 분이라고, 슬픔에 빠진 이웃을 모른 체하시지 않고 충고를 해주신다기에…… 우리 가족이 겪는 슬픔이 너무 크거든요.

젊은이가, 그것도 한창때의 젊은이가, 갑자기 자살을 시도하고, 사는 걸 끔찍해하고……

점쟁이 여인   그래도 다행히 무사히 지나간 것 같더군요…… 마리야 야코블레브나에게서 들었거든요……

퇴역관리   마리야 야코블레브나가 그 녀석을 구해주셨어요. 전 그때 저녁 예배에 가 있었는데…… 고리가 버티지를 못했어요, 하늘이 도우셨죠. 하지만 그 몹쓸 놈의 밧줄이 이미 목에 깊이 파고 들어가서…… 예…… 녀석을 구했지만 그 녀석이 나중에 또 무슨 생각을 할지 어떻게 알겠어요…… 그래서 부인이 너무나 좋은 분이라기에 이렇게 왔습니다. 그러니까 미리 달려온 거죠…… 늙은이라고 제 이야기는 듣질 않거든요. 혹시 부인 말씀은 들을까 해서요. 최면 같은 마술도 좀 하신다고 들었는데, 그 정신 나간 놈한테 늙은 애비를 불쌍히 여기는 마음이라도 좀 불어넣어주십시오. 왜 이런 벌을 받는지 모르겠어요…… 그런 일 없어도 사는 게 참 녹록지가 않은데요. 억울하게 퇴역을 당했고…… 연금은 쥐꼬리만 하고…… 몸은 성한 데가 없고…… 아들들이 좀 도와줄까 싶었는데, 그것도 뜻대로 되지 않는군요. 발로쟈란 녀석은 배를 타고 떠나 먼 곳에서 살고 있고, 다른 녀석은 백발이 성성한 애비를 이렇게 부끄럽게 만드니…… (울먹이는 소리로 훌쩍이다 눈물을 닦는다.)

점쟁이 여인   기꺼이 도와드릴 수 있는데, 어떻게 해야 할지를 잘 모르겠네요…… 사람의 영혼 속으로 들어가야 하는데, 그게 그렇게 간단하지가 않거든요. 게다가 그걸 허락할지도 모르겠고요……

퇴역관리 부인, 그 녀석 생각하는 방식을 좀 바꾸어주세요…… 그 무정한 녀석을 확 뒤집어놓을 말을 좀 해주세요…… 하실 수 있을 거예요. 저 같은 게 이래라저래라 할 일이 아니지요…… 여기…… (떨리는 손으로 점쟁이 여인에게 돈을 찔러준다.) 선량한 부인, 욕하지 말아주세요……

점쟁이 여인 (돈을 밀어내며) 필요 없습니다, 필요 없어요! 전 미리 돈을 받지 않아요……

퇴역관리 (일어서서 문 쪽으로 뒷걸음친다.) 욕하지 말아주세요, 부인…… 제발 좀 도와주세요…… 부인을 위해 하느님께 기도드리겠습니다…… 용서하세요…… 더 이상 시간을 뺏지 않겠습니다……

점쟁이 여인 선생님 돈은 필요 없다니까요. 가져가세요……

퇴역관리 (문가에서) 제 돈이 아니라 부인 돈입니다. 부인 돈이라고요. 늙은이를 서운하게 하지 마세요…… 제발 부탁드립니다. (머리 숙여 절한다.) 이렇게 부탁드립니다.

점쟁이 여인은 머리를 젓고는, 받은 돈을 빈민구제를 위해 동전을 모아둔 잔에 넣는다.

맨발의 무희 (초라한 옷을 입고 두꺼운 베일을 쓴 채 들어온다.) 안녕하세요? (상냥하게 점쟁이 여인의 손을 쥔다.) 좀 일찍 왔어요. 12시에 공연 연습이 있거든요. 늦을까 봐서요……

점쟁이 여인 앉아요. 내 편지 받았죠?

맨발의 무희	(의자에 앉아 두꺼운 베일을 들추자, 아름답고 생기에 찬 자그마한 얼굴이 보인다.) 어떻게 감사하단 말씀을 드려야 할지 모르겠어요. 정말 너무 자상하세요. 전 부모님이 안 계시거든요…… 제가 누구한테 고민을 이야기할 수 있겠어요. 우리가 알고 지낸 동안 당신은 정말이지 절……
점쟁이 여인	(말을 끊으며) 알았어요, 알았어. 센티멘털해지지 말자고. 뉴스가 있는데, 나 당신 극장에 갔었어요.
맨발의 무희	(놀라서) 당신이요? 우리 극장에요? 맙소사! 그 형편없는 광대극을 보고 질리셨죠? 생각해보면 우스워요…… 제 예술에 무슨 대단한 변화의 힘이 있다고 믿으면서 마치 성전으로 향하는 것처럼 극장을 향해 달려갔는데…… 결국 이렇게 어릿광대 인형극이나 하고 있단 걸 생각하면 정말이지 끔찍해요……
점쟁이 여인	당신 남편 연기를 봤어요.
맨발의 무희	스베토자로프의 연기를요?
점쟁이 여인	좋은 배우더군요. 그런데 분장이 좀 엉망이야……
맨발의 무희	저도 그 얘기를 얼마나 많이 했는지 몰라요. 허구한 날 똑같이, 상심한 피에로 얼굴이 뭐냐고요.
점쟁이 여인	난 당신 일 때문에 일부러 당신의 멋진 남편을 보러 갔었던 거예요.
맨발의 무희	정말요?
점쟁이 여인	당신이 나한테 무지 어려운 과제를 줬으니까. 사람을 보지도 않고, 심지어 목소리도 듣지 않고, 그 사람 사랑이 식어가는지 아닌지를 어떻게 알겠냐고……

맨발의 무희	그래서요…… 어떻게 생각하세요?
점쟁이 여인	당신은 남편을 너무 사랑해요. 하지만 그이가 당신 사랑을 너무 믿게 하지는 말라고.
맨발의 무희	그러니까 저…… 어떻게 하란 말씀이죠? 잘 모르겠어요……
점쟁이 여인	질투하게 만들어야지.
맨발의 무희	하지만 그이는 요즘 들어 저한테 거의 관심이 없는걸요.
점쟁이 여인	그건 아무것도 아니에요. 좀 참으면서 엔지니어같이 정확하게 질투의 다리를 놓으라고. 그럼 남편이 그 다리를 따라서 심장이라는 증기기관차를 타고 최고 속도로 달려올 테니까. (벨이 짧게 두 번 울린다.)
맨발의 무희	(흠칫하고 놀란다.) 어머나, 이상해요……
점쟁이 여인	뭐가 이상한데요?
맨발의 무희	벨 소리 말이에요. 보통 제 남편이 저렇게 벨을 누르거든요. 이제 가봐야겠어요. (점쟁이 여인과 작별 인사를 한다.) 안녕히 계세요.
점쟁이 여인	행복하게 지내요.
맨발의 무희	(감사의 마음을 담아 미소 지으며) 노력할게요. 아, 깜빡할 뻔했다. 편지에 우리 극장에 중대한 사건이 있을 거라고 하셨죠? 오늘 극장에 깜짝 놀랄 만한 일이 있을 건가 봐요.
점쟁이 여인	제법 받아들일 만한 흥미로운 제안이 들어올 거예요.
맨발의 무희	누가 그런 제안을 받게 될까요? 제가요? 아니면 남편, 아님 우리 극단 전체가요?
점쟁이 여인	난 자기 점만 본 건데.
맨발의 무희	아, 네…… 고맙습니다.

벨 소리

이젠 정말 가봐야겠어요. 운명을 알고 싶어 하는 사람들을
기다리게 해서는 안 되죠. 또 봬요. (나간다.)

사이

점쟁이 여인   (서둘러 일어서서 문 쪽으로 향하며) 음…… 다음 사람은 누
구지? 들어오세요.

연인 역
전문 배우   (잿빛 코안경에 짧은 턱수염을 하고, 손에는 신문을 들고 들어
온다.) 안녕하십니까. 저…… 그러니까 당신이 (신문 광고를
읽는다.) "동양의 점술가로 손금과 관상을 보고, 비밀스런
질병을 고치고, 필체로 성격을 맞추고, 애정 문제에 관해 조
언을 해준다"는 그분인가요?

점쟁이 여인   (연인 역 전문 배우가 들어오자 제자리에 앉는다.) 무엇을 도
와드릴까요?

연인 역
전문 배우   점을 좀 봐주십사 하고 왔습니다……

점쟁이 여인   점을 봐달라고요? 난 면도를 하러 오신 줄 알았는데……

연인 역
전문 배우   저…… 무슨 말씀이신지……

점쟁이 여인   무엇에 관한 점을 봐드릴까요? 앉으시죠.

연인 역
전문 배우   (앉으며) 뭘 하나 잃어버렸습니다.

점쟁이 여인   바늘을 잃어버리셨나요?

연인 역
전문 배우   아뇨, 그거보단 좀 큰 겁니다.

점쟁이 여인	당신이 잃어버리신 건가요?
연인 역 전문 배우	누가 잃어버린 게 뭐 중요합니까?
점쟁이 여인	그럼 당신은…… 당신 자신이 맞습니까?
연인 역 전문 배우	무슨 말씀이신지……
점쟁이 여인	(일어나 책상 위로 허리를 숙여 연인 역 전문 배우 쪽으로 몸을 기울인다.) 이 턱수염은 당신 턱수염인가요? (얼굴에 붙인 턱수염과 콧수염을 빠른 동작으로 떼어낸다.)
연인 역 전문 배우	(깜짝 놀라서) 죄송합니다. 그런데 이건, 저……
점쟁이 여인	점쟁이는 못 보는 게 없지요…… 모든 사람을 환히 들여다봅니다. 당신이 안경 없이 보는 것보다 더 잘 보죠.
연인 역 전문 배우	(안경을 벗고 수염을 주머니에 숨기며) 저…… 저…… 정말이지 놀랍군요. 할 말이 없어요.
점쟁이 여인	도대체 왜 왔지? 사실대로 말해. 날 속일 순 없거든.
연인 역 전문 배우	정신 차릴 시간 좀 주십시오.
점쟁이 여인	빨리 말하지. 안 그러면 극장 공연 연습에 늦을 텐데.
연인 역 전문 배우	아니, 내가 배우라는 것도 아시나요? 저를 무대에서 보신 적이 있으세요?
점쟁이 여인	봤는지 안 봤는지는 내 문제고, 자네 문제는 뭐지? 여기 왜 온 거야?
연인 역 전문 배우	음…… 그러니까 저……
점쟁이 여인	뭐든지 다 본다고 했지. 그러니 거짓말할 생각 마.
연인 역 전문 배우	(놀랐던 마음을 진정시키고 심지어 약간 냉소적으로) 그렇게 뭐든지 다 보시는 분이라면, 제가 어떤 신사를 쫓아 여기 온 것도 아시겠군요. 그 신사는 여기 살거나, 적어도 이곳에 자

주 오는 사람입니다. 여기 사진이 있습니다…… (주머니에서 사진을 꺼낸다.) 이 사진에선 수염을 기르고 있죠. (부끄러운 듯 웃는다.) 조금 전 저처럼요…… 하지만 최근엔 수염을 깎은 게 분명해요. 어찌 되었든 사진 속의 인물과 아주 닮았습니다.

점쟁이 여인 그래서?

연인 역 전문 배우 지금 다들 이 사람을 찾고 있습니다. 이 사람이 벌써 세 여자를 속였어요. 전형적인 범죄자죠. 결혼해서 지참금을 챙기고는 튀어버리는 겁니다.

점쟁이 여인 나쁜 놈이구먼.

연인 역 전문 배우 그래서 제가 정의의 심판에 이 한 몸 바치려고……

점쟁이 여인 탐정인가?

연인 역 전문 배우 (머뭇거린다) 그게…… 극장에서 연기를 해도 돈을 얼마 받지 못하거든요…… 저처럼 연인 역 전문 배우는 항상 의상 때문에 지출은 많고…… 이 코트, 넥타이, 장갑, 이런 것들도 전부 돈인데……

점쟁이 여인 (말을 이으며) 전부 돈이라 결국 탐정이 되셨다?

연인 역 전문 배우 그게 뭐 그렇게 잘못한 건가요? 사실 우린 가끔은 이웃의 행복을 위해서 위험을 무릅쓰기도 하잖아요…… 정의, 공평 이런 걸 위해서 말이죠……

점쟁이 여인 (카드를 늘어놓는다.) 그렇구먼! (점을 친다.) 오호! 운이 좋은걸…… 곧 새 소식이 들릴 거야…… 어쩌면 오늘…… 자네 일터에서…… 그러니까 극장이겠지…… 흠…… 자네의 '분실물'에 관해선 말이야…… 뭐더라, 자네가 찾고 있는 그

삼중혼자에 관해선 말이지 할 말이 없어…… 카드가 입을 딱 다물고 아무 말도 안 해주는군. 하지만 내가 매주 점을 쳐보지. 그러니 주소를 두고 가. 뭔가 보게 되면 편지를 할 테니.

연인 역 전문 배우는 명함에 자기 주소를 써서 점쟁이 여인에게 건넨다.

곧 새 아파트로 이사를 가게 될 거야. 그러면 새 주소도 보내줘.

연인 역 전문 배우	제가…… 이사를 가게 될 거라는 말씀을 하시는 건가요?
점쟁이 여인	내가 아니라, 카드가 그렇게 말하는군. (사진을 돌려준다.) 자, 가지고 가게! (웃는다.) 정말 재미있는 우연인걸! 진짜 닮았어…… 아주 많이……
연인 역 전문 배우	(흥분하여) 닮았다고요?
점쟁이 여인	아주 똑같아…… 자네 표현대로 하자면, 이분도 내 '숭배자'거든. 부자인 건 사실이지만, 지참금을 가로채서 부자가 된 건 아닌데……
연인 역 전문 배우	확실한가요?
점쟁이 여인	확실해. 그분이 자네한테도 도움이 될 수 있다고 확신하는 것만큼이나 확실해.
연인 역 전문 배우	저한테요?
점쟁이 여인	그래, 이분도 극장 쪽 일을 하거든. 극단주나 그 비슷한 일을 하는 건 아니지만.
연인 역 전문 배우	세상에! 전 바보같이 그것도 모르고 그런 분을 체포하려 했

으니.

점쟁이 여인   아주 재미있는 소극(笑劇)이 됐겠지.

연인 역
전문 배우   젠장, 이런 우연이 다 있을까요. (사진을 주머니에 넣는다.)
혹시 카드로 제 돈 후안의 세번째 부인 주소를 알아낼 수 있
을까요?

점쟁이 여인   자네가 찾는 사람의 세번째 부인?

연인 역
전문 배우   네, 둘째 부인 주소는 벌써 알아냈거든요.

점쟁이 여인   (피식 웃는다.) 음…… 카드점은 그런 데는 도움이 안 되
지…… 대신 내가 인도에서 가지고 온 가루가 있는데 말이
야…… 내가 자기 전에 그걸 마시고 자면, 꿈속에 뭔가 보
이기도 해.

연인 역
전문 배우   (흥분하여 벌떡 일어나서는 돈을 꺼내 그녀에게 내민다.) 제가
받을 수고비의 25퍼센트, 아니 30퍼센트, 아니 40퍼센트라
도 드릴 수 있어요. 제발 알아내기만 해주세요. 이게 제 탐
정 역 데뷔 무대거든요. 정말 떨립니다. 저는 무대에서도 이
렇게 떨어본 적이 없어요. 아시겠지만요, 제가 무대에서 공
연을 좀 망친다고 그게 다른 사람들한테 무슨 대단한 영향을
주는 건 아니잖아요? 그런데 이건 다르거든요. 이건 일을 다
망치고, 결국 정의나 법, 사회 이런 것이 모조리 아무런 힘
도 없다는 걸 인정하는 거 아닙니까. 우리가 사는 사회에 '푸
른 수염'*같이 무서운 놈이 벌도 받지 않고 살아가게 하는

---

* 17세기 프랑스의 동화작가 샤를 페로(Charles Perrault, 1628~1703)의 동화 속 인물로,
자신의 아내들을 여러 명 살해했다.

거 아니냐고요?

노크 소리

점쟁이 여인　　　(큰 소리로) 누구세요?

공동주택의 여주인, 타자수, 대학생이 들어온다. 공동주택의 여주인은 인상 좋
은 중년의 여인이고, 초라한 타자수는 그녀의 딸이다. 호감이 가는 모습이긴 하
지만 미학적인 관점에서 보자면 다소 안쓰러운 아가씨다. 흔히 치조염 환자들이
감고 다니는 붕대를 감고 있어 더욱 못생겨 보인다. 대학생은 성기고 까칠한 턱
수염에 머리는 온통 헝클어져 있고 군데군데 여드름이 나 있다. 안경을 쓰고 있
는데, 안경알 뒤로 근시인 사람처럼 찌푸린, 충혈된 작은 눈이 보인다.

공동주택의 여주인　(일행과 함께 오른쪽 문가에 서서) 들어가도 될까요?
점쟁이 여인　　　물론이죠, 어서 들어오세요. 마리야 야코블레브나시죠?
연인 역　　　　　이제 가보겠습니다. 벌써 연습 시간이네요. 또 뵙겠습니
전문 배우　　　　다. 그럼 기대해도 되겠지요?
공동주택의 여주인　일행이 있어요……
점쟁이 여인　　　(그녀를 맞으러 문가로 향하며, 연인 역 전문 배우에게) 알
　　　　　　　　　　았어, 알았다고!

연인 역 전문 배우가 나간다.

공동주택의 여주인　바쁘실 줄 알았어요. 혹시…… (점쟁이 여인의 손을 잡는

120

다.)

점쟁이 여인	무슨 말씀이세요. 기다렸답니다. 늦지 않게 와주셔서 고마워요. 오늘은 일찍 문을 닫으려고 하거든요. (문을 열고 소리친다.) 두냐, 이제 내가 얘기해둔 분 말고는 더 이상 손님을 받지 마. 알겠지?
공동주택의 여주인	어머, 소개해드린다는 걸 깜빡했어요…… 제 딸 리도치카예요.
점쟁이 여인	만나서 반가워요. (타자수의 손을 잡는다.)
공동주택의 여주인	이 도시 최고의 타자수예요. 혹시 타자 치실 일이 있으면, 애보다 더 빨리 도와드릴 수 있는 사람은 아마 없을 거예요.
점쟁이 여인	(타자수의 손을 잡은 채) 아이고, 정말 가냘픈 손이네. 꽉 잡았다간 부서지겠어. (모두에게) 앉으세요.
공동주택의 여주인	아무것도 안 먹고 기침을 해대면서도 의사들 말은 귓등으로도 안 들어요. 가래 검사를 좀 받아보자고 애걸복걸을 해도, "싫어요, 쓸데없이 왜?" 이런 말이나 한답니다. 이러니 정말 큰일 나지 않겠어요? 내가 이게 무슨 증상인지 알거든요. 우리 남편이 폐결핵으로 죽었어요.
점쟁이 여인	이도 아파요?
공동주택의 여주인	(앉는다.) 치조염이에요. 아무리 주의를 줘도 늘 감기에 걸려서는 몸 생각도 하지 않고……
타자수	엄마가 그러시는데 주문으로 이를 낫게 하실 수가 있다고요. 정말인가요?
점쟁이 여인	정말이죠.

타자수	그럼 한번 해봐주세요. 전 어쩐지 믿어지지가 않아요……
점쟁이 여인	해보지요. 그럼 믿게 될 거야. 그리고 이 젊은이도 당신 집에 사는 분인 것 같은데…… (대학생의 손을 잡는다.)
공동주택의 여주인	네…… 게다가 제 먼 친척이에요…… 제가 이야기했었죠.
점쟁이 여인	(손을 잡은 채) 점을 보러 왔나?
대학생	(약간 말을 더듬는다.) 아, 아뇨, 아뇨, 전 아닙니다. 전 그냥 이분들을 부인의 괴물박물관에 모시고 온 것뿐예요. 저로선 그것도 힘들었어요.
공동주택의 여주인	(대학생에게) 폐쟈, 왜 그래, 그냥 한번 해봐요.
점쟁이 여인	(여전히 대학생의 손을 쥔 채) 마리야 야코블레브나, 잠시만 기다려주세요. 전 카드 없이도 이 친구가 지금 무슨 생각을 하고 있는지 맞힐 수 있거든요.
대학생	(냉소적으로) 제가 지금 무슨 생각을 하는데요?
점쟁이 여인	이런 생각을 하고 있겠지. 거짓말 마라, 이 늙은 마녀야. 내가 생각하는 걸 네가 어떻게 맞히겠냐. 사람 잘못 봤어.
대학생	(피식 웃으며) 글쎄요, 그건 마술은 아니죠. 누구나 맞힐 수 있는 거죠.
점쟁이 여인	(그의 손을 놓아주며) 젊은이, 난 마술을 안 해. 하지만 자네가 이걸 마술이라고 생각한다면, 뜻대로 생각해. 자네가 이 집을 괴물박물관이라고 부른다고 여기가 괴물박물관이 되는 건 아니니까. 하긴 우리 집엔 가끔 진짜 괴물들이 나타나기도 하지……
타자수	어머, 폐쟈, 딱 걸렸네! 완전히 제대로 걸렸어! (웃으려고 하지만, 치통 때문에 웃지 못한다. 한 손을 볼에 대고 손

수건에 가래를 뱉으며 고통스럽게 기침을 한다.)

대학생 (호의적이지만 놀리는 듯한 말투로) 글쎄요, 내가 설사 괴물이라 하더라도요, 그렇게 치조염 붕대를 칭칭 감고 나한테 그런 말을 하실 처지는 아닌 것 같은데요.

점쟁이 여인 게다가 이 말도 빼놓으면 안 되지. 이 집 주인 같은 이런 미인이 있는데 말이야. (자기 가슴을 치며 코믹하게 절을 한다.) 자, 아가씨, 저 방으로 가십시다! 내가 눈 깜짝할 사이에 아가씨 치통을 없애주지. 여러분은 심심하시더라도 잠깐만 여기 앉아 계세요. 이 늙은 것이 뭐 잘못한 게 있으면 욕이라도 하시든가요. (타자수의 손을 잡고 침실로 데려간다.)

대학생은 머리를 헝클어뜨리며 방 안을 서성인다.

공동주택의 여주인 페쟈, 페쟈는 좋은 사람이야, 그런데 공부한 것이 득이 되질 못했어.

대학생 왜 득이 되지 못했다는 거죠?

공동주택의 여주인 글쎄…… 너무 똑똑해져서 오히려 분별력이 없어지고, 그래서 사는 것도 싫어지고……

대학생 마리야 야코블레브나, 부탁인데요, 이해 못하시는 것에 대해서는 말씀하지 말아주세요.

공동주택의 여주인 이런 문제에 이해하고 말 게 뭐가 있어, 길거리에서 아무나 붙잡고 물어봐, 다 이야기해줄 테니.

대학생 무슨 이야기들을 할까요?

공동주택의 여주인	하다못해 아버지라도 좀 불쌍하게 생각하라고들 하겠지. 페쟈는 아버지가 매 순간 페쟈한테…… 다시 그런 황당무계한 생각이 찾아올지도 모른다고 생각하면서 사시는 게 편할 것 같아?
대학생	그만 얘기하죠. 어차피 절 이해 못하실 거예요. 심리학자가 아닌 이상.
공동주택의 여주인	페쟈 생각엔 우리 점술가 선생님도 아무것도 이해하시지 못하는 것 같아?
대학생·	누구요?

공동주택의 여주인은 고갯짓으로 점쟁이 여인이 있는 방 쪽을 가리킨다.

	저 사기꾼 무당 말예요?*
공동주택의 여주인	쉿! 그런 말 쓰지 마.
대학생	(비웃으며) 저 여자가 뭐라고 했는데요?
공동주택의 여주인	이기주의자들만이 그런 일을 저지를 수 있다고 하셨어.
대학생	이기주의자라고요? 왜요?
공동주택의 여주인	죽는 게 두렵지 않은 사람이라면, 정의를 위해 싸울 때도 두려울 게 없을 거란 얘기고, 만일 세상에 그런 사람이 많다면, 이 땅의 권력자들도 꼬리를 내릴 거란 말이지. 그런데 온통 겁쟁이들뿐이란 걸 아니까 페쟈 아버지에게 한 것처럼 죄 없는 사람을 조롱하고도 아무 죗값도 치르

---

* 원문에서는 고대 그리스 아폴론 신전의 신탁소에 있던 여사제들을 뜻하는 그리스어 Pythia 를 음차한 Пифия라는 단어를 사용하고 있다.

지 않는 거라고. 사실 페쟈 아버지가 왜 쫓겨나셨어? 직장에서 뇌물을 받지 않겠다고 했다고? 이게 정의냔 말이야. 그런데 아무도 복수를 안 해. 친아들조차도 아버지를 모욕한 사람들을 손가락 끝 하나 건드릴 생각은 않고 오히려 자살이나 하려 들고.

대학생　　(생각에 잠겨, 하지만 여전히 비웃는 듯한 어조로) 우스운 생각이군요.

점쟁이 여인　　(침실 문가에 나타난다.) 젊은이, 기분 나빠 하지 말고, 5분만 문밖으로 나가주겠어? 비밀 이야기가 있거든.

대학생　　나가라고요? 물론이죠. 그럼 아예 작별 인사를 하겠습니다. 머리가 아파서 찬바람을 좀 쐬고 싶어요.

공동주택의 여주인　　짐은 어떻게 하고? 페쟈, 약속했잖아.

대학생　　여기까지 바래다드린다고만 했죠. 그보다 더 하라고 하시면, 그건 강요하시는 거예요. 안녕히 계세요. (나간다.)

공동주택의 여주인　　보셨죠? 저런 애를 어떻게 하겠어요?

점쟁이 여인　　괜찮아요. 걱정 마세요. 저러다 말 거예요. 저런 개똥철학자들은 내가 잘 알아요. 참, 하녀를 추천해달라고 하셨죠. 생각해둔 애가 있는데 일도 잘하고, 예쁘고, 게다가 대단한 요부라서 아마 페쟈의 멜랑콜리쯤은 단번에 날려줄 거예요.

공동주택의 여주인　　(당황하여 웃는다.) 그게…… 도움이 될까요?

점쟁이 여인　　저 애를 구원할걸요. 저 나이 애들을 알아요. 그냥 뭐든 보고도 못 본 척만 하세요. 그 하녀 애한테는 제가 이건 한 인간의 구원이 달린 문제라고 이야기해둘 테니까. 자,

이제는…… (칸막이를 가져와 무대 전면의 한 부분을 칸막이로 가리고 그곳에 의자를 놓는다.) 놀라지 마세요. (작은 소리로) 따님에게 최면을 걸었어요.

공동주택의 여주인 아니…… 어떻게요?

점쟁이 여인 쉿! 잠들게 했어요.

공동주택의 여주인 (작은 소리로) 왜요?

점쟁이 여인 (역시 작은 소리로) 자기에 관한 이야기를 전부 사실대로 말하게 하려고요. 딸아이를 데려오신 게 치조염 때문은 아니잖아요.

공동주택의 여주인 물론 그렇죠. 그건 그냥 핑계였죠……

점쟁이 여인 그러니까 도대체 뭐가 문제인지 알아보자고요. 사람은 꿈속에서만 진실을 말하거든요. 이리로 오세요. (칸막이 뒤를 가리킨다.) 이제 혹시 이 아가씨의 여기에도 치조염이 있는 것은 아닌지 봅시다. (손으로 심장을 가리킨다.)

공동주택의 여주인 그럼 혹시……

점쟁이 여인 이제 보자고요…… 앉으세요. 그리고 걱정 마세요.

공동주택의 여주인은 비록 근심하는 듯 보이지만, 말없이 점쟁이 여인의 제안에 따른다. 점쟁이 여인은 큰 소리로 리도치카를 부르며 침실로 간다.

자, 이리 오세요, 리도치카…… 걱정 말아요, 우리 아기. 여긴 당신 친구인 나밖엔 아무도 없어요. 눈을 반만 떠보세요!

최면에 걸린 타자수가 눈을 반쯤 뜬 채 침실 문가에 나타난다. 점쟁이 여인은 그녀의 손을 잡고 객석을 향해 놓인 안락의자로 데려간다.

자, 여기 앉아요. 이렇게! 편안해요? 이는 아프지 않아요? (그녀의 볼을 쓰다듬는다.)

타자수　(고개를 젓고 간신히 알아들을 수 있는 소리로 답한다.) 아뇨.

점쟁이 여인　앞으로도 아프지 않을 거예요. 자, 이제 솔직하게 말해보세요. 자기 자신에 대해서, 또 자기 삶에 대해서 리도치카는 어떤 생각을 해요? 가장 원하는 게 뭔가요? 여기 다른 사람은 없으니까 하느님 앞에서 이야기하듯 진실하게 말해봐요. 당신은 무엇에 관해 가장 많이 생각하나요?

타자수　(잠시 침묵하다가 고통스럽게) 저는…… 저는 생각해요…… (터져 나오는 울음 때문에 목이 멘다.)

점쟁이 여인　진정해요…… 울지 말고…… 흥분하지 말고 차분하게 말해봐요……

타자수　(터져 나오는 울음을 삼키며) 저는 생각해요…… 세월은 흐르는데, 엄마를 빼고는 아무도 나를 사랑하지 않고…… 하지만 엄마의 애무가 아닌 다른 애무도 있다는 걸 전 알거든요…… 뜨거운 애무요. 그런 생각을 하면 머리가 어지럽고 심장이 쿵쾅거리며 고통스럽게 뛰어요…… 시집을 가지 못해도 좋아요. 꼭 시집을 가지는 않아도 돼요…… 하지만 하느님, 전 정말 제가 감히 꿈꾸기만 하는 사랑을 한번 경험해보지도 못하고 이렇게 죽게 되는 건가요. 전 정말 보잘것없고 못생겼어요. 거울을 보면 울기만 한답니다. 도대체 무슨 죄를 지었기에 가장 소박하고 자연스런 기쁨도 누리지 못하는 건지 그 이유도 모르면서요……

공동주택의 여주인은 긴장한 모습으로 딸의 고백을 듣다가, 최면에 걸린 딸이 끔찍할 정도로 단조로운 어조로 쏟아내는 독백에 끝내 울음을 터뜨린다.

점쟁이 여인   (타자수에게) 눈을 감아요. (최면에 걸린 리도치카의 귀를 손으로 막고 그 어머니에게 말한다.) 마리야 야코블레브나……

마리야 야코블레브나는 일어나서 칸막이 뒤에서 고개를 내밀고 절망한 듯 고개를 저으며 눈물을 닦는다.

                들으셨죠? 제일 중요한 이유를 아시겠어요?
공동주택의 여주인 (울며) 하느님! 내 귀한 딸 리도치카! 내 불쌍한 딸……
                내가 왜 너를 낳았을까…… 이렇게 괴로워하면서 사는데……
점쟁이 여인   진정하세요…… 제가 이제 리도치카를 깨울 거예요……
                눈물을 닦고 아무것도 모르는 것처럼 행동하셔야 돼요.
                이제 리도치카가 왜 그러는지 아셨으니까 어떻게 하면 이 아가씨를 치료할 수 있는지도 아실 거예요. 그 나머지는 모두 하느님께 맡깁시다. (타자수의 귀에서 손을 떼고 그녀에게 말한다.) 눈을 뜨세요! 이제 저 방으로 가서 다시

침대에 앉으세요. 그리고 잠에서 깨어나세요! 자, 어서······

타자수는 몽유병 환자 특유의 걸음으로 서둘러 침실로 돌아간다. 리도치카가 나가자 점쟁이 여인은 칸막이를 제자리에 세워두고 그녀의 뒤를 따른다. 공동주택의 여주인은 코를 풀고 눈물을 닦아낸다. 현관에서 시끄러운 벨 소리가 들리고, 문 여는 소리가 난다.

타자수	(점쟁이 여인과 함께 나타난다. 눈을 비비고는 몇 차례 깜빡이더니 살포시 웃는다.) 잠들었었나 봐요······
점쟁이 여인	괜찮아요. 이는 아프지 않고?
타자수	아뇨······ 고맙습니다······ 페쟈는 갔어요? (어머니에게) 왜 눈이 빨개요? 울었어요?
점쟁이 여인	별일 아니에요. 신경 쓰지 말아요.

문 두드리는 소리.

	(문 쪽으로 다가가지만 문을 열지는 않는다.) 지금 가요, 지금······
공동주택의 여주인	이제 그만 가볼게요. 너무 오래 당신을 붙들고 있었어요. (작별 인사를 한다.) 정말 고맙습니다. (점쟁이 여인의 손에 돈을 쥐어준다.) 정말 고마워요.
점쟁이 여인	아니에요, 무슨 말씀을.
공동주택의 여주인	안녕히 계세요.

서로 악수를 나눈다. 여주인과 타자수는 문을 나서다 문 곁에 서 있던 이국적 풍모의 뚱뚱한 극장장과 부딪힐 뻔한다. 점쟁이 여인은 극장장을 반갑게 맞아들인다.

극장장   (코트 차림에 장갑을 낀 손에는 실크해트를 들고 있다.) 프레골리 박사는 집에 계십니까?

점쟁이 여인   집에 계십니다, 집에 계세요. 어서 들어오세요.

극장장   지방극장의 극장장이 왔다고 좀 전해주세요. (실크해트를 의자 중 하나 위에 내려놓고, 코트의 단추를 푼다.)

점쟁이 여인   지금 전하겠습니다. 잠깐 앉아서 잡지책이라도 좀 보시죠. (책상에서 잡지와 신문을 집어 극장장의 손에 쥐어주고 2, 3초간 침실로 사라진다.)

극장장   (놀란 눈으로 방 안을 둘러보다가 이상하다는 듯 어깨를 으쓱한다. 장갑을 벗어 실크해트 속으로 던져 넣고는 시계를 본다. 돌아온 점쟁이 여인에게) 제가 좀 바쁘다는 말씀도 전해주시면 고맙겠는데요…… (앉아서 잡지를 훑어본다.)

점쟁이 여인   그러죠. (침실 문을 향해 외친다.) 극장장님이 좀 바쁘시답니다. (낮고 남성적이고 활기찬, 전혀 다른 목소리로) 지금 갑니다. (안경, 녹색 챙 모자, 두건이 씌워진 가발을 벗고, 부인용 실내복 단추를 풀고는 옷장 문을 연다.)

극장장은 옷장 문이 삐걱거리는 소리에 고개를 든다. 그의 눈앞에서 프레골리 박사는 점쟁이 여인의 의상을 벗고, 앞섶만 가리는 와이셔츠와 조끼, 바지를 입은 남자가 되어 나타난다. 극장장은 화들짝 놀란다. 프레골리 박사는 부인용 실내복을 옷장에 걸고 재킷을 꺼내 재빨리 옷을 갈아입더니, 옆방에 있는 화장대로 가 벽에 걸린 수건을 집어 들고 바셀린으로 노파 분장을 닦아내고는, 분을 바르고 머리를 빗는다.

극장장   (말로 표현할 수 없을 정도로 놀란 극장장은 일어나 신음 소리를 낸다.) 이런, 젠장! 사람을 이렇게까지 속일 수가 있는 거야. 평생을 극장에서 보낸 늙은 극장 쥐인 나도 당신 분장을 알아채지 못했다니. 이런 망할! 그럼 우리 극장에서 모두들 귀가 아프도록 떠들어대는 바로 그 유명한 점쟁이 할멈이 바로 당신이란 말이오?

프레골리 박사   (침실에서 나온다. 그는 백발이 약간 섞인 짧은 머리를 한 50대의 우아한 미남자로, 당당하고 자신 있게 행동하지만 조금도 공격적이지는 않다. 영감이 어린 얼굴, 지혜롭고 선량하며 통찰력으로 빛나는 눈, 그럼에도 무언가 눈에 띄지 않는 아이러니를 담고 있는 듯한 얇은 입술, 강한 의지의 전형적인 표징인 앞으로 살짝 튀어나온 턱 등 그의 몸 전체가 사람의 마음을 사로잡는 매력으로 가득하다.) 정확히 맞히셨습니다. (극장장의 손을 쥔다.) 다시 한 번 인사드리지요.

극장장   내가 당신 비밀을 폭로할 거란 생각은 안 하시나요?

프레골리 박사   전혀 안 합니다. 첫째, 아무도 당신 말을 믿지 않을 것이고, 둘째, 난 내일 이 도시에서의 공연을 끝낼 것이고, 셋째, 당신이 고결한 분임을 믿어 의심치 않고, 넷째, 우리 계약서에 따르면 서로의 비밀을 누설할 경우 위약금을 지불하도록 되어 있기 때문이지요. 계약서는 가지고 계시지요?

극장장　가지고 있습니다. (주머니에서 공증증서 용지를 꺼낸다.)

프레골리 박사　좋습니다.

극장장　비밀이 아니라면 말씀 좀 해보시죠, 박사님. 도대체 무엇 때문에 이런 이상한 직업에 종사하시나요?

프레골리 박사　점치는 일이요? 그 덕에 큰 재산을 벌었는데요.

극장장　의심 많은 늙은이를 용서하세요. 하지만 사실 이런 직업은…… 기만에 근거한 게 아닌가요?

프레골리 박사　심리학자들의 말을 믿는다면 말이죠, 인류는 본능적으로 불쾌한 진실보다는 유쾌한 기만을 더 좋아합니다. 이런 시 기억하시죠?

　　　　저열한 진리의 어둠보다는

　　우리를 날아오르게 하는 기만이 더 소중하네.*

극장장　정말 특이한 분이네요, 프레골리 박사. 당신 말을 듣고 있으면요, 진담을 하시는 건지 농담을 하시는 건지 당최 알 수가 없어요. 어쨌거나 무지한 희생양들을 너무 착취하시지 않기만 바랍니다.

프레골리 박사　(미소를 지으며) 가난한 사람들에겐 할인을 해주지만, 부자들에겐 가혹하지요. 게다가 제가 이 재산을 모은 건 이기적인 동기에서가 아닙니다. 아마 이 계약서만 보셔도 아실 수

---

* 역사적 진실과 허구의 문제를 다루는 알렉산드르 푸시킨(Aleksandr Sergeevich Pushkin, 1799~1837)의 시 「영웅(Герой)」(1830)의 한 구절이다.

	있을 겁니다. (공증증서 용지 쪽으로 손을 뻗는다.) 봐도 될까요?
극장장	물론입니다. (그에게 용지 중 한 장을 내민다.) 그리고 이건 복사본입니다. (다른 한 장은 자기가 가진다.)
프레골리 박사	앉으시죠. ('점쟁이 여인'의 자리에 앉아 계약서를 훑어본다.)
극장장	(박사의 반대편에 앉으며) 어쨌거나 참 이상한 분이에요, 프레골리 박사. 정말이지 이해할 수가 없는 분이에요.
프레골리 박사	(시계를 보며) 공연 연습에 늦지 않을까요?
극장장	(자기 시계로 시간을 확인하며) 네, 이미 좀 늦었군요. 오늘 바로 극장으로 가고 싶으신가요?
프레골리 박사	그렇게 합의하지 않았던가요?
극장장	네, 네, 가십시다. 당신의 완전 미국식 극단 경영 방침에 대해서 필요한 사람들에게는 벌써 살짝 언질을 주었거든요. 한마디로 말해, 호기심을 자극해서 다들 애타게 당신을 기다리게 만들었죠. 제가 잠시 멈춘 것은 그저…… (머뭇거린다.)
프레골리 박사	(문제의 본질을 깨닫고는) 아! (극장장에게 돈을 건넨다.) 자, 여기 있습니다. 확인해보세요.

극장장은 돈을 세어본다. 프레골리 박사는 펜을 잉크에 적시고는 사인할 준비를 하며 마지막으로 계약서를 살핀다.

	8번 항목이…… 위약금…… 음…… 그래요, 정확해요. 기간은 대제 기간* 전까지죠?
극장장	마슬레니차** 마지막 날까지입니다.

프레골리 박사 그렇죠.

극장장 (갑자기 사기꾼 같은 웃음을 터뜨린다.) 하하하! 하하하! 할 얘기가 있어요.

프레골리 박사 (놀라서) 왜 웃으시죠?

극장장 이런 상상을 해봤어요. 만일 누군가 제3자가 우리 대화를 듣는다면 말예요, 그러면…… (낄낄거린다.)

프레골리 박사 그러면요…… 끝까지 말씀하시죠.

극장장 (웃으며) 그러면 아마 지혜로운 솔로몬이라 해도 당신이 무슨 생각을 하고 있는지, 이게 도대체 어떤 계약서인지 알아맞힐 수 없을 겁니다.

프레골리 박사 그래요…… 사람들은 대부분 상상력이 부족하죠. (사인한 계약서를 극장장에게 건넨다.) 받으시지요.

극장장도 복사본에 사인하고, 그것을 프레골리 박사에게 건넨다.

고맙습니다. 자, 그럼 갈까요?

극장장 갑시다!

프레골리 박사는 코트를 입는다.

---

 * 부활절 이전 7주 동안의 정진 기간. 이 기간 동안 러시아정교 신자들은 육류를 먹지 않고 부정한 생각과 음식을 멀리한다.
 ** 원래는 고대 슬라브인들이 춘분기에 행했던 농경 축제였으나, 정교가 러시아에 들어온 이후로는, 시기상 대제 기간에 바로 앞선 한 주 동안 축제를 벌이게 되었다. "마슬레니차에 실컷 놀지 않으면, 평생 불행하게 살고 비참하게 생을 마친다"는 속담이 있을 정도로 가장 화려하고 신나는 러시아 민속 명절의 하나이다.

제기랄, 난생처음으로 자기 생각에 완전히 미친 인간과 일을 해보는군!

프레골리 박사 여기 당신 모자가 있습니다. (극장장에게 모자를 건넨다.)

극장장 고맙습니다. (장갑을 낀다.) 솔직히 말 좀 해보세요. 정말로 당신이 세계를 구원할 길을 찾았다고 확신하십니까?

프레골리 박사 (박사의 안색이 환하게 빛나는 듯하다. 그는 영감에 찬 눈을 들어 위쪽을 바라본다.) 내가 세상에 온 것은 진리에 관하여 증거하기 위함인지도 모르리라. 진리에 속한 자는 내 말을 들을지니.

극장장 (비웃으며) 하지만 도대체 진리란 게 뭐요? (빌라도가 예수를 바라보듯 시험하는 눈빛으로 프레골리 박사를 바라본다.)

프레골리 박사는 사랑이 담긴 관대한 눈빛으로 극장장의 쏘는 듯한 시선에 답한다. 잠시 후 극장장은 마치 "rien ne va plus"*라고 경고하는 몬테카를로** 도박장 주인 같은 말투로 "갑시다!"를 외친다. 두 사람이 나간다.

---

  * "주사위는 던져졌다!"(직역하면, "이미 판돈을 걸었다!"는 뜻의 프랑스어).
 ** 모나코 북동부에 있는 휴양 도시. 국영 카지노와 자동차 경기로 유명하다.

제2막

2막은 휴식시간 없이 1막에 이어 곧바로 공연한다. 막이 내리자마자 무대 뒤에서 신경을 자극하는 벨 소리가 길게 울린다. 연출자의 목소리도 들린다. "자, 제자리로! 여러분, 제자리로 가세요. 거기, 목수 양반들, 계단 좀 빨리빨리 못 만들어요? 벌써 어제 이야기했잖습니까. 지금 하시면 안 되죠. 당신들 때문에 연습시간을 늦출 생각은 없단 말입니다! 모두 모였나요? 뭐라고요? 스베토자로프가 아직 준비가 안 됐어? 정말 가지가지 하는군." 연출자의 목소리에 묻혀 웅성거리는 다른 소리들은 잘 들리지 않는다. 막 오른편 뒤쪽에서 무대와 객석을 연결하는 간이계단을 든 두 명의 극장 소속 목수들이 나온다. 피아노로 모더니즘 양식의 화음이 가미된 동양풍 춤곡 멜로디를 딩동거리는 소리도 들린다. 목수들은 느릿느릿 무대와 객석을 연결하는 계단을 세운다. 막 왼쪽에서 연출자와 전기기술자가 등장한다. 연출자의 외모와 의상은 '다른 이들과는 다르게!'를 중시하는 그의 성향을 잘 보여준다. 흰머리가 섞인 헝클어진 머리, 일부러 아무렇게나 잡아맨 검은 넥타이, 담배를 피우는 모습 등에는 나를 좀 봐달라는 자만심이 가득하다. '평민' 출신으로 보이는 전기기술자는 주근깨가 난 얼굴에 수염을 길렀고, 장밋빛 코는 알코올에 대한 그의 깊은 사랑을 여실히 보여준다.

연출자   (목수들에게) 여봐요, 좀더 빨리, 빨리빨리 좀 하세요! 그리고 좀더 튼튼하게 만드세요. 당신들 때문에 목이 부러지고 싶지는 않단 말입니다. (무대 전면을 향해 몸을 숙인 채 전기기술자에게) 아니, 이것 좀 보세요. 도대체 전구를 어떻게 건사하는 겁니까? 온통 먼지랑 때가 꼈고, 파란 전구들은 다

나가버렸네요. 깨진 전구를 갈아 끼울 생각도 안 합니까? 내가 직접 할까요? 그럼 우리 극장은 도대체 왜 전기기술자한테 월급을 주는 겁니까? 모든 게 이 모양인데 당신이 우리 극장에 무슨 필요가 있습니까? 내가 유모처럼 당신 뒤를 졸졸 따라다녀야겠습니까? 연출자한테는 댁의 일보다 더 복잡한 일이 있거든요.

당황한 전기기술자가 램프의 먼지를 닦는다.

(목수들에게) 나중에 점심 먹으러 가도 됩니다. 수위만 좀 남아 있으라고 해주세요. 파발꾼은 필요 없어요. 무대장식은 저녁이 되어야 끝날 것 같으니까. 그리고 나가기 전에 피아노를 첫번째 측면 무대장치 쪽으로 좀 밀어놓고, 막을 올리세요.

무대와 객석을 연결하는 간이계단을 세우기에 충분한 시간이 흐른 뒤 목수들이 나간다.

(바로 이어 다시 전기기술자에게) 이제 왜 당신을 믿을 수 없는지 아시겠지요? 먼지, 때, 거미줄까지. 무대에 칠흑 같은 어둠이 뒤덮여서야 되겠습니까? (쭈그리고 앉아서 전기기술자가 아직 닦지 못한 전구들 위로 손가락을 쓱 그어보더니 비난하는 듯한 몸짓으로 먼지 묻은 손가락을 전기기술자의 코 밑에 들이댄다.) 자, 감상 좀 해보시죠. 『쿠오바디스*Quo vadis*』처

럼* '아지오르노'한** 한낮의 조명이 필요한 곳에 이런 먼지
가 끼어 있으니. (손수건으로 손가락의 먼지를 닦아내고는 일
어선다.) 도대체 이게 무슨 일인지. 이러면서도 나한테는 예
술적인 공연을 바라지. 전기기술자부터 시작해서 모두가 나
를 괴롭히는데, 내가 어떻게 연출자 노릇을 제대로 하겠냐
고…… (그 순간 걸레를 털기로 마음먹은 전기기술자의 열정
적인 작업 덕분에 재채기를 하고 만다.) 에취! 정말이지 숨이
막혀 죽겠군! 명심하세요! 이건 그냥 평범한 공연이 아니라
'예술적인' 공연이 될 거란 말입니다. 그러니까, 전기 효과는
가장 중요하다고요. 알겠습니까? 나의 「쿠오바디스」는 걸작,
진짜 걸작이 되어야 한단 말입니다. 알겠어요?

전기기술자   아리스타르흐 페트로비치, '걸작'이 무슨 뜻이지요?

연출자   걸작이란 이상(理想)입니다. 더 깨끗하게 닦으세요.

전기기술자   이불이라고요?*** 그럼 이 크보바디스라는 작자는 이불을 많
              이 가지고 다니는 모양이군요?

연출자   이불이 아니라 이상이란 말입니다.

전기기술자   아리스타르흐 페트로비치, 당신은 정말이지 학식이 높은 분
              이군요. 저는 크보바디스가 누군지도 모르거든요. 장군인지,
              황제인지, 아니면 사기꾼인지.

---

* '주여, 어디로 가시나이까?' 폴란드의 작가 헨리크 시엔키에비치(Henryk Adam Aleksandr
  Pius Sienkiewicz, 1846~1916)가 1896년에 발표한 장편소설 제목이다. 헨리크 시엔
  키에비치는 『쿠오바디스』로 노벨 문학상을 수상했다.
** a giorno. '정교한'이란 뜻의 이탈리아어.
*** '이상(идеал[ideal])'과 '이불(одеяло)'의 복수생격형(одеял[odeial])의 발음이 비슷
  하여 빚어진 오해이다.

연출자	'쿠오바디스'는 사람이 아니라 '어디로 가십니까?'라는 뜻입니다.
전기기술자	아, 그렇군요…… 그런데, 아리스타르흐 페트로비치, 그래서 어디로 가나요?
연출자	'어디로'라뇨?
전기기술자	'간다'면서요? 가까이 갑니까? 멀리 갑니까?
연출자	(당황하며) 그거야…… 보기 나름이지요. 한 가지 분명한 건 당신 같은 태도로 일하는 사람과 작업해서는 멀리는 못 간다는 겁니다.*
전기기술자	죄송합니다…… 아리스타르흐 페트로비치.
연출자	당신은 자기가 얼마나 중요한 과업을 맡았는지 자꾸 잊는다니까요. 극작가가 자기 희곡으로 청중을 계몽할 수 있다면, 그건 오직 전기기술자가 무대 위에서 그의 희곡을 밝혀주었기 때문인 겁니다. 조명 없이는 계몽도 없는 겁니다.** 그러니까 당신은 항상 희곡을 제대로 밝히기 위해서 모든 노력을 다 바쳐야 하는 겁니다. 아시겠어요?
전기기술자	알겠습니다, 아리스타르흐 페트로비치. 그런데 이 크보바디스가 누구 희곡이죠?
연출자	내 희곡입니다. 그러니까, 줄거리는 시엔키에비치 것이지만 내가 각색을 했습니다. 하지만 그게 중요한 건 아니죠. 시엔키에비치든 나든 당신은 누구라도 똑같이 환하게 밝혀야 하

---

* 러시아어로 '멀리 가다'는 '출세하다, 성공하다'는 뜻이 있다.

** '계몽하다(просвещать[prosveshchat])'와 '밝히다(освещать[osveshchat])'라는 단어의 발음이 유사한 것을 두고 벌이는 일종의 언어유희이다.

는 거란 말입니다.

전기기술자　하느님께서 어떤 사람들에게는 진짜로 뛰어난 재능을 주시는
　　　　　군요. 정말이지 "어디로 가십니까?"입니다. 아리스타르흐 페
　　　　　트로비치, 선생님은 정말 멀리 가실 겁니다. 희곡도 쓰시고,
　　　　　전구 위의 먼지 하나하나에까지 몰두하시니, 하느님은 정말
　　　　　위대하십니다.

왼쪽에서 연인 역 전문 배우가 들어온다. 손에는 금실로 수놓은 로마의 튜닉*을
들고 있다. 그가 등장하는 순간 목수들은 계단 작업을 마치고 오른쪽 막 뒤로 나
간다. 전구가 매달린 전선 이쪽저쪽을 오가던 연출자와 전기기술자는 이때 프롬
프터석 근처까지 다가온다.

연인 역　　　아리스타르흐 페트로비치, 이 옷은 못 입겠습니다.
전문 배우
연출자　　　아니, 왜죠? 오늘 연습은 분장과 의상을 모두 갖추고 하는
　　　　　거잖습니까?
연인 역　　　그거야 알죠. 하지만 이 옷은 나한테 안 맞습니다.
전문 배우
연출자　　　도대체 뭐가 안 맞는다는 겁니까?
연인 역　　　의상 말입니다.
전문 배우
연출자　　　완벽한 로마식 튜닉인데, 도대체 뭐가 더 필요하다는 겁니
　　　　　까?
연인 역　　　몸에 잘 맞는 옷이 필요합니다.
전문 배우
연출자　　　의상실에는 들렀었나요?

_____

* 속옷을 의미하는 라틴어 튜니카tunica에서 파생된 말로 고대 그리스, 로마 시대 입던 소매
　없는 헐렁한 웃옷을 말한다.

연인 역 전문 배우	들렀죠. 그런데 내가 다녀온 뒤로 스테파노프가 다녀갔다더 군요.
연출자	스테파노프는 네로 역을 맡았잖습니까?
연인 역 전문 배우	그렇죠. 그런데 스테파노프가 재봉사에게 나랑 교대로 마르 크 비니키우스 역을 맡을 거라고 했답니다.
연출자	그래서요?
연인 역 전문 배우	그러니까 재봉사가 반은 나한테 맞게, 반은 스테파노프한테 맞게 옷을 만들었다는군요.
연출자	그런데 그 옷이 당신한테 맞나요?
연인 역 전문 배우	맞냐고요? 지금 맞는지 아닌지가 중요합니까? 수의가 맞는 다고 그걸 입어야 하는 건 아니죠.
연출자	왜죠?
연인 역 전문 배우	왜냐고요? 왜냐하면 아직 죽을 생각이 없거든요.
연출자	아뇨, 지금 수의 말고, 의상 이야길 하는 겁니다.
연인 역 전문 배우	그 옷은 수의나 마찬가지라고요. 잘못 만든 옷을 입혀 배우 를 무대에 내보내는 건 배우를 장사지내는 거나 마찬가지니 까요.
연출자	항상 구실을 만드는군! 의상이 잘못 만들어졌다, 프롬프터가 당신을 골탕 먹인다, 다리가 아프다, 아니면 또 뭔가 다른 일을 생각해내지. 맡은 배역의 대사는 외우지도 않고, 연습 에는 지각이나 하고, 공연 시작 5분 전에 무대에 나타나시 지. 요즘 들어 어찌나 일을 잘하시는지, 결국 당신 대역 배 우를 준비할 수밖에 없었단 말입니다.
연인 역 전문 배우	(게으르게) 설교는 집어치우세요. 나한테 필요한 건 당신 설

교가 아니거든요. 그보다 내 월급 인상에 관해서 극장장과 이야기는 해보셨나요? 그 이야기나 해주시죠. 요즘 같은 물가에 정말이지……

연출자 (말을 끊으며) 맙소사, 표트르 페트로비치!* 당신 정말 이상한 사람이야. 극장장이 웬 미국인을 만났다는 이야기 못 들었습니까? 그 미국인은 여러 극장의 배우들을 불러 모아 자기 극단을 만든다더군요. 극장장도 내일이면 미국인에게 가 버릴지 모르는 배우들의 월급 인상 문제까지 신경 쓸 겨를이 없단 말입니다. 정말이지 괴상한 생각을 해낸 그놈의 미국인은 지옥에나 떨어져버려라!

연인 역 그 괴상한 생각이 뭔데요?
전문 배우

연출자 그걸 누가 알겠냐고요!

막이 오른다. 무대장식은 아직 준비되지 않았다. 지방극장의 연습 공연 때 흔히 볼 수 있는 평범한 무대이다. 무대 전면에서 여덟 걸음 정도 떨어진 무대 안쪽에는 염소상들이 세워져 있고, 그 위에는 네로의 향연에 차려진 음식들을 그린 널빤지가 올려져 있다. 그 뒤로는 '와상(臥床)'용으로 준비된 알록달록한 쿠션들이 놓인 긴 의자가 자리하고 있다. 크기만 반 정도일 뿐 역시 조야하게 만들어진 소품용 '식탁'과 '침상'이 왼쪽에 놓여 있다. 대충 왼쪽에 세워둔 식탁만큼 오른쪽으로 떨어져 놓인 단 위에는 두 대의 거대한 하프가 위용을 자랑하고, 그 곁에는 '판의 피리'**가 놓여 있다. 전체적으로 볼 때 소품들은 Π자*** 형태로 설

---

* 연인 역 전문 배우의 이름과 부칭으로 성까지 합치면 표트르 페트로비치 스베토자로프이다. 이 희곡에서는 이름과 부칭으로만 부르기도 하고(표트르 페트로비치) 때로는 성만 부르기도 한다(스베토자로프).

치되었는데, 수직으로 내려진 두 선이 짧고 그 사이에 긴 가로대가 걸쳐진 형상이다. 오른쪽에는 피아노가 있는데, 연주자는 피아노의 몸체와 악보가 놓인 보면대에 가려져 페달을 밟는 발만 보인다. 배우들은 네로가 통치하던 로마 시대임을 강변하듯 공들여 만든 촌스러운 의상을 입고 있다. 그들 중 세 명은 '아시리아 여성 음악가'의 의상을 입었는데, 맨발에 슬리퍼를 신은 '맨발의 무희'는 제법 노출이 심한 아시리아 여인의 의상을 입고, 이 노출이 심한 의상을 약간이나마 가려주는 얇은 가운을 걸치고 있다. 막이 오르면 어떤 이들은 탁자나 단 위에, 또 어떤 이들은 긴 의자 위에 앉아 있다. 짝을 지어 서성이는 이들도 있고 서서 담배를 피우며 활기차게 대화를 나누는 사람들도 있다.

전기기술자　(먼지 닦는 걸레를 들고 무대 전면 끝까지 가서 오른쪽에 있는 연출자에게 자기가 빼낸 전구를 보여준다.) 이건 제 잘못이 아닙니다. (배우들이 웅성거리는 소리 때문에 그의 목소리는 잘 들리지 않는다.)

연출자　전구가 나갔습니까? 그거야 당신이 오래된 전구를 끼우나보지……

전기기술자　절대 그런 일은 없습니다.

연출자　그럼 왜 다른 전구들은 멀쩡한 겁니까?

전기기술자　그걸 제가 어떻게 알겠습니까? 그놈들 속으로 기어들어가 볼 수도 없고.

연출자　그놈들 속으로 기어들어가지는 못해도, 극장 지갑 속으로는

** 오늘날 팬플루트라 불리는 악기이다. 판은 고대 그리스의 신으로 팬플루트의 원형인 피리를 불었다고 전해진다.

*** 러시아어 철자 П([pe]). 말굽 모양으로 생겼다.

	잘도 기어드는군요.
전기기술자	그런 말씀을 하시다니, 아리스타르흐 페트로비치, 하느님을 두려워하시지 않는군요.
연출자	그러는 당신은 쓸데없는 지출을 두려워하시지 않는군요. (배우들에게) 자, 여러분, 시작합시다! (손뼉을 친다.) 시작합시다. 다 자기 자리로 가주세요! 제자리로!

배우들은 다음의 순서로 자리를 잡는다. 네로와 포페아가 중앙 탁자 앞 한가운데 자리에 앉고, 네로의 오른쪽에는 티겔리누스가, 포페아의 왼쪽에는 페트로니우스가 앉는다. 직사각형으로 된 탁자의 좁은 편 오른쪽에는 '비텔리우스' 역을 맡은 이 극단의 희극배우와 '칼비아 크리스피닐라' 역을 맡은 여배우가 고대 로마인들의 와상을 모방하며 누운 것인지, 앉은 것인지 애매한 자세로 앉아 있다. 뚱뚱한 희극배우는 푸석푸석한 얼굴에 형편없는 분장을 하고 있고, 방탕한 고대 그리스의 창녀와 닮은 점이라고는 거의 찾아볼 수 없는 여배우의 노력 역시 별반 소용이 없어 보인다. 탁자의 왼쪽, 그러니까 비텔리우스와 크리스피닐라의 맞은편에는* 니기디아와 시인 루카누스가 자리를 잡는다. 왼쪽에 따로 떨어져 있는 탁자 앞에는 리기아 역을 맡은 여배우(그녀는 포페아 역을 맡은 여배우와는 달리 좀 뚱뚱하다)와 '마르크 비니키우스' 역을 맡은 연인 역 전문 배우, 그러니까 스베토자로프가 분장도 하지 않고 사복을 입은 채 자리하고 있다. 잔치에 참석한 모든 이들은 종이 장미로 만든 화관을 쓰고 있는데 그 모양새가 참으로 초라하다. 오른쪽 단 위에는 두 명의 하프 연주자, 한 명의 플루트 연주자로 구성된 '아시리아의 여성 음악가들'이 자리를 잡고 있다. 그들 앞에는 가운을 벗은 맨발

---

* 원문에는 프랑스어로 vis-a-vis(맞은편에)로 되어 있으나 대사가 아니라 지문이어서 프랑스어로 표기하지 않았다.

의 무희가 서 있다. 털북숭이 팔에 부자연스러운 동작을 하는 유일한 '노예'가 이리저리 다니며 볼품없는 흰 접시에 담긴 몇 개 안 되는 샌드위치를 나누어준다. 오른쪽 문 뒤에서 늙은 프롬프터가 남은 담배를 태우며 종종걸음으로 뛰어나온다. 손에는 대본을 들고 있다. 그는 투덜거리면서 서둘러 들어와 프롬프터석의 자기 자리에 힘겹게 앉는다. 웅성거리는 소리가 멈추지 않자 연출자가 다시 손뼉을 친다.

연출자	조용…… 쉿…… (위쪽의 세트 바를 향해 소리친다.) 소품 담당 거기 있습니까?
위에서 들리는 목소리	제가 대신 있습니다.
연출자	누구시죠?
위에서 들리는 목소리	접니다, 저예요, 아리스타르흐 페트로비치, 걱정 마십시오.
프롬프터	(프롬프터석에서 고개를 내밀며 연출자에게) 저기 조수가 있습니다. 소품 담당이 오늘 못 온답니다.
연출자	(위를 향해) 아, 이반 이바노비치군요. 소품 담당은 도대체 어디 있죠?
위에서 들리는 목소리	오늘 마누라가 애를 낳는답니다.

배우들이 웅성거리기 시작한다.

연출자	아, 그렇군요…… 꽃은 준비되었습니까?
위에서 들리는 목소리	준비되었습니다.
연출자	장미죠?
위에서 들리는 목소리	네.

연출자	많은가요?
위에서 들리는 목소리	그저 그렇습니다.
연출자	어떻게 뿌리는지 아시죠?
위에서 들리는 목소리	걱정 마십시오.
연출자	(손뼉을 친다.) 시작합시다. 음악! 1번……

A. G. 루빈시테인*의 오페라 「네로」 중 축혼시가가 울려 퍼진다. 배우들은 먹고 마시는 척하며 이른바 '무대에서 살기'를 실현하려 애쓴다. 연출자는 오른쪽 문 뒤에서 의자를 꺼내 무대 전면 가장자리에 앉는다.

> 더 생생하게! 여러분, 서로 애무하세요! 더 진하게! 음탕함을 잊지 마세요! 계속 움직이세요! 술 취함, 권태, 방탕, 그러면서도 귀족적인 우아함을 지키세요! 페트로니우스, 위엄 있게! 네로, 에메랄드! 자기 에메랄드를 오페라글라스처럼 들고 왼쪽, 오른쪽을 보세요!

네로는 지시에 따른다.

> 더 야수 같은 눈빛! 사람들이 네로를 적그리스도라고 생각했다는 걸 기억하세요! 피를 탐하는 모습! 자세! 킬킬대며 웃으세요! 자, 다 같이 웃으세요!

---

* 안톤 그리고리예비치 루빈시테인(Anton Grigorievich Rubinshtein, 1829~1894): 러시아의 피아니스트이자 작곡가로 가극, 교향곡, 피아노곡 등 많은 작품을 남겼는데, 그중에서도 「바벨탑」, 「악마」, 「네로」, 「실락원」 등이 유명하다.

모든 배우들이 갑작스레, 부자연스럽게 꾸민 듯이 웃어댄다.

더 즐겁게! 더 생생하게! 더 열정적으로! 더 권태롭게! 페트
로니우스, 더 아이러니를 담아서! 비니키우스, 더 열정적으
로! 포페아, 더 방탕하게! 리기아, 더 강한 기독교의 고행을
보여주세요!

음악이 멈춘다. 불편한 침묵.

뭡니까? 누구 차례죠? 대화 장면 아닙니까! 시작하세요!

프롬프터 (큰 소리로) 이 여자가 그 포로입니다……
네로 (갑자기 생각이 나) 아, 그렇지. 죄송합니다. (한껏 멋을 낸
어조로) 이 여자가 비니키우스가 반했다는 그 포로냐? ('에
메랄드'를 통해 리기아를 바라본다.)
페트로니우스 (멋을 내며) 그렇습니다, 황제폐하. 바로 이 여자이옵니다.
네로 이름이 뭔가?
페트로니우스 리기아라고 합니다.
네로 비니키우스는 이 여자가 아름답다고 생각하는가보지?
페트로니우스 그렇습니다. 하지만 이 분야 최고의 전문가이신 황제폐하의
용안에서 저는 이미 이 여자에 대한 판결문을 읽었습니다.
'허벅지가 너무 가늘다'. 지금 주연(酒宴) 중이라 모두가 누
워 있어 몸매를 평가하기 어렵지만, 내기를 걸 수도 있습니
다. 폐하만큼은 벌써 평을 내리셨지요? 허벅지가 너무 가늘

다고요.

네로   맞네. 허벅지가 너무 가늘어.

포페아   (보란 듯이 비웃으며) 가늘기는 뭐가 '가는' 허벅지라는 건지. 정말 할 말이 없네.

네로   죄송한데, 그게 당신 대사가 맞나요?

포페아   아뇨, 제 의견이에요.

연출자   (일어선다.) 무슨 일이죠? 왜 그러는 겁니까?

포페아   별거 아니에요. 아르카디예바 씨의 '가는' 허벅지에 경탄을 보낸 것뿐이에요.

리기아   내 허벅지 좀 가만두시죠.

포페아   아하, 당신 허벅지야 나랑 아무 상관이 없지만, 실은 내가 맡았어야 했을 당신 역할은 아무래도 나랑 아주 밀접한 관계가 있거든요.

연출자   (가시 돋친 어조로) 리기아 역에는 그 역에 맞는 허벅지뿐 아니라 재능도 필요한 겁니다.

포페아   지당한 말씀이네요. 그런데 참 이상하죠? 꼭 여배우랑 저녁 식사를 하시고 난 다음에야 여배우의 재능을 알아채시니 말이에요. 그런데 말이죠, 당신이 주최하시는 모임이 모든 사람의 마음에 드는 건 아니거든요……

네로   (다소 신경질적으로) 여러분, 계속 갑시다! (대사를 한다.) "허벅지가 너무 가늘어!"

포페아   아, 네, 정말 그래요. 정말이지 '예술적인' 공연에 어울리는 허벅지예요. 호호호!

연출자   조용! 이제 그만하세요. 안 그러면 벌금을 물리겠습니다.

148

(앉는다.) 갑시다!

희극배우　(비텔리우스 역을 맡은 배우로, 광대극에서나 사용될 법한 어조로 대사를 읊는다. 보건대 '네로의 주연'에서 '헌주'하기* 전에 이미 한잔 걸쳤다.) 페트로니우스, 자네가 틀렸어. 나는 황제 폐하의 의견을 지지하네.

페트로니우스　그것 참 좋군. 방금 전에 나는 자네가 대단한 현자라고 말했고, 황제께서는 자네를 나귀 새끼라고 부르셨거든. (주연에 참여한 다른 이들과 함께 웃는다.)

연출자　(페트로니우스에게) 누가 그렇게 웃습니까? 'arbiter elegantiarum'**이 그렇게 웃을 수가 있겠습니까? 우아하게 웃어야지요. 이렇게 말입니다. 하! 하! 하! ('우아한' 웃음을 선보인다.) 이렇게라도 말입니다. 해보세요.

몇몇이 킬킬거린다.

페트로니우스　(연출자의 지시를 따르되 살짝 패러디하며) 하! 하! 하!

모두가 진심으로 웃어댄다.

연출자　(화가 나서) 여러분, 그 킬킬대는 소리를 그치지 않으면 연

---

*　식전에 신에게 술을 올리는 의식.
**　'우아함의 입법자, 권위자'라는 뜻의 라틴어. 가이우스 페트로니우스(Gaius Petronius Arbiter, 20~66)는 고대 로마의 문인으로 집정관을 지내며 황제 네로의 총애를 받아 '우아함의 입법자'라 불렸다.

	습을 중단하고, 킬킬대는 사람에게는 벌금을 물리겠습니다!
배우들	우리는 희곡에 쓰인 대로 웃는 겁니다.
연출자	그러니까 희곡에 쓰인 대로 웃으시란 말입니다. 나를 비웃지 말고. 나를 애송이 취급하시면 곤란합니다. 자, 계속하세요!
루카누스	저는 꿈을 믿습니다. 얼마 전 세네카가 저에게 이렇게 말했습니다……
연출자	세네카는 남자였습니다! 여성형이 아니라 남성형 어미를 써야죠!*
루카누스	프롬프터, 좀더 크게 말해주세요.
프롬프터	배역을 외워 와야지.
루카누스	배역을 외워 와야지.
연출자	광대짓 좀 그만하세요.
루카누스	저는 프롬프터가 말해준 대로 따라 한 겁니다.
연출자	여러분의 기지는 희극을 위해 남겨두세요. 희극은 관객들이 하품을 해대도록 연기하면서 드라마에서는 웃어젖히려 하는군요.
루카누스	어련하겠습니까. 지평선에서 달 대신 웬 항아리가 떠오르는데.
연출자	됐어요. 계속!
루카누스	얼마 전 세네카가 저에게 이렇게 말했습니다…… ('노예'가 다시 그에게 샌드위치를 들이민다.) 제발 좀 저리 가요! 저 거지같은 음식을 계속 들이미네. 도대체 연기할 시간을 주질

---

* 러시아어의 이름은 'ㅏ' 모음으로 끝나면 여성의 이름이기 때문에, 루카누스 역을 맡은 배우가 세네카를 여자로 생각하고 "세네카가 말했다"를 "Сенека говорила"라는 여성형 동사어미를 사용하여 말한 것을 지적한 것이다.

않는군.

연출자　(노예에게) 정도껏 해야죠. 잠시 나가 있으세요.

노예가 나간다.

루카누스　세네카가 얼마 전에 저에게 그도 꿈을 믿는다고 말했습니다.

네로　점술은? 예전에 로마는 사라지고 내가 온 동방의 주인이 될 거라는 예언을 들은 일이 있었는데.

페트로니우스　점술과 꿈은 공통점이 많지요. (연출자에게) 이 이하는 생략해도 될 것 같은데요. 아무 의미도 없는 독백이에요.

연출자　또 줄이자고요? 이미 줄일 만큼 줄였단 말입니다. 관객들에게 희곡 대신 먹다 남은 쪼가리를 내밀 수는 없잖습니까. (프롬프터에게 다가가) 당신 대본 좀 줘봐요. (프롬프터의 대본을 들고 '페트로니우스'에게 다가간다. 그와 함께 자기 대본과 프롬프터 대본에 적힌 그의 대사를 비교하며 무언가를 지우기도 하고 때로 논쟁을 하기도 한다.) '점술과 꿈' …… 음, '점술'이라……

연인 역
전문 배우　(리기아에게) 음…… 점술에 관해서라면 말이죠…… 내가 오늘 드디어 그 유명한 점쟁이 여인에게 갔다 왔습니다.

리기아　그 여자가 뭐라든가요?

연인 역 *
전문 배우　정말 놀랍더군요. 내 손안에 있소이다, 하는 것처럼 모든 걸 꿰뚫어보더라고요. 우리가 대단한 제안을 받게 될 거라던

---

* 원문에는 '연출자'의 대사로 표기되어 있으나 내용상 오기로 판단된다.

데…… (손가락 끝에 입 맞춘다.)

루카누스 (그에게 다가서며) 무슨 얘기죠? 새 극단주에 대한 이야기들을 하시는 건가? 정말 몇 안 되는 엄청난 부자인데다가, 그저 독특한 사람 정도가 아니라, 완전 광신자라던데요…… 어떤 '이념'을 가지고 있어서…… 그러니까 한마디로 말해 사도라더군요.

맨발의 무희 어디서 그런 이야기를 들으셨어요?

루카누스 어제 저녁 먹을 때 극장장이 그러더군요. 사실 전부 다 알아들은 건 아니에요. 끔찍하게 독한 셰리주가 걸려서 말이죠. 그래도 엄청 놀랐지요. 어떻게 놀라지 않을 수가 있겠어요? 극단주가 극단주에게, 그러니까 자기 경쟁자에게 자기 극단에서 누구든 원하는 대로 빼내갈 수 있게 해주겠다고 하는 셈이잖아요. 어디서 이런 이야기 들어보신 적 있어요? 그러니까 앉은자리에서 '꾀어내도록' 허락해준 거 아닙니까. 여기엔 뭔가 더러운 뒷거래가 있거나, 아니면……

연출자 (대본 관련 논의와 '삭제'를 끝내고) 자, 이게 전부입니다! (손뼉을 친다.) 여러분, 계속……

네로 (페트로니우스와 함께 대본 수정에 참여한 뒤) 죄송하지만, 그럼 제 대사는 어떻게 되는 거죠? 이렇게 되면 연결이 안 되잖아요. 이해를 못하겠네요.

연출자 맙소사…… 세 그루 소나무 사이에서 길을 잃었네.* 보시라고요. (자기 대본의 해당 부분을 가리키며) 비텔리우스가 웃

---

* 아주 쉬운 문제도 해결하지 못하는 사람을 비웃을 때 쓰는 러시아 속담이다.

는다…… 그리고 바로 이어서 당신 대사가 있잖아요.

자신의 역할이 언급되자 희극배우가 관심을 보이며 다가온다. 연출자는 신경질적으로 설명을 끝낸다.

루카누스   (조금 전 합류한 사람들의 무리에 붙어선 채) 몇 시죠?
연인 역   (시계를 본다) 12시 반이에요. 왜요?
전문 배우
루카누스   불길해…… 이제 곧 들이닥칠 것 같거든요. 극장장이 오늘
             아침이라고 했던 것 같은데……
맨발의 무희   (객석의 어둠을 유심히 들여다보며) 외부인들이 또 객석에 들
             어온 것 같아요. 아, 너무 어둡네요! 누가 누군지 알 수가 없
             네. 도대체 왜 저 사람들을 연습 시간에 들여보내는 거죠?
루카누스   전부 우리 쪽 사람들이에요. 나는 시력이 좋거든. (객석을 주
             의 깊게 들여다본다.) 프롬프터네 애들하고…… 매표소 여직
             원 언니들…… 전기기술자 형……
맨발의 무희   저기 더 멀리 어둠 속에 있는 사람은요?
루카누스   뭘 그렇게 걱정을 해요?
맨발의 무희   '뭘' 걱정하냐고요? 혹시 그 '미국인'이면……
루카누스   뭐라고요?
맨발의 무희   ……몰래 어두운 구석에 앉아서 우리를 샅샅이 훑어보면서
             벌써 고르고 있는지도 모르잖아요.
루카누스   상상력도 좋으시네! 극장장이 그자를 바로 무대로 데려오겠
             다고 했단 말이에요. 자기가 그자를 데리러 가겠다고까지 한
             것 같은데……

| 연출자 | (프롬프터에게 그의 대본을 돌려주며) 조용하세요! 자, 모두 자기 자리로! |

모두 자기 자리로 돌아간다.

	자, 내용을 좀 줄였습니다…… 비텔리우스의 대사가 바뀌었어요. (희극배우에게) "점술과 꿈은 공통점이 많지요"를 기억해두세요. 이 대사 다음에 당신이 웃어야 되니까. 자, 해봅시다.
희극배우	예. (진지하게 연필로 자기 대사에 표시를 하고는 소극에서나 들을 수 있을 웃음을 터뜨린다.)
연출자	네로, 당신 차례입니다!
네로	저 비곗덩어리가 왜 웃는 거지?
페트로니우스	웃음은 사람과 동물을 구별 지어주지요. 저자는 웃는 것 외에는 자기가 돼지가 아니란 걸 보여줄 방법이 없으니까요.
희극배우	(한 마디 한 마디 '희극적인 톤'을 강조하며) 아버지가 물려주신 귀족의 반지를 떨어뜨렸네.
네로	구두장이였던 아버지 말이지……

비텔리우스 역을 맡은 희극배우는 웃음으로 답하고는 칼비아 크리스피닐라의 페플럼* 주름 사이에서 반지를 찾기 시작한다.

* 고대 그리스와 로마에서 입던 얇은 천으로 만든 소매 없는 상의.

니기디아	잃어버리지도 않은 걸 찾는군.
루카누스	찾아도 그자에겐 소용도 없을 걸 말이지. 하하하!
크리스피닐라	(희극배우에게, 당황한 어조로) 이보세요, 세묜 아르카디예비치, 점잖게 처신하세요!
희극배우	지문에 그렇게 쓰여 있어요. (자기 역할 부분을 읽는다.) "크리스피닐라의 원피스 주름 사이에서 자기 반지를 찾는다." 실례지만 크리스피닐라 역을 맡으신 게 아닌가요?
크리스피닐라	맞아요.
희극배우	그러니까 당신에게서 찾는 거지요. 왜 트집을 잡으시죠?
크리스피닐라	진짜 그러시는 게 아니라 찾는 것처럼 하셔야죠! 나쁜 인간 같으니! 취하신 게 아니라면 제가 무슨 말을 하는지 아실 텐데요?
희극배우	'찾는 것처럼'이라고요? 아가씨, 공부 좀 하세요! 내가 연기 경력이 20년입니다. '찾은 것처럼' 찾는다는 게 뭔가요. 우리 같은 사실주의적 경향의 배우들은 말이죠, 그런 말은 이해도 못합니다.
크리스피닐라	당신 말대로 하자면 희곡에 "그녀의 목을 친다!"라고 되어 있으면 실제로 제 목을 치시겠네요?
희극배우	거 참, 예를 들어도. 광대극 말고 도대체 어디서 그런 희곡을 보셨나요?
크리스피닐라	어찌 되었건 점잖게 처신해주실 것을 요구하는 바예요. 나는 아무나가 아니라고요. 배역 핑계를 대면서 그렇게 제멋대로 손을 놀리시면 안 되죠.
희극배우	배역 핑계를 댄다고? 아가씨! 혹시 맞아본 적 있어요?* 네

로 시대에 당신이 내 노예였다면 나는 페트로니우스 에브니쿠스처럼 당신을 매일매일 두들겨줬을 거야. 이렇게 말하면서 말이지. "트집 잡지 마! 20년간 예술을 위해 헌신한 예술가를 존경해야지!" 그리고 '때리는 것처럼'이 아니라, 미안하지만, 가장 사실주의적인 방식으로 두들겨줬을 거야.

크리스피닐라 내가 네로 시대에 살았다면 말이죠, 저런 탕자는 짐승들의 먹이로 던져버리고 미친 여자처럼 박수를 쳤을 거예요.

연출자 됐어요, 여러분, 그만 하세요! 우리가 네로 시대에 살지 않는 걸 기뻐하기만 하면 되겠군요. 그러니 이런저런 상상들 하지 마세요. 자, 계속합시다!

맨발의 무희 이제 제 '아시리아 포로의 춤' 차례인데요, 막 좀 내려주시면 안 될까요? 저기 외부인들이 있어서요.

연출자 그게 뭐 어때서요?

맨발의 무희 이건 총연습도 아니잖아요.

연출자 상관없어요. 나는 전체적인 분위기를 보려는 거니까. 나도 객석에서 볼 겁니다. 그나저나, 천장에서 떨어지는 장미 효과를 확인해봐야겠군. (위쪽을 향해 소리친다.) 지금 꽃비가 내려야 하는 것 기억하시죠?

위에서 들리는 목소리 기억합니다.

연출자 (무대와 객석을 연결하는 계단을 따라 내려오며 말한다.) 여러분, 이건 '예술적인' 공연이라는 사실을 잊지 마세요. 디테일 하나하나가 다 중요합니다. 음악, 시작!

---

* '배역 때문에, 배역 평계로(по роли[po roli])'와 '때리다(пороли[poroli])'의 발음이 유사한 데서 비롯된 말장난이다.

구슬픈 동양풍의 춤곡을 연주하는 피아노 소리가 들린다.

맨발의 무희   (신을 벗고 자세를 취하려는 순간 못을 밟는다.) 무대에 또 못
              이 있어요. (못을 집어 올린다.) 이것도 '예술적인' 공연의 일
              부인가요?

연출자   (극장의 중앙 통로에 서서 큰 소리로 외친다.) 이반! 무대 바
              닥 좀 쓸어!

연인 역   (무대 뒤쪽 왼쪽을 향해 소리친다.) 이반, 빨리 바닥 좀 쓸어
전문 배우   줘요!

맨발의 무희   (피아노 쪽을 향해) 마에스트로, 잠시만 기다리세요!

음악이 멈춘다. 일꾼이 빗자루를 들고 들어온다.

포페아   또 먼지를 일으키겠군! 내 폐가 얼마나 약한지 아시잖아요!

탁자와 배우들, 그리고 빗자루를 든 일꾼 위로 종이 장미가 쏟아져 내린다.

배우들   아…… 이게 꽃비?

모두가 위쪽을 쳐다본다.

맨발의 무희   (무대를 쓸기 시작한 일꾼에게) 미리 쓸었어야죠. 도대체 체
              계가 없어. 기껏 감정을 잡아도 사라져버리잖아.

네로   (빽빽대는 소리로) 이런 망할! 이러다가 애꾸눈 되겠다! (눈

으로 떨어진 종이 장미를 손에 들고 휘둘러댄다.) 게다가 철사로 감았잖아, 젠장! (객석을 향해 소리친다.) 아리스타르흐 페트로비치, 이러다가 우리 모두 불구자가 되겠어요.

연출자 그러게 왜 위를 보십니까? 도대체 왜 그렇게 호기심이 많은 건데요? 당신은 그 어떤 것에도 놀라지 않는 고결한 로마인이라는 사실을 기억하시란 말입니다.

희극배우 (빗자루를 든 일꾼을 향해 종이 장미를 던진다.) 글쎄요. 로마인들도 당신의 '예술적인' 공연에 놀라지 않았을까요? 모르긴 해도 아마 놀랐을 겁니다.

모두가 웃는다.

맨발의 무희 (일꾼에게) 지금 할 게 아니라 미리 했어야죠. (피아노 쪽을 향해) 마에스트로, 시작하세요.

동양풍의 춤곡이 흘러나온다. "아시리아의 여성 음악가들"이 하프의 줄을 퉁긴다. 객석에 앉은 연출자는 때로는 손으로, 때로는 발로 박자를 맞춘다. 맨발의 무희는 정성을 다해 춤춘다. 종이 장미가 소리를 내며 무대 위로 떨어진다. 빗자루를 든 일꾼은 뒤통수를 긁적이더니 무대 밖으로 나간다.

리기아 (맨발의 무희가 춤추는 동안) 마르크, 이 포로는 아주 유연하고 예쁜데요. 하지만 포페아를 보세요. 우리의 신성한 아우구스투스,* 그녀가 얼마나 아름다운지.

연인 역 전문 배우 (정열적으로) 그래요, 그녀도 아름답지. 하지만 당신이 백

배는 더 아름다워. 당신의 입술로 포도주가 든 이 잔을 건드려줘요. 나도 그 자리에 입을 댈 수 있도록.

리기아가 포도주를 마시고, 이어 그도 마신다.

아벨의 집 욕탕에서 당신을 봤지. 그리고 사랑하게 됐어. 당신은 지금 옷을 입고 있지만, 난 지금도 그때의 당신이 보여. 크리스피닐라처럼 옷을 벗어요. 신들도, 사람들도 사랑을 갈망해.

희극배우   (크리스피닐라에게) 실례지만, 당신이 크리스피닐라를 연기하시나요?

크리스피닐라   무슨 상관이죠?

희극배우   대본에 따르면 옷을 벗고 계셔야겠네.

크리스피닐라   또 무슨 생각을 해낸 거예요?

희극배우   마르크 비니키우스가 이야기하는 것 들으셨지요? "크리스피닐라처럼 옷을 벗어요." 당신이 크리스피닐라를 연기하는 것 맞지요?

크리스피닐라   저리 꺼져요, 세묜 아르카디예비치. 진지하게 말하는 거예요. 저리 꺼지라고요.

희극배우   우선 옷을 벗으시라고요. '예술적인 공연'이 그걸 요구한다니까. (연출자에게) 그렇죠? (크리스피닐라의 페플럼을 벗기려

---

* 로마의 첫 황제였던 아우구스투스(Gaius Julius Caesar Augustus, 기원전 63~14)가 남긴 저작 『신성한 아우구스투스 행전』에서 따온 표현이다. 다만 이를 여성형으로 바꾸어 포페아에게 찬사를 보내고 있다.

고 한다.)

크리스피닐라　따귀가 한 대 맞고 싶으신가 보군요, 이 술주정뱅이 같으니
　　　　　　라고! 놓으세요! (일어선다.)

연출자가 무대로 뛰어올라온다.

연출자　　　무슨 일입니까, 왜 그래요?

맨발의 무희가 춤을 멈춘다.

크리스피닐라　이 천치 같은 인간에게 점잖게 행동하라고 일러주세요. 그렇
　　　　　　지 않으면 나도 내가 무슨 짓을 할지 모르겠으니까요!

연출자　　　신이시여! 단 한 번의 연습도 소동 없이는 지나가지를 않으
　　　　　　니!

맨발의 무희　(연출자에게) 막을 내리는 편이 나을 거라고 했지요. 낯선
　　　　　　사람들 앞에서 웃음거리가 되는 게 좋으신가 봐요. 자존심은
　　　　　　지켜야죠……

희극배우　　(무대 전면으로 다가서며) 여기 왜 외부인들이 있습니까? 누
　　　　　　가 들여보냈죠? (객석을 향해 고함을 친다.) 여러분, 여기 계
　　　　　　시면 안 됩니다…… 나가세요…… 자, 빨리, 빨리요……
　　　　　　움직여요, 움직이라고! 잔뜩 모여들어서는…… 누구 허락
　　　　　　을 받고 들어온 겁니까?

연출자　　　(객석을 향해) 여러분, 죄송하지만 극장을 좀 비워주시기 바
　　　　　　랍니다. 아니면 여러분이 불쾌하실 수도 있는 조치를 취할

수밖에 없습니다.

연인 역
전문 배우 (객석을 향해) 여러분, 우리 극장에서는 교훈적인 것도, 아름다운 것도, 고상한 것도 보실 수가 없습니다. 벌써 아실 거라 생각합니다. 얼른 나가주세요. 이건 서글픈 광경일 뿐입니다. 영혼에 그 어떤 영웅적인 것도 품지 못한 채 영웅 역할을 하는 우리가 얼마나 초라하고 우스꽝스러운지 우리도 압니다. 여기 계시면 우리가 더 부끄러워집니다. 힘겨운 창조적 작업을 수행할 만한 재능도 없는 사람들이 빵조각 때문에, 이런 일이 예술과 인류, 그리고 영혼을 고양시키는 고상한 이념을 위한 일이라고 멋대로 상상하며 '잘난 척 버티고' 있는 걸 보는 게 뭐 그리 재미있습니까. 요즘 멜포메네*의 제사장들이 여러분의 영혼을 고양시키기 위해 어떤 준비를 하는지 보시지 않았습니까. 이 정도면 영원히 극장에 발을 끊으시기에 충분할 만큼 정이 떨어지셨을 거라 생각합니다. 제발 나가주세요. 여기 계시면 저희를 부끄럽게 하시는 겁니다.

연출자 (연인 역 전문 배우에게) 당신도 마찬가지야.

희극배우 (연인 역 전문 배우의 어깨를 툭 치며) 신났군!

연출자 이젠 정말 못 참겠군! (관객들에게) 한 번 더 부탁합니다. 여러분, 제발, 제발 여기서 나가주세요. 부탁드립니다.

프레골리 박사 (다소 당황한 듯 보이는 극장장과 함께 무대 전면 쪽 객석에서 등장하며) 혹시 저는 좀 예외로 해주시지 않겠습니까?

---

* 그리스 신화의 아홉 뮤즈 중의 하나로 비극과 리라 연주를 주관하는 여신이다.

배우들이 다소 동요한다. 몇몇은 호기심 어린 눈빛으로 자기 자리를 벗어나 새로 등장한 사람을 보러 달려 나온다.

극장장　　(프레골리 박사와 함께 무대에 들어선다.) 여러분, 프레골리 박사를 소개하겠습니다. 이분은 오늘 좋은 배우를 필요로 하는 극장의 극단주 자격으로 이곳에 오셨습니다. 동종업계 종사자의 연대감 때문에 제가 박사님께 여러분과 이야기하실 수 있는 기회를 드리기로 했습니다. 그러니 프레골리 박사는 우리 손님이십니다. 친절하게 맞아주시기 바랍니다.

프레골리 박사　　(인사를 하며) 과분한 소개에 감사드립니다. 하지만 먼저 말씀드릴 일이 있습니다. 저는 전문 극장의 관점에서 보자면 전혀 극장 같지 않은 극장의 극단주입니다. 저의 극장에는 무대장식도, 막도, 각광도 없습니다. 프롬프터석 같은 것은 아예 상상할 수도 없는 극장입니다. 이 멋진 극장의 이름은 '삶'입니다. 이 극장에는 장점도 있지만 단점도 있습니다. 무엇보다 이 극장은 아주 구식인 극장, 이미 유행이 지난 전통을 지키는 극장입니다. 아직 함께 연습 한번 못해본 배우들이 연기를 하고, 주연을 맡은 사람들은 온통 저열하고 교활한 모사꾼들입니다. 게다가 오랜 세월 동안 재능 없는 연출자들이 이 극장을 지배해왔습니다. 때로는 프롬프터나 상대방을 전혀 고려하지 않고 연기를 하니 연기를 못하는 것은 말할 것도 없고, 도대체 공연 레퍼토리가 뭔지도 알 수 없는 극장입니다. 배우들의 경제적인 여건부터 시작해서 근본적인 개혁이 필요한 극장입니다. 어떤 배우들은 굶주리고 있는데, 또 어떤 배우들은 상상을 초월하는 월급을 받으니 이러면 안 되지 않겠습니까. 물론 이 문제는 어느 정도 해결 단계에 들어선 것도 같습니다. 대다수의 사람들이 극단 책임자를 초빙해야 한다고 단호하게 주장하고 있으니까요…… 아마 여러분도 들어보셨을 겁니다! 태생은 불법적이지만 제법 존경할 만한 인물이죠. 저는 '사회주의'에 관해 말하는 겁니다. 사회주의는 보다 공평한 역할 분배를 필두로 많은 것을 약속하지요. 하지만 유감스럽게도 사회주의의 전문 분야는 순수하게 물질적인 성격을 지닌 문제들입니다. 물론 이것으로도 많은 문제들이 해결되겠지만, 결코 모든 문제를 해결할 수는 없습니다. 물질적인 복지의 측면에서 모든 사람들을 평등하게 만들어준다고 해서, 정신적이고 미학적인 측면에서도 동일한 목적을 달성한 것이라고 할 수는 없으니까요. 세상에는 여러 가지 비천함 때문에 친밀한 기쁨을 상실한 수백만의 사람들이 있습니다. 우리의 이웃인 그분들에게 사회주의의 평등은 씁쓸한 조소처럼 들릴 겁니다. 물론 저는 사회주의에 반대하는 논거를 펴는 것은 아닙니다. 단지 고결한 도덕적 관심을 가졌다면 우리가 무언가 더, 또 다른 일을 해야만 한다는 주장을 펴기 위한 논거일 뿐입니다.

극장장 (아첨하듯이) 죄송합니다만, 프레골리 박사님, 저희 극단에는 중등교육을 받은 사람들도 별로 없어서, 저…… 뭐랄까, 박사님 말씀을 전부 이해하기는 어려울 것 같습니다.

배우들 중 몇몇의 목소리 "신났구먼……" "도대체 여기서 왜 중등교육 얘기가 나오는 거야……" "이해 못할 말이 뭐가 있는데?"

프레골리 박사 (진지하게) 여러분, 내가 극장에 온 것은 '율법을 폐하기 위해서가 아니라 완성하러 왔다'[*]는 사실을 명심해주십시오. 저는 환상의 실험실과도 같은 공식 극장과 나란히 존재해야 할 비공식적 극장, 환상을 판매할 시장과도 같은 이 극장, 조직 개편이 더욱더 필요한 이 극장을 위해 싸우는 겁니다. 왜냐하면 이 극장은 삶 그 자체이기 때문입니다. 지금 여러분이 서 있는 이 무대 위에서만이 아니라 삶에도 환상이 필요합니다. 불행한 자들에게 행복을 줄 수 없다면, 그 환상이라도 주어야 하니까요. 이것이 가장 중요한 것입니다. 저 자신도 배우지만, 저의 활동 무대는 극장의 무대가 아니라 삶의 무대입니다. 저는 여러분들, 구원이 되는 환상의 창작 예술의 거장들인 여러분들을 바로 이 삶의 무대로 초청하려는 것입니다. 저는 자신의 예술로 무장하고 이 무대에서 내려와 삶의 칠흑 같은 어둠 속으로 걸어 들어가는 것이 배우의 임무임을 진심으로 믿습니다. 세상은 배우와 그의 마술적인 예술을 통해서만 구원될 것이라고 깊이 확신하고 있기 때문입니다.

맨발의 무희 (흥분하여) 박사님의 말씀을 이해할 수 있을 것 같아요. 맞게 이해했는지는 모르겠지만……

극장장 (프레골리 박사에게) 제가 배우들에게 박사님 생각을 좀더 단순하게 설명해도 될까요? 그러니까, 예를 들어서 말입니다.

---

[*] 『신약성서』「마태복음」5장 17절의 "내가 율법이나 선지자를 폐하러 온 줄로 생각지 말라. 폐하러 온 것이 아니요 완전케 하려 함이로라"는 예수의 말씀을 인용한 구절이다.

프레골리 박사   (미소를 지으며) 물론이지요.

극장장   박사님께서 드신 예를 들어보지요…… 여러분…… 프레골리 박사는 이런 생각을 하시는 겁니다. 그 어떤 사회주의도 도울 수 없는 불행한 사람들이 존재한다는 거지요. 왜냐하면 그들은 물질적인 복지보다 더 소중한 것, 그러니까 재능, 미모, 정신적인 힘, 건강, 젊음 뭐 이런 것들을 가지지 못한 사람들이니까요. 예를 들어, 외롭고 불쌍하고 아무에게도 필요 없는 노인이 산다고 해봅시다. 양로원으로 가고 싶지는 않고, 그러니까, 자기를 '고문서실'에 넘기기는 싫고, 그렇다고 친구도, 가까운 사람도 없이 그렇게 사는 것도 고통스럽지요. 프레골리 박사는 바로 이런 곳에 유능한 배우들인 여러분을 초대하는 겁니다. 그런 불행한 노인과 만나 그의 친구가 된 것처럼 위장하여 여러분의 우정으로 그 노인의 여생을 아름답게 만들라, 이런 이야기죠. (프레골리 박사에게) 제가 박사님 의중을 정확히 이해한 건가요?

프레골리 박사   너무나 훌륭한 예입니다.

극장장   (배우들에게) 아니면, 예를 들어, 그야말로 '아무도 눈길조차 주지 않는' 못생긴 아가씨에게 사랑에 빠진 척해주는 겁니다.

배우들 사이에서 가벼운 웃음소리가 들린다.

프레골리 박사   실례지만, 여러분, 무대에서 매일 아름다운 여배우뿐만 아니라 못생긴 여배우와도 사랑에 빠지시는 전문 jeunes premiers* 에게 이 일이 그렇게 어렵거나 우스울까요?

극장장	만일 이게 어렵다면 자기 예술을 또 다른 이들에게 바칠 수
	도 있겠지요. 예를 들어 건강한 동갑내기들이 따돌린 아픈
	아이들을 사랑할 수도 있죠. 프레골리 박사는 이렇게 말씀하
	시는 겁니다. "광대, 어릿광대, 익살꾼의 옷을 입고 불행한
	이들에게 가 그들의 살아 있는 장난감이 되십시오!"

배우들은 난감해하며 키득거리기도 하고 수군대기도 한다.

희극배우	죄송하지만, 프레골리 박사님, 우리에게 농담으로 이런 제안
	을 하시는 겁니까, 아니면 진지하게 제안하시는 겁니까?
프레골리 박사	그건 받아들이시는 여러분 마음입니다.
희극배우	음…… 그렇군요…… 좋아요…… 박사님, 저희는 박사님
	뜻을 이해했습니다. 아~주 감동적인 생각이에요. 말할 것도
	없이 고결한 생각이라고 할 수도 있겠습니다. 그 이념을 비
	판하려는 건 아니지만 여쭤볼 것이 있습니다. 박사님이 표현
	하신 대로 하자면, '삶의 무대'에서 하는 연기에 대해 어떤
	출연료를 약속하실 건지요? 아셔야 할 것이, 사실 배우들은
	박사님 공연이 아니더라도 온갖 자선 공연, 자선 콘서트에
	시달리거든요. (배우들을 향해) 한 마리 황소에서 껍질 두 장
	을 벗길 수는 없는 것 아닌가,** 그렇지, 동지들?
프레골리 박사	(가벼운 아이러니를 담아, 희극배우의 억양을 살짝 놀리며) 전

---

* '첫번째 연인 역'이라는 뜻의 프랑스어.
** 서로 상충되는 일을 하려 할 때, 또는 한정된 자원으로 과도한 것을 요구할 때 사용하는
러시아 속담.

문 배우에게는 아~ 주 중요한 문제지요. 그러니까 당신 질문의 요지는 그런 '기획'이 배우들에게 무슨 이득이 되느냐, 이건가요?

희극배우 바로 그렇습니다.

프레골리 박사 소크라테스처럼 대답해보죠. 덕은 '실용적인 방법으로 얻어지는 지식이다'라고요. 사람이 배역을 연기하면서 그 배역의 성격을 창조하는 것처럼, 때로는 배역이 사람의 성격을 만들기도 하지요. 변형을 통해 '변화'로 가는 거지요. 더 좋은 쪽으로 변하는 것, 그것만으로도 이미 충분한 상이 아닐까요?

배우들이 동요한다.

희극배우 혹시 아실지 모르겠는데요, 20년간 무대에 헌신했지만, 무언가 좀 제대로 버는 데는 찬성입니다.

주변 사람들이 웃음을 참는 소리가 들린다.

프레골리 박사 저는 이 웃음 때문에 놀라거나 당황하지 않습니다. 사회가 간호사의 노동에 정당한 대가를 지불하지 않으면, 간호사의 수가 사회의 수요를 충족시키지 못할 거라는 것은 당연한 일 아니겠습니까? 언젠가는 사회, 혹은 국가가 '간호사-배우'들, 저는 이렇게 부릅니다, 의 노동을 책임질 날이 오겠지요. 하지만 그때까지는, 그때까지는 사설 극단주가 필요합니다. 그래서 저는 여러분께 극단주이자, 제가 직접 연출하여 '삶의 무대'에 올리려 하는 희곡의 극작가로서 온 겁니다.

극장장   지금 시점에서 프레골리 박사에게 필요한 배우는 딱 세 명입니다. 두 명의 남자 배우와 한 명의 여자 배우가 필요합니다. 역할은 연인, 희극배우 그리고 하녀지요. 조건은 이렇습니다. 여러분이 나에게 받는 월급 액수를 그대로 받으시고, 거기에 25퍼센트를 더해주신답니다. 기간은 내일부터 사순절* 까지고요.

프레골리 박사   이 공연은 전문 배우들을 데리고 삶의 무대에 올리는 저의 첫 번째 공연입니다. 따라서 저의 제안에 여러분들께서 호응해주시기를 간절히 바라는 바입니다. 게다가 저는 어렵지 않은 작품을 제안하려 합니다.

맨발의 무희   (감동하여 앞으로 나서며) 제가 하겠어요. 하녀 역을 할 수 있을까요?

프레골리 박사   (무희의 손을 잡는다.) 물론이지요.

희극배우   극장장님도 나서셨으니 벌써 두 사람이네요.

극장장   무슨 얘길 하고 싶은 겁니까? 뭘 암시하고 싶은 거냐고요?

희극배우   이 희곡 서문에 실린 극장장님 역할을 암시하는 겁니다.

극장장   어떤 역할 말입니까?

희극배우   '정직한 브로커' 역이라고나 할까요? 그나저나 극장장님은 몇 퍼센트를 받으시는지 그걸 모르겠군요.

배우들, 웃는다.

---

* 기독교에서 부활절을 준비하는 40일간의 절제의 기간을 말한다.

어쨌거나 죄송합니다. 예민한 문제인데.

극장장 (아픈 곳을 찔린 듯) 저 말입니다, 모든 것에는 한계가 있어요. 당신 독설도 마찬가지고요. 당신은 요즘 들어 정말 짜증나는 사람이 됐어요. 아주 진지하게 말하는 건데, 프레골리 박사가 당신을 데려가신다 해도, 아마도 우리 극단에서 그 누구도 눈물을 흘리지 않을 겁니다.

크리스피닐라 물론이죠, 나한테 눈물일랑 기대하지 마세요.

희극배우 뭐, 좋습니다. 나도 눈물은 안 흘리겠습니다. 아마 프레골리 박사의 극단에서는 20년을 신의와 정직으로 예술에 봉사한 재능 있는 배우를 좀더 존경해주시겠죠.

프레골리 박사 적어도 덜 존경하지는 않을 겁니다.

배우들의 절제된 웃음소리가 들린다.

희극배우 게다가 돈도 더 주신다니, 저를 쓰시겠습니까?

프레골리 박사 물론입니다.

극장장 (맨발의 무희에게) 그나저나 당신 말이에요, 당신은 잃고 싶지가 않은데. 아시다시피 「쿠오바디스」만 예로 들어도, 당신이……

연출자 (맨발의 무희에게 뛰어와) 농담하시는 거죠? 이해를 못하겠군. 아니, 정말 가려고요? 당신 없이 어쩌라고…… 아니야, 아니야, 일부러 이러시는 거죠…… 아무도 당신을 대신하지 못해요. 아시잖습니까?

맨발의 무희	아무것도 아니에요. 카페에 가서 아무나 데려오세요. 관객들이 섬세한 예술을 충분히 이해하는 것도 아닌데요. 얼굴만 예쁘장하고 장딴지만 튼실하면 돼요. 그런 여자들은 얼마든지 찾으실 수 있을 거예요.
극장장	그럼 당신 남편은요? 남편과 헤어지시게 될 텐데…… 게다가 남편이 그걸 허락할까요?
연인 역 전문 배우	걱정 마세요. 허락합니다. 허락하고 축복합니다!
맨발의 무희	(아픈 곳을 찔린 듯) 저 사람은 나한테 아무 관심도 없어요. 저 사람이 어떤 사람인지 모르시나요?
연인 역 전문 배우	아무래도 극장장님이 나를 더 잘 아시는 게 분명하군. 극장장님뿐 아니라 당신 빼고 여기 있는 모두가 내가 어떤 조건으로 허락하는지를 알 텐데.
극장장	아니, 당신까지 간다고요? (일부러 희극적인 효과를 주려는 듯, 절망적인 모습으로 과장되게 머리를 감싸 쥔다.)
연인 역 전문 배우	프레골리 박사님이 저를 써주신다면, 당연히 그렇습니다……
프레골리 박사	(그의 손을 쥔다.) 아, 저는 당신을 염두에 두고 있었습니다…… 호응해주시기만을 기다리고 있었지요……
연인 역 전문 배우	(그에게) 존경하는 박사님, 전심으로 박사님의 뜻에 동의합니다. 저를 완전히 홀리셨어요…… 저는 뭐든지 특별한 것들을 좋아합니다. 『돈키호테』가 제가 항상 읽는 책입니다…… 아내에게 물어보세요!
맨발의 무희	그건 사실이에요. (사랑스럽게 그의 팔짱을 낀다.)
극장장	(프레골리 박사에게) 박사님, 당신은 매군요. 그래요, 그래. 당신은 사악한 매예요. 제 둥지에서 사랑스런 아기 새들을

채가시니……

희극배우가 깊이 고개 숙여 절한다.

당신 말고……

주위의 배우들, 웃음을 터뜨린다.

프레골리 박사   (미소 지으며) 하지만 이 매는 당신의 동의를 얻어 사랑의
              날개를 달고 여기에 왔지 않습니까.
극장장   나는 최면에 걸렸었어요. 맙소사, 매에게 동의하다니, 정말
              최면에 걸렸던 것 같아.
연출자   잃어버린 걸 되찾을 수는 없죠. 극장장님, 차라리 떠나는 분
              들의 빈자리를 어떻게 메울지 고민해야겠습니다. 잠시 얘기
              좀 할 수 있을까요? (극장장의 팔짱을 끼고는 무대 왼쪽의 깊
              은 곳으로 이끈다.)
네로   (그들의 뒤를 따른다.) 비니키우스 역에 관해서라면, 극장장
              님, 안심하셔도 됩니다……

니기디아 역시 다른 배우들과 함께 연출자와 극장장의 뒤를 따른다. 배우들은
이미 일어난 일뿐 아니라 닥쳐올 배역 재분배의 문제로 다소 흥분해 있다.

니기디아   저, 저기요…… 아시리아의 여자 포로 역은 말이죠……

그녀의 말은 연출자와 극장장을 에워싼 배우들의 시끌벅적한 소리에 묻혀 사라진다. 연출자와 극장장은 둘이서만 이야기를 나누려고 지긋지긋한 파리를 쫓듯 손을 내저어보지만, 소용없다. 객석과 가까운 무대 전면에는 프레골리 박사와 연인 역 전문 배우, 맨발의 무희와 희극배우만이 남는다.

맨발의 무희   (프레골리 박사에게, 사람들의 웅성거리는 소리가 다소 줄어든 뒤에) 저는 누구를 위한 일을 해야 하나요? 우리가 해야 할 일이 뭔지, 우리 역할이 어떤 건지 이야기해주세요. 저는 하녀, 요리사, 접시닦이, 어떤 일을 해야죠?

프레골리 박사   그냥 '명랑한 하녀' 역을 하시면 됩니다. (모두에게) 그곳은 정말 지루한 집입니다. 여러분, 저는 여러분을 입주자로 초대하는 겁니다…… 여러분의 첫번째 임무는 그 집이 다른 집으로 변화되도록 애쓰시는 겁니다.

연인 역 전문 배우   도대체 어떤 집인가요?

프레골리 박사   마리야 야코블레브나 페트로바라는 분의 가구 딸린 공동주택입니다. 그야말로 응급 '연극치료'가 필요한 집이지요. 거주자 중 한 사람은 이미 목을 맨 적이 있어요. 마리야 야코블레브나의 딸도 매일매일 시들어가고 있고요.

희극배우   우리는 어떤 역할을 맡게 되나요?

프레골리 박사   당신께는 의사 역을 부탁드립니다. 아시다시피 웃음은 최고의 명약 아닙니까. 그리고 당신은 '그로테스크한 희극배우' 전문가이시고요. 게다가 극장장님 말씀으로는 원래 군의관 출신이시라고요?

희극배우   어떤 의사 역을 해야 합니까? 군의관인가요, 그냥 의사인가요, 신경정신과 의사인가요, 아니면 부인병 전문의인가요?

프레골리 박사   제 생각에는 은퇴한 군의관 역이 좋을 것 같습니다. 현재 진료를 하고 있지도 않고, 연금도 별로 받지 못하는 사람이죠. 그러니까 고달픈 운명에 시달리지만, 절대 낙심하지 않는 사람 행세를 해주십시오. 매일매일 식사 시간에 재미있는 일화를 하나씩 들려주시는 겁니다. 아시겠지요? 이 점에 대해서는 계약서에도 명시할 생각입니다. 나중에 자세하게 이야기해드리지요. (연인 역 전문 배우에게) 당신은 돈 후안, 아니 그보다는 부드러운 로미오 역할을 맡아주세요. 직업은 별 볼일 없는 보험회사 영업직원이고요. 가난하고 소박하지만, 호감을 불러일으키고, 여자들의 마음을 녹이는 매혹을 지닌 사람이죠……

희극배우   (연인 역 전문 배우에게, 아이러니를 담아) 그냥 자기를 있는 그대로 보여주면 끝이겠네.

프레골리 박사   (계속해서 연인 역 전문 배우에게) 마리야 야코블레브나의 딸에게 반하신 것처럼 하면 됩니다. 그리고 그 집에 살고 있는 대학생, 정신적 지지가 필요한 그 청년의 친구가 되어주세요. (맨발의 무희와 그녀의 남편의 팔짱을 끼며) 사랑스러운 하녀의 교태 어린 수다와 어떤 이야기라도 나눌 수 있는 친구의 진심이 우울증에 걸린, '확신 자살자'를 완전히 고칠 수 있을 거라고 생각합니다. 보시다시피 어렵지는 않지만, 책임감이 따르는 역할이지요…… 나는 죽음기관 공장 사장으로 분해서 선량한 레조네르*의 역할을 맡으려고 합니다. 이제부터 제 성은 슈미트입니다. 기억해두세요.

모두가 미소 짓는다.

맨발의 무희   저 말이죠, 슈미트 씨……

프레골리 박사   (이름과 부칭을 알려준다.) 카를 이바느이치입니다.

맨발의 무희   (미소 지으며, 그의 말을 반복한다.) 카를 이바느이치, 이렇게
책임 있는 역할에 왜 이런 쇠락한 시골 극장의 배우들을 선
택하셨어요? 예를 들어 도시의 극단이나 아니면……

프레골리 박사   (부드럽게 말을 끊으며) 위대한 스승의 추종자들은 그가 왜
그들을 예루살렘이 아니라 갈릴리에서 찾았는지 묻지 않았
지요.

연인 역
전문 배우   박사님, 오늘부터 저는 점쟁이의 말을 믿기로 했습니다. 박
사님은 어떻게 생각하시나요?

프레골리 박사   어떤 점쟁이인지가 중요하겠지요.

극장장과 연출자를 앞세운 단원들이 무대로 돌아온다.

극장장   (프레골리 박사에게) 합의를 보셨나요? 달리 선택하실 생각
은 없습니까?

프레골리 박사   계약서에 서명하는 일만 남았습니다.

극장장   그렇다면 제 사무실로 가시죠.

프레골리 박사   (희극배우, 연인 역 전문 배우 그리고 그의 아내에게) 여러분,

---

* 프랑스어 'raisonneur'를 음차한 단어이다. 희곡에서 작가의 입장을 대변하는 논리적이고
이성적인 인물을 뜻한다.

가십시다!

극장장, 프레골리 박사, 희극배우, 연인 역 전문 배우와 맨발의 무희는 오른쪽으로 나간다.

연출자 (손뼉을 치며) 자, 제자리로! 연습은 계속해야죠. 내가 루카누스 역을 할 테니, 가네츠키 씨는 네로 역을, 스테파노프 씨는 비니키우스 역을, 고르스키 씨는 비텔리우스 역을, 그리고 샤트로바 양은 아시리아의 포로 역을 맡으세요. 음악! 시작하세요!

음악이 울려 퍼진다. 루카누스 역을 하던 배우가 네로의 자리를 차지하고 네로 역을 하던 배우는 비니키우스의 자리에 앉고, 티겔리누스 역을 하던 배우는 비텔리우스 역을 하던 배우는 비텔리우스의 자리로 옮기고, 니기디아 역을 하던 여배우는 맨발의 무희의 자리로가 선다. 연출자는 루카누스의 자리에 앉는다. 쟁반에 샌드위치를 든 노예가 다시 나타나, 전처럼 네로나 그의 곁에서 식사하는 사람들의 코앞에 샌드위치를 들이댄다.

네로 (루카누스 역을 하던 배우. 노트를 보며 읽는다.) 이 여자가 비니키우스가 반했다는 그 포로냐?

페트로니우스 황제여, 그렇습니다. 바로 이 여자입니다.

네로 이름이 뭔가?

페트로니우스 리기아라고 합니다.

네로 비니키우스는 이 여자가 아름답다고 생각하는가 보지?

페트로니우스   그렇습니다. 하지만 이 분야 최고의 전문가이신 황제폐하의 용안에서 저는 이미 이 여자에 대한 판결문을 읽었습니다. '허벅지가 너무 가늘다'.

네로   맞네. 허벅지가 너무 가늘어.

리기아   (연출자에게, 객석을 가리키며) 저기 또 외부인들이 들어왔어요. 차라리 막을 내리는 게 어떨까요?

연출자   (일어나 객석을 주의 깊게 살핀다.) 좋습니다. 지금까지 있었던 소동으로도 충분하니까요. (무대 뒤를 향해 소리친다.) 막을 내려요! (루카누스의 자리에 앉는다.)

포페아   (리기아를 향해 불평을 늘어놓는다.) 누구 고기를 먹었는지 아니까 저 고양이, 겁에 질렸군.*

연출자   (소리친다.) 막!

막이 내린다.

---

* 자기 죄는 스스로 안다는 뜻의 러시아 속담.

제3막

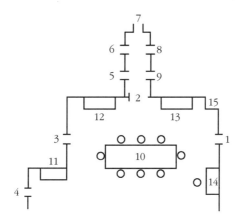

1. 현관문

2. 복도의 간이문

3. 공동주택의 여주인과 그녀의 딸의 방문

4. 여교사의 방문

5. 슈미트의 방문

6. 희극배우의 방문

7. 부엌문

8. 연인 역 전문 배우의 방문

9. 퇴역관리와 대학생의 방문

10. 식탁

11. 등받이 없는 긴 의자

12. 축음기가 놓인 작은 탁자

13. 찬장

14. 타자기가 놓인 작은 책상

15. 벽난로

마리야 야코블레브나의 공동주택. 넓은 식당 한가운데에는 방수포를 덮은 커다란 식탁이 자리하고 있고, 식탁 주위에는 여덟 개의 의자가 놓여 있다. 무대 왼쪽의 돌출된 벽면 앞에는 안락하게 보이는 긴 의자가, 오른쪽 무대 전면에는 커버를 씌운 타자기를 올려둔 작은 탁자가 놓여 있다. 오른쪽 문(평면도상의 1번 문)은 현관으로 이어지고, 중간에 자리한 문(평면도상의 2번 문)은 복도로 이어지며, 복도가 끝나는 곳에는 부엌문(평면도상의 7번 문)이 나 있다. 복도에서 방으로 난 문들인 5, 6, 8, 9번 문들은 각각 슈미트(5), 희극배우(6), 연인 역 전문 배우(8) 그리고 관리와 그의 아들 대학생이 사는 방(9)의 방문들이다. 식당 안쪽 왼편에 있는 문은 마리야 야코블레브나와 그녀의 딸의 방문(평면도상의 3번 문)이고, 무대 전면 왼쪽에 난 문(평면도상의 4번 문)은 여교사의 방문이다. 오른쪽 구석에는 타일을 붙인 벽난로가 있다. 중앙의 문들 오른쪽에는 호출을 위한 전기초인종이 달려 있고, 조금 떨어진 곳에는 찬장이 놓여 있다. 찬장의 열린 문 안으로 물병과 컵, 과일용 사기그릇 등이 보인다. 중앙의 문들 왼쪽에는 선반이 달린 높다란 소형 탁자가 놓여 있고, 그 위에는 고급 축음기가 아름다운 자태를 뽐내고 있다. 벽에는 그저 그런 솜씨로 그려진 평범한 그림 몇 점이 걸려 있고, 커다란 갓을 씌운 전등이 천장에서부터 드리워져 있다. 문에 걸린 다소 요란한 커튼이 식당의 내부장식을 마무리해준다.

막이 오르면 무대 위에는 맨발의 무희와 대학생이 등장해 있다. 맨발의 무희는 전형적인 하녀 옷을 입고 하녀들이 하던 머리 모양을 한 채 바닥을 닦고 있다. 매혹적인 맨다리를 보이기 위해 치마의 끝자락을 제법 높게 들어 올려 허리춤에 찔러 넣었다. 대학생은 책을 든 손의 팔꿈치를 복도문의 문설주에 기댄 채 서서 교태가 넘치는 바닥 청소부의 유연한 몸매에서 눈을 떼지 못하고 있다.

대학생	(보건대 대화거리를 찾느라 오랫동안 침묵한 끝에) 아뉴타, 그렇게 일하는데 어떻게 허리에 병이 생기지 않을 수가 있죠?
맨발의 무희	(평민의 말투를 약간 섞어) 괜찮어라. 우린 늘 하는 일인디요.
대학생	그래도 그런 일을 하면 온몸이 땀범벅이 될 것 같은데.
맨발의 무희	이게 무슨 일인감요. 시골에서는 진짜 그런 적도 있지라. 특히 추수 때는 그려요. 새벽 3시에 일어나서 하루 종일 허리 한 번 펴도 못하고……
대학생	(잠시 침묵하다) 혹시 당신이 살던 시골에는 도서관이 있나요?
맨발의 무희	몰러요. 아마 지금은 있겠지라. 제가 살 땐 없었어라.
대학생	책 읽기 좋아하세요?
맨발의 무희	어떤 책인지에 달렸지라. 우리 사제님 집에는 아주 좋은 책들이 있었는디, 그 댁 조카따님이 그 책들을 보여줬지라. 하느님 책인디, 너무너무 훌륭한 책들이라 말로 표현할 수도 없어라. 그 책은 무슨 책인감요?
대학생	로마법 책입니다.
맨발의 무희	하느님 책인감요?
대학생	법률 책입니다. (물병에 든 물을 컵에 따라 마신다.)
맨발의 무희	그람 러시아 책이 아닌감요?
대학생	음…… 반은 러시아어로 되어 있고, 반은 라틴어로 되어 있어요.
맨발의 무희	아이고, 뭔 공부를 그렇게 하신다요. 그나저나 라틴어가 뭔감요?
대학생	라틴어는 죽은 언어입니다.
맨발의 무희	죽었다고라…… 아이고, 왜 그런 걸 읽는다요! 꿈에 나타날

까 무섭구만요.

길게 울리는 벨 소리가 들린다. 공동주택 여주인이 부엌에서 복도로 나온다. 그녀는 앞치마를 두르고 요리하던 냄비를 든 채 무언가를 휘젓고 있다.

여주인   (복도에서 식당으로 이어지는 2번 방문으로 다가서며) 아뉴타! 벨이 울려요! 안 들려요? 4번 방이에요. (나가다가 8번 방 앞 복도에 멈추어 서서 귀를 기울인다.)

핥은 것처럼 매끈한 머리에 어딘지 불쾌한 인상을 주는 바싹 마른 중년의 여교사가 화가 잔뜩 난 채 왼쪽에 있는 4번 방에서 나온다. '하녀에게 달려들다'라는 표현 그대로다.

여교사   귀가 먹었어요?
맨발의 무희   바닥을 닦니라구요.
여교사   그건 아침 6시에 해야 하는 거죠. 11시가 아니라……
맨발의 무희   그럼 전부 깨울 텐디요?
여교사   그리고 일요일이 아니라 어제 했어야죠. 바닥은 토요일마다 닦는 거잖아요.
맨발의 무희   어제 하려고 했지라. 그란디 선생님께서 지를 약국에 보내셨 잖아유. 거 뭐당가……
여교사   (당황하고 화가 나 말을 끊으며) 이제 내가 무슨 약을 사러 보 냈는지 모두가 알게 여기서 소리라도 치려나보지? 멍청한 계집애 같으니라고. 얼른 내 방이나 치워요.

180

맨발의 무희는 양동이와 걸레를 들고 4번 방으로 간다.

대학생   (물병의 물을 따르며) 저 말이지요…… 진정 좀 하시죠. 선
           생님 성격 때문에 제대로 된 하녀는 이 집에 하나도 남아나
           질 않겠어요. (마신다.)
여교사   '제대로 됐다'고요? 당신 생각에는 저 여자가 제대로 된 하
           녀인가요?
여주인   (여전히 냄비 속의 무언가를 휘저으며 2번 방 문가에 나타난
           다.) 무슨 일이죠?
여교사   (대학생에게) 저 계집애가 당신 마음에 든다고 '제대로 된'
           하녀가 되는 건 아니죠. 그리고 당신이 '제대로 된 것'에 대
           해 말한다는 것 자체가 좀 말이 안 되네요.
대학생   (흥분하여) 무슨 얘기죠? 왜요?
여교사   제대로 된 사람이라면 하느님의 법과 인간의 법을 거슬러 행
           동하지는 않는 법이죠. 당신은 자살하려는 인텐션*을 품었었
           잖아요. 그것도 다른 사람 모두를 곤경에 빠뜨릴 수 있는 남
           의 집에서 말이죠. 그거야말로 당신의 됨됨이를 c'est une
           chose doutable**하게 만드는 사건이죠.
대학생   그럼 자살한 철학자 하르트만***도 돼먹지 못한 사람이라고

---

* intention. '의도'.
** '의심하게 하다'는 뜻의 프랑스어.
*** 에두아르트 폰 하르트만(Eduard von Hartmann, 1842~1906): 자살의 철학적 의미를
    논했던 독일의 비관주의 철학자.

생각하시겠군요?

여교사   그래도 그건 하르트만이었죠.

대학생   그럼 '진정으로 철학적인 행위는 자살이다'라고 했던 신비주의자 노발리스*는요?

여교사   그건 노발리스였죠. 감히 자기를 누구랑 비교하려는 건지!

대학생   아! 오토 바이닝거**는 오토 바이닝거였으니까 자살을 할 수 있는 거고, 너는 감히 그런 꿈도 꾸지 마라, 그건가요?

이때 맨발의 무희가 4번 방에서 양동이를 들고 부엌으로 나온다.

여교사   (하녀에게) 왜, 옷자락을 좀더 높이 말아 올리지 그러셨어요! 촌년 같으니……

대학생   그럼 바닥을 닦는 데 치렁치렁한 크리놀린***을 입으란 얘깁니까?

여교사   당신이랑 이야기하는 게 아니거든요. 보호자 역할 하시는 게 vous êt ridicules, moncher.****

타자수   (서류 파일을 손에 들고 왼쪽에 있는 3번 문에서 나온다. 소박하지만 우아한 원피스를 입었고, '어울리는' 머리 모양을 하고 있다. 입술을 옅게 칠하고 분도 약간 발라 전체적으로 더 예뻐

---

    * 노발리스(Novalis, 본명, Georg Friedrich Freiherr von Hardenberg, 1772~801): 독일의 낭만주의 시인.

  ** 오토 바이닝거(Otto Weininger, 1880~1903): 오스트리아의 철학자이자 심리학자로, 『성과 성격』이라는 저서를 쓰고 자살했다.

 *** 스커트를 부풀게 하기 위해 고래 뼈 등으로 통을 넓게 만든 치마.

**** "정말 우습군요. 당신"이라는 뜻의 프랑스어.

졌다.) 무슨 일이죠? (오른쪽에 있는 탁자로 다가가 타자기 커
버를 벗긴다.) 아글라야 카르포브나, 왜 항상 별것도 아닌 일
로 문제를 만드세요. (일을 시작한다.)

여교사   홍, 다 내 잘못이죠, 물론이죠……

여주인   여러분, 왜들 그러세요, 그만두세요.

대학생은 소용없다는 듯 손을 내젓고는 복도로 나가 9번 방으로 들어간다.

타자수   (엄마의 말을 끊으며) 아뉴타는 정말 깔끔하고 부지런하고
명랑한 하녀예요. 아뉴타한테 그러시는 건 정말이지……

여교사   그렇죠, 아주 훌륭한 하녀죠. 그 여자가 당신한테 앞머리를
말고, 분을 바르고, 입술 칠하는 법을 가르쳐줬으니 당신이
야 어떻게 칭찬을 안 하겠어요…… 나도 말하고 싶지는 않
지만 다 본다고요, 아가씨, 모든 걸 다 본다고요……

타자수   (유쾌하게, 그리고 자랑스러운 듯) 스파이 노릇에도 재능이
있으시네요. 축하드려요! 진심으로 기뻐해드릴게요. 게다가
오늘은 너무 기분이 좋아서요, 어떤 트집을 잡으셔도, 죄송
하지만, 침 뱉어버릴 수 있거든요!* (타자기를 두드린다.)

여교사   '침을 뱉겠다'고요? 거 참, 표현 한번 우아하네요…… 그것
도 아뉴타에게 배우셨죠. (여주인에게) 따님께서 아주 좋은
영향을 받고 계시네요. 정말이지 할 말이 없군요.

---

* '무시한다'는 뜻의 러시아어 관용표현이다. 이어지는 여교사의 대사에서 여교사가 타자수
의 말에 트집을 잡을 때 사용하는 어휘의 의미를 살리기 위해 직역한 것이다.

그때 맨발의 무희가 부엌에서 나와 4번 방으로 돌아간다. 치맛단을 내리고 신을 신고 손에는 솔과 더러운 걸레를 들고 있다.

여주인   아글라야 카르포브나, 정말이지 괜히 그러세요…… 당신 기
          분만 상하시잖아요…… 아뉴타는 그저 좋은 아가씨 그 이상
          이에요. 행복을 가져다준다고요. 비웃으실지 모르겠지만, 아
          뉴타가 여기 사는 한 달 동안 전 꼭 해님이 우리를 비추는 것
          같았어요.

여교사   (심술궂은 냉소를 담아) 아이고, 나한테는 아니네요. 나한테
          만은 아니라고요. Je vous demande mile pardons,* 나한테
          저런 해님은 필요 없어요. 나는 다른 빛을 받으며 자랐어요.
          무지의 빛이 아니라 계몽의 빛만을 소중히 여기죠. 그리고
          미신은 안 믿어요. 점쟁이 여자들을 찾아다니지도 않고, 그
          여자들이 지껄이는 예언도 안 믿어요. 누군가가 '행복을 가
          져다준다'든지 '해처럼 빛을 비춘다'든지 하는 그런 헛소리에
          는 한 푼도 내놓지 않죠.

여주인   하지만 그 점쟁이 여인이 말한 모든 것이 글자 그대로 실현
          되었잖아요.

여교사   당신 상상이에요.

여주인   그게 어떻게 '상상'인가요? 좋은 하숙인들이 들어올 거라고
          했죠? 정말 그렇게 되었어요. 또 리도치카의 건강이 나아질
          거라고 했죠? (딸을 가리킨다.) 정말 그렇게 되었어요. 리도

* '천 번의 사과를 해야 할지라도'라는 뜻의 프랑스어.

치카는 이제 밤에 전혀 기침을 안 해요. 식욕도 좋아졌고, 눈가에는 활기가 돌고 심지어 살도 좀 찐 것 같아요. 페쟈가 멜랑콜리를 벗어버릴 거라더니 정말로……

여교사 (말을 맺어준다.) 멜랑콜리를 버리고 하녀랑 연애질을 시작했죠. 좋아요, 아주 좋아요.

타자수 엄마, 왜 쓸데없이 말싸움을 하세요. 제가 이해하지 못하겠는 건 딱 한 가지예요. 우리 집이 그렇게 마음에 안 드시는데, 왜 다른 곳으로 이사 가시지 않는지 모르겠어요. 우리가 억지로 붙잡는 것도 아닌데.

현관에서 벨 소리가 들린다.

여교사 아가씨, 당신 어머니가 당신 치료비가 필요해서 허덕일 때, 난 조금도 주저하지 않고 5개월 치 방세를 미리 냈단 사실을 좀 아셨으면 좋겠네요. 그래서 j'y suis j'y reste.* (힘차게 돌아서서는 위엄을 갖추고 자기 방인 4번 방으로 들어간다. 하지만 문턱에서 너무도 희극적으로 하녀와 부딪힌다.) 이봐, 눈이 멀었어? 넘어질 뻔했잖아, 미련한 것! 나를 괴롭히려고 아주 작정들을 한 것 같아. 하지만 누가 이기는지 두고 봅시다. 두고 보자고! (문을 쾅 닫고 방으로 들어간다.)

맨발의 무희는 앞치마로 입을 가린 채 킬킬대며 현관 쪽으로 뛰어간다.

---

* "난 여기, 여기에 남을 겁니다"라는 뜻의 프랑스어.

가장 중요한 것 185

여주인	성질 하고는…… 어떻게 저런 사람이 학교 선생이 됐는지는 아마 하느님만 아실 거야. (현관 쪽을 본다.)
타자수	학교에서 별명이 괜히 '메게라' 겠어요.*
여주인	(현관 쪽을 향해) 아…… 니콜라이 사벨리이치와 세묜 아르카디예비치가 오셨네! 오전 예배에 다녀오셨어요? 피곤하시죠…… 사람은 많았나요? 저도 가서 기도를 좀 하고 싶었는데 집안일이 많아서……

퇴역관리와 희극배우가 현관, 즉 1번 문에서 들어와 인사한다. 희극배우는 윗입술 위에 희끗희끗한 가짜 수염을 붙이고, 푸른 알이 박힌 코안경을 쓰고 있다. 코안경에는 검은 끈이 달려 있다. 군인용 제복 재킷을 입은 그는 늙은 관리의 '팔꿈치'를 살짝 쥔 채 관리에 이어 여인들과 인사를 나눈다.

퇴역관리	안녕하세요, 안녕하십니까. 자, 여기…… 부인의 건강을 위한 겁니다…… (성병(聖餠)을 건넨다.)
여주인	(그에게 절을 하고 성병에 입 맞춘다.) 감사합니다.
희극배우	(현관 문 앞에 나타난 맨발의 무희에게) 저기, 아뉴타, 내 덧신 좀 잘 털어줘요. 얼룩이 빠지지를 않네.

맨발의 무희는 현관으로 돌아간다. 희극배우는 타자수 뒤에 서서 그녀가 일하는 것을 바라본다.

---

* 메게라는 그리스 신화에 나오는 복수의 여신이다. 러시아에서는 심술궂고 성을 잘 내는 여자를 이렇게 부른다.

퇴역관리	아니, 페쟈가 벌써 일어났나요?
여주인	네, 네, 일어났어요.
퇴역관리	어젯밤 새 로마법을 외우더니…… 녀석이 불쌍해요…… (일어선다.) 좀 봐야겠구먼. (복도를 지나 9번 방으로 들어간다.)

여주인은 그의 뒤를 따라가다 부엌으로 간다.

희극배우	슈미트 씨는 집에 계신가요?
타자수	가게에 가셨어요.
희극배우	아, 오늘이 축제날이지!
타자수	어제 새 음반들이 왔대요.
희극배우	맞아요. 아직 풀어보지 못했다고 하시더군요. 저…… 빅토르 안토느이치는 일어났어요?
타자수	아니요, 아직요……
희극배우	이 친구 늦잠을 자는군.
타자수	어제 아주 늦게 돌아오셨거든요. 보험회사에서 회의가 있었대요.
희극배우	헛소리, 분명 신나게 즐기다 왔겠지. (실언한 것을 깨닫고) 그러니까 저 술주정을 했다는 것은 아니고……
타자수	(흥분하여) 그분이…… 술을 드세요? 세묜 아르카디예비치, 제발요, 말씀해주세요, 그 사람이 술을 마셔요?
희극배우	(교활하게 웃으며) 그 사람 건강에 그렇게 관심이 많은지 몰랐습니다.

타자수	(얼굴이 새빨갛게 되어) 아니에요, 전 그냥…… 인간적으로……
희극배우	동물적으로가 아닌 건 나도 알지요.
타자수	아뇨, 제 말을 잘못 이해하셨어요.
희극배우	당신 말을요? 그러니까 이렇게 이해했죠. (슬쩍 노골적인 말투로) 자, 고백해봐요.
타자수	(수줍게 용기를 내어) 제 말을 이해하셨다니, 그럼 말씀 좀 해주세요. 경험이 많은 분이잖아요. 남자가 여자랑 인사하거나 헤어질 때요, 손을 좀 오래 쥔다면 그게 뭘 의미하는 걸까요? 저……
희극배우	그걸 누가 모르겠어요. 사랑에 빠졌다는 첫번째 증겁니다.
타자수	(자신의 귀를 믿지 못하겠다는 듯이) 저기…… 농담하시는 거죠?
희극배우	전혀요. 그 사람이 어떻게 손을 '오래 쥐는지' 보여줘요. (타자수의 오른손을 쥔다.) 이렇게요? (손을 좀 오래 쥐어 보인다.)
타자수	네, 네, 바로 그래요……
희극배우	(단호하게) 사랑에 빠진 겁니다. 내 목을 걸고 장담할 수 있어요. 사랑에 빠진 거예요.
여주인	(여전히 똑같은 냄비를 들고 복도로 나와) 리도치카, 부엌에서 나 좀 도와주렴. 손이 얼얼해서 더 이상 저을 수가 없구나. (희극배우에게) 대신 오늘 점심에는 정말 맛있는 걸 대접해 드릴 거예요. 둘이 먹다 하나가 죽어도 모르실걸요.
희극배우	보드카도 있겠죠?

여주인	아이고, 무슨 보드카요.
희극배우	(칭얼거린다.) 마리야 야코블레브나, 우리 선량한 주인 마님.
여주인	(웃는다.) 어찌 될지 봅시다. 리도치카, 가자.

리도치카가 부엌으로 가려고 일어서는 순간 연인 역 전문 배우가 복도에서 들어선다. 전체적으로는 평범하지만 조금은 특별하게 옷을 입었고, 머리 모양을 좀 바꾸었으며, 콧수염을 길렀다.

아, 빅토르 안토느이치! 드디어 나오셨네요. 우린 안 일어나시는 줄 알았어요……

연인 역 전문 배우는 여주인의 손에 키스하고 딸의 손을 잠시 동안 쥐고 있다.

연인 역 전문 배우	(타자수와 인사를 나누며) 좋은 아침입니다.
희극배우	아침은 무슨 아침입니까. 벌써 점심 먹을 시간이에요.
연인 역 전문 배우	(타자수에게) 왜 이렇게 손이 차죠?
희극배우	심장은 뜨겁답니다. 헤, 헤, 헤.

여주인과 딸은 부엌으로 향하고, 희극배우와 연인 역 전문 배우는 여주인과 딸이 부엌으로 들어가는지를 눈으로 확인한다. 그들이 부엌에 들어가자마자 희극배우는 상투적인 희극의 동작으로 '연인' 역을 맡은 배우의 배를 찌르고, 둘은 웃음을 터뜨린다.

맨발의 무희	(현관 쪽에서 나와) 조용히 하세요, 바보같이 뭣들 하시는 거

예요! 의심받고 싶으세요?

희극배우 의심이라고? 허, 사서 걱정을 하는군. 이런 단순무식한 사람
들이 의심을 할 것 같아? 사기를 쳐도 친 줄도 모를 거라고.

맨발의 무희 (주변을 둘러본다) 저 말이죠, 할 말이 있어요. (희극배우에
게) 제 상황을 이용해서 하루에 두 번 덧신, 장화를 닦게 하
고, 기타 등등 잡일들을 시키시면 나도……

연인 역
전문 배우 (희극배우에게) 그래요, 형님, 동료로서 그러시면 안 되죠.

희극배우 동료로서 그러면 안 된다고? 아니 그럼, 누가 내 신을 닦아
야 한단 말이야? 내가 직접 닦으란 말이야?

연인 역
전문 배우 저는 제가 닦아요.

희극배우 바로 그런 일로 의심을 불러일으키게 되는 거야. 더 정확히
말하면, 당신이 아니라 당신 부인이 의심을 받게 된다, 이거
지. 하얀 손의 '공주님'이라고들 할걸? 왜 저 하녀한테 신을
닦으라고 하지 않으세요? 이렇게 물을 거란 말이야.

맨발의 무희 제가 무슨 이야기를 하는지 잘 아시잖아요!

희극배우 우리 예쁜이, 무슨 이야기를 하는 거지?

맨발의 무희 당신이 고의적으로, 그래요, 아주 자주 고의적으로 밑도 끝
도 없이 저한테 지나친 일을 시키잖아요. 당신의 그 저속한
성질은 잘 알고 있어요.

희극배우 아니 당신은 '치즈가 버터 위에서 구르는 것처럼' 아주 신나
게 자기 역을 하고 있잖아. 난 당신이 이런 일들에 그저 만
족하기만 하는 줄 알았지.

맨발의 무희 그래요, 이 역할이 맘에 든다는 걸 숨기지는 않겠어요. 왜냐
하면 이 역을 통해서 난 허상이 아니라 진짜로 다른 사람들

190

에게 도움을 줄 수 있으니까요. 저는 본성상 항상 고행자였어요. 하지만, 때때로 당신이 저한테 강요하시는 일들은요, 저속해요, 정말이지 저속해요, 그리고 무례해요.

연인 역 전문 배우 그래요, 형님, 저 여자가 나한테 어떤 존재인지 가끔 잊으시는 것 같아요. 너무 역에 몰입하시더라…… 프롬프터가 없다고 신이 나서서 때로는 남이라도 불편할 만한 그런 '즉흥연기'를 하세요. 정도를 아셔야죠……

희극배우 아니, 이보쇼들, 안 그래도 죽겠는데, 여러분까지 나를 공격하니…… (연인 역 전문 배우에게) 말은 잘하네. 자넨 여기서 귀족 나리처럼 살지. 마누라는 옆에 끼고, (맨발의 무희를 가리킨다.) 먹고, 마시고, 산책하고, 주인집 따님과 연애질이나 하면서, 그게 무슨 일이냐고. 날 보라고. 반은 광대에, 반은 식객으로 살지, 정신 나간 노인 유모 노릇 해야지, 저마녀 같은 여선생을 따라다니며 (4번 방을 가리킨다.) '대님'이라는 단어도 점잖지 못하다고 금지하는 여자한테 재미있는 일화를 늘어놓아 달래줘야지. 프랑스어를 지껄이시는데 도대체 뭔 소린지……

맨발의 무희 그 구두쇠 여자가 상당한 재산을 모았다는 걸 몰랐다면 아마 그렇게 애쓰지도 않았을걸요.

연인 역 전문 배우 (희극배우에게) 게다가 월급도 우리보다 거의 두 배는 더 받으시잖아요.

희극배우 두 배를 더 받는다고? 이 노동을 보상하려면 금덩이를 산처럼 쌓아줘도 부족하다고.

맨발의 무희 항상 모든 것에 불만이시군요.

희극배우	난 고행자는 아니니까. 아시겠어요? (자기의 뚱뚱한 배를 두드린다.) 나는 고행자가 아니라고.
연인 역 전문 배우	(웃으며) 딱 봐도 알겠어요.
희극배우	저 미친 프레골리 박사 놈은 말이야, 가난하고 (자신의 가슴을 친다.) 정직한 배우들, 20년을 신성한 예술에 몸 바친 배우들을 희생해서 이 등신 같은 인간들을 행복하게 해주고 싶다면, 제대로 돈을 줘야 할 것 아냐, 푼돈이 아니라……
연인 역 전문 배우 맨발의 무희	(웃으며) 아니, 푼돈이라고요. 정말이지 만족을 모르시는군요.
희극배우	이보라고들, 내 입장이 되어보라고! 광대를 고용했으면 황제처럼 돈을 내란 말이지! 이래 봬도 내가 예전에는 광대들을 어떻게 대우했었는지에 관해 읽은 적이 있다고. 첫째로, 여기서 주는 이런 풀밭 같은 음식이 아니라 황제의 식탁을 제공했다고. 여기 음식을 먹다간 곧 나뭇가지처럼 바싹 마르고 말 거야. (연인 역 전문 배우와 맨발의 무희가 웃는다.) 그리고 둘째로……
연인 역 전문 배우	그럼 레스토랑에 다니세요. 누가 말려요.
희극배우	(말을 끊으며) 갈 수가 없다고. 계약상 난 여기 빌붙어서 밥을 먹어야 한다고. (주머니에서 계약서와 지갑, 그리고 웬 소책자를 꺼내 탁자에 놓는다.) 자, 보라고. 자네나 여기서 자유로운 새끼 새 역할을 하는 거지. 허! '보험회사 중개인'이라고! 완전 멋쟁이에 제멋대로 살지! 그런데 날 보라고, 난 여기서 완전히 농노처럼 살고 있다고!
맨발의 무희	(4번 방에서 문소리가 들리는 걸 알아채고) 쉿! 조심하세요!

	(찬장 쪽으로 다가가 찬장 문을 열고 그릇 소리를 내며 마치 그릇 정리를 하듯 그릇들을 쥐었다, 놓았다 한다.)
여교사	(4번 방 문턱에 서서 부드러운 목소리로) 세묜 아르카디예비치? 벌써 오셨군요……
희극배우	(황급히 계약서와 지갑을 주머니에 숨긴다. 연인 역 전문 배우는 소책자를 낚아챈다.) 아글라야 카르포브나…… (여교사에게 달려가 한 발을 뒤로 빼며 절한다.) 봉 주르! 코망 탈레부?* 건강은 좀 어떠신지요?
여교사	(인사를 하며) 그냥 그래요. 또 잠을 제대로 못 잤어요…… 안 그래도 선생님께 다시 상담을 받고 싶었어요……

맨발의 무희는 식탁에 냅킨을 세팅한다.

희극배우	얼마든지요. 의사로서 제 의무는…… 그러니까…… 이웃의 고통을…… 게다가 선생님의 문제라면 그거야말로 즐거운 의무지요…… 가장 즐거운 일이라고 할 수 있습니다……
여교사	(미소 지으며) 흥, 당신은 정말 대단한 아부쟁이예요…… 잠깐 제 방으로 오시겠어요? (자기 방으로 간다.)
희극배우	기꺼이…… (그녀의 뒤를 쫓는다.)
맨발의 무희	(그들이 나간 뒤) 저 인간이 여선생한테 크게 해코지를 하면 큰일인데……
연인 역 전문 배우	프레골리 박사님이 통제하고 있으니까 걱정하지 마.

---

* "안녕하세요? 어떻게 지내세요?"라는 뜻의 프랑스어.

맨발의 무희	저런 사람은 통제를 할 수 없는 종족이라고. 그나저나 무슨 책을 두고 간 거야?
연인 역 전문 배우	(소책자의 제목을 본다.) 『기지에 넘치는 재미있는 일화집』…… (웃는다.) 저 인간의 '끊이지 않는 유머'의 저장고가 여기 있었구먼.

복도 끝에 있는 부엌문에서 타자수의 모습이 보인다.

타자수	(열린 부엌문가에 서서 이쪽에서는 보이지 않는 엄마에게 말한다.) 좋아요, 엄마, 좋아. 뭐라고요? (부엌으로 돌아간다.)
맨발의 무희	(당황하여 작은 소리로) 아가씨야, 조용……
연인 역 전문 배우	좋았어. (소책자를 주머니에 숨긴다.) 이제 공식적인 사랑 고백만 남았군. 프레골리 박사님이 때가 되었다고 하셨어. 한 달 내내 공을 들였거든.
맨발의 무희	너무 열중하지만 마.
연인 역 전문 배우	(웃는다.) '열중하지 말라'니? 그게 무슨 소리야? 정직한 배우로서 난 연기에 열중해야 한다고……
맨발의 무희	무슨 소리인지 알잖아.
연인 역 전문 배우	당신 질투는 정말이지 우스워. 나는 대학생 일로 당신한테 질투 안 하는데.
맨발의 무희	그것까지 하시려고?
타자수*	(부엌에서 나오며) 아뉴타! 엄마가 불러요.

---

* 원문에는 '딸'이라고 되어 있다. '타자수'의 오기로 보인다.

194

연인 역 전문 배우 맨발의 무희	가봐! (소리친다.) 가요! (남편에게) 조심해. (부엌으로 달려 나간다.)
타자수	(들어서며) 자, 오늘도 타자 교습을 받으시겠어요? (자기 책상 앞에 앉는다.)
연인 역 전문 배우	물론이죠. 너무 잘 가르쳐주셔서요…… 회사에서 저 말고는 전부 다 타자를 칠 줄 압니다. 게다가 얼마나 빨리들 쳐대는 지…… 그런데 전 끔찍한 필체로 글을 쓰니…… 진짜 큰일이죠……
타자수	그럼 시간 낭비하지 말고 앉으세요. 점심식사 전에 다 할 수 있을 거예요.
연인 역 전문 배우	좋습니다. (의자를 가져와 곁에 앉는다.) 오늘, 5과인가요?
타자수	4과예요.
연인 역 전문 배우	아, 맞습니다.
타자수	(가르친다.) 당신의 가장 큰 단점은요, 구두점 자판을 칠 줄 모르시는 거예요. 아주 살짝살짝 쳐주셔야 하거든요. 아니면 종이가 뚫려 롤러에 자국이 남게 돼요. 그리고 키의 '위열'을 누르실 때는요, 항상 잊어버리시는데, 끝까지 꽉 눌러주셔야 해요. 아니면 대문자나 숫자가 소문자보다 좀더 위에 찍히게 돼요. (타자기를 두드린다.) 아셨어요? (일어선다.) 우선 쉼표로 나뉜 단어들을 쳐보세요. 혼동하시거나 빼먹으시면 안 돼요.
연인 역 전문 배우	알겠습니다. (타자수의 자리에 앉아서 타자를 친다.)
타자수	(연인 역 전문 배우가 타자를 치는 동안) 자…… 무슨 생각을 그렇게 하세요? 손가락을 헷갈리시면 안 돼요. 오른손 새끼

손가락으로는 э, з, х, д, ж, ю 키만 누르실 수 있어요. 다른 철자는 절대 누르시면 안 돼요. 자동적으로 하셔야 돼요. 그게 가장 중요해요.

연인 역 전문 배우 (일어선다.) 다 했습니다.

타자수 (타자기 앞에 앉아서 읽는다.) "당신이…… 쉼표…… 쓰시는 것을…… 쉼표…… 볼 때…… 쉼표…… 나는…… 빼먹으셨어요…… 항상…… 쉼표…… 당신의 손에 쉼표…… 매혹됩니다." (얼굴이 조금 붉어진다.) 그래요…… 잘하셨어요. 너무 오랫동안 키를 찾지만 마세요. 기계적으로 하셔야 돼요. 이렇게요. (앉아서 재빨리 타자를 치고는 일어선다.)

연인 역 전문 배우 (앉아서 읽는다.) "나는 아첨을 좋아하지 않아요…… 만일 나를 비웃으시는 거라면, 하느님이 당신을 벌하실 거예요. 당신이 그러시지 않아도 나는 너무나 불행하답니다……" (그녀에게) 제가 한 번 더 해보겠습니다.

타자수 좋아요. 대신 이번에는 쉼표 대신 마침표를 찍어보세요.

연인 역 전문 배우 알겠습니다.

타자를 친다. 타자수는 불규칙하게 숨을 쉬며 불타는 눈길로 그의 손가락을 쫓는다. 맨발의 무희가 들어와 찬장에서 샐러드 그릇과 접시를 꺼내며 질투 어린 눈으로 이들 한 쌍을 바라보다 부엌으로 나간다.

연인 역 전문 배우 다 쳤습니다. 괜찮습니까?

타자수 (읽는다.) "나는 아첨을 싫어하는 사람입니다. 정직, 진실, 그리고 선량함, 이것이 제가 인간에게서 높이 평가하는 중요한 가치들입니다. 전 당신에게서 이런 점들을 발견했고, 그래서 당신은 내게 수천 명의 영혼 없는 인형들보다 더 고결하고 사랑스럽습니다……" (당황했지만, 당황한 기색을 보이지 않으려 애쓰며 웃는다.) 좋아요…… 거의 오타가 없군요…… 하지만 매 단어 뒤에 오는 마침표는 어디 갔나요?

연인 역 전문 배우 (마음을 얻으려는 듯 진지하게) 마침표는 끝에 있습니다. 말줄임표 말입니다…… (그녀의 손을 잡는다.) 같은 것 아닌가요?

맨발의 무희가 들어와 점심 식탁을 차리기 시작한다. 찬장에서 접시와 컵 등을 꺼내 탁자 위에 놓는다. 연인 역 전문 배우는 그녀가 여기 있는 것이 불편하다는 것을 알게 하려는 듯 헛기침을 한다.

타자수 (조용한 목소리로) 제가 대답할게요. (타자를 친다.) 여기 있어요.

연인 역 전문 배우 (읽는다.) "당신을 믿는 것이 두려워요. 당신은……"

타자수 (말을 끊으며) 쉿…… 조용히 하세요! 속으로 읽으세요……

연인 역 전문 배우는 속으로 읽는다. 타자수는 하녀 쪽을 향해 가볍게 몸을 틀어 기침을 한다.

맨발의 무희 아가씨, 다시 기침허요? 기침약 가져올까라?

타자수 그래요, 가져다줘요.

맨발의 무희는 3번 방으로 간다.

연인 역 전문 배우	(타자수가 친 글을 다 읽고 일어선다.) 리디야 표도로브나*, 당신 질문에는 딱 한 마디로 대답할 수 있습니다. 하지만 그 한 마디에는 제 마음속의 소중한 모든 것이 들어 있습니다. (선 채로 철자 두 개를 친다.)
타자수	(읽는다.) "네……" (사이. 믿지 못하겠다는 듯 숨 가쁘게 작은 소리로 묻는다.) "네"라고요?
연인 역 전문 배우	(부드럽게, 하지만 확신을 심어주려는 듯) 네! 저를 잘 아시게 되면 더 이상 그런 걱정은 하시지 않을 겁니다.
타자수	(떨리는 손으로 타자기에서 종이를 꺼낸다.) 전…… 저는 당신을 믿는 게 두려워요…… 전…… 아, 모르겠어요…… 저는…… (타자기에서 꺼낸 종이에 입술을 가져다 대고 불안하게 어깨를 들썩이며 눈물로 가득 찬 눈을 크게 뜨고 허공을 바라본다.)
연인 역 전문 배우	(잠시 침묵한 후, 조심스럽게) 날 믿어야 해요…… 내 말 듣고 있어요? (그녀의 손을 잡아 아래로 내린 후 입 맞춘다.)

3번 방 문턱에 약병을 손에 든 맨발의 무희가 나타난다. 그녀는 돌이 된 듯 멈추어 선다. 연인 역 전문 배우는 재빨리 식당을 빠져나와 자기 방인 8번 방으로 들어간다. 타자수는 지금 일어난 일을 믿을 수 없다는 듯 힘없이 의자에 주저앉는다.

---

* 아직 두 사람의 사이가 가까워지기 전이라 존칭으로 리도치카의 성명과 부칭(父稱)을 함께 부른 것이다. 리도치카는 리디야의 애칭이다.

맨발의 무희	(처음에는 당황했지만, 이어 정신을 차리고 타자수에게 다가가) 여기 약 가져왔어라. (약병을 탁자 위에 놓는다.) 물 가져올까라?
타자수	아니, 필요 없어요…… 고마워요…… 필요 없어요…… (덜덜 떨면서 타자 친 종이를 가슴 안쪽에 숨기고 하녀에게 무언가 말해보려고 하지만 결국 견디지 못하고 타자기를 향해 뻗은 팔에 머리를 묻고 소녀처럼 흐느껴 운다.)
여주인	(찬장에서 무언가를 꺼내러 부엌에서 들어오다 울고 있는 딸을 본다.) 리도치카, 무슨 일이니? 리도치카…… (하녀에게) 무슨 일이죠?
맨발의 무희	모르겠어라, 마님. 물을 드리려고 했는디 싫다고 하시더니 이렇게……
여주인	맙소사! 리도치카…… (하녀에게) 얼른 부엌에 좀 가봐요! 불 위에 올려놓은 음식들 좀 봐줘요……

맨발의 무희가 나간다.

여주인	리도치카…… 무슨 일이니? (몹시 근심스러운 얼굴로 딸에게 입 맞춘다.)
타자수	엄마…… 우리 엄마…… 사랑하는 엄마…… 날 좀 때려봐. 정신 좀 차리게 해봐. 나 너무 좋아…… (눈물을 흘리며 웃다가 엄마를 숨 막힐 정도로 꼭 끌어안는다.)
여주인	아니, 이건 또 뭐야. 아이고, 숨 막히겠다, 이 정신 나간 아가씨야.

4번 방 안에서 두런거리는 소리가 들려온다. 타자수는 재빨리 자신의 방인 3번 방으로 달려간다. 엄마는 알 수 없다는 듯 양팔을 벌려 보이고는 딸의 뒤를 따른다.

희극배우　(여교사와 함께 4번 방에서 나오며) 지당한 말씀입니다. 중요한 것은 규칙이죠. 규칙적인 생활, 다이어트, 산책, 그러니까 이 세 가지야말로 우리 건강의 초석이 되는 세 마리 고래라 이겁니다. 제가 처방해드린 물약은 더 이상 안 드셔도 됩니다. 그저 당신 몸 상태를 테스트해보려 한 것뿐이니까요. 몸이 그 약을 못 견디면, 결국 그 모든 건 순전히 정신적인 병이란 것이 드러나는 셈이지요. In corpore sano mens sana!.*

대학생이 복도를 지나 부엌 쪽으로 간다.

여교사　(그를 가리키며) 보세요, 선생님, 저것 좀 보시라고요. 우리 자살자가 또 민중을 '계몽하러' 부엌에 가네요.

희극배우　대단한 인민주의자예요! 집에 예쁘장한 하녀가 들어왔으니, 이 정도는 받아들이셔야죠.

여교사　정확히 하셔야죠. 그냥 집이 아니라 가정집이에요. 게다가 선생님, 저 친구가 요즘 들어 자주 물을 마신다는 걸 눈치 채셨어요? 그게 사랑의 열병에 걸렸다는 첫번째 징표라더군요. 제가 듣기로는요, 누구든 사랑에 빠지면 물을 많이 마신

---

*　"건강한 육체에 건강한 정신이 깃드는 거니까요"라는 뜻의 라틴어.

다네요……

희극배우   물을 많이 마신다고요? 처음 듣는 이야긴데요. 아마 보드카
         가 아닐까요?

여교사   아니에요, 정확히 물이에요.

희극배우   정말입니까? 그렇다면…… (찬장으로 다가가 컵에 물을 따라
         자신의 대화 상대자를 기리듯이 잔을 쳐들더니 단숨에 마셔버린
         다.)

여교사   (얼굴이 빨개져서) 아이, 교활한 장난꾸러기! 그런 걸 진지
         하게 받아들이기에는 내가 너무 지혜롭죠.

희극배우   너무 지혜로우시다고요? 음, 그러니까 그리보예도프*가 맞
         았단 얘기네요.

여교사   무슨 뜻이에요?

희극배우   '지혜의 슬픔'이라는 뜻에서 말입니다.

여교사   지혜의 슬픔이라고요?

희극배우   그렇죠. 당신의 지혜 때문에 제가 슬픔을 겪잖습니까. 당신
         을 향한 제 순수한 감정을 진지하게 안 받아주시니까요. 제
         생각엔 말이죠, 부드럽게 사랑하는 사람은 모름지기 물, 이
         거 얼마나 거칠게 들립니까, 물이 아니라, 보도치카,** 이게
         훨씬 부드럽게 들리죠? 보도치카를 마셔야 할 것 같다 이 말
         씀입니다.

---

 * 알렉산드르 그리보예도프(Aleksandr Sergeevich Griboedov, 1795~1829): 제정러시
   아의 극작가로 대표적인 희곡으로는 「지혜의 슬픔」(1822~24)이 있다.
** 보도치카는 보드카의 지소형명사이다. 러시아어로 물은 вода[voda]이고 보드카는
   водка[vodka]로 철자 하나의 발음 차이밖에 없는 것에 근거한 말장난이다.

여주인   (3번 방에서 기분 좋은 얼굴로 나오며) 준비되었습니다, 준비
          되었다고요…… 이제…… 점심식사도, 보도치카도 내드릴
          게요…… 그래야죠. 신나게 한잔하세요. 그나저나 우리가
          슈미트 씨를 기다려야 하는 건 아닌지 모르겠네요. (찬장 쪽
          으로 걸어간다.) 항상 아주 정확한 분인데 오늘은……

문가에 연인 역 전문 배우와 대학생이 나타난다. 그들은 신이 나서 연인 역 전
문 배우가 대학생에게 빌려준 희극배우의 일화집에 관해 수군거린다.

연인 역   페쟈, 아버지께 식사하시라고 말씀드려요. (찬장 깊은 곳에서
전문 배우   장난스런 동작으로 꺼내 든 보드카병과 포도주병을 탁자 위에
          놓는다.)

대학생은 9번 방으로 가고, 연인 역 전문 배우는 무대 전면으로 나온다. 이에 앞
서 제복 주머니를 뒤지던 희극배우가 그에게 다가온다.

희극배우   (비밀스럽게) 내 책 어디 있어?
연인 역   무슨 책이요?
전문 배우
희극배우   일화집 말이야.
연인 역   어떤 일화집이요?
전문 배우
희극배우   모르는 척하지 마. 슬쩍해놓고 모른 척하기는.

새 원피스로 갈아입은 타자수가 3번 방에서 나온다. 이제 마음의 평정을 찾은
듯 즐거워 보인다. 여교사가 그녀에게 다가간다. 다음과 같은 질문과 대답 소리

가 들린다. "어때요, 이제 좀 진정했나요?" "보시다시피요." "흠, 다행이군요."
여교사는 의자 위의 먼지를 요란스레 털어내고는 냅킨으로 접시를 닦고 탁자 앞
에 앉는다. 타자수는 점심 준비로 바쁜 엄마를 돕고 있다.

연인 역 전문 배우	아, 그 바보 같은 책 말이에요? 폐쟈한테 빌려줬지요. 로마 법이 재미가 없잖아요. 그래서 나라도……
희극배우	미쳤어? 점심식사용 일화를 지금 당장 생각해내야 한단 말 이야. 그런데 그걸 다른 놈한테 줬다고! 내가 계약상 해야 하는 일 잊었어?
연인 역 전문 배우	매일매일 새로운 일화를 내놓으셔야 하잖아요. 기억하죠. 그 런데 책에 있는 건 다 구닥다리들이던데. 작년 판이던데요.

벨 소리가 들린다. 하녀가 현관으로 뛰어나간다.

희극배우	그게 자네랑 무슨 상관이야?

퇴역관리와 대학생이 들어와 식탁 앞에 앉는다.

연인 역 전문 배우	아니죠, 계약상 '아뉴타'가 형님 장화를 닦아야 한다고 하시 니까, 저도 작년 일화가 아니라 따끈따끈한 일화를 내놓으시 라고 요구할 수 있죠.
희극배우	(독살스럽게) 나를 골탕 먹이겠다 이건가? 조심해, 친구, 다 음번엔 내가 자네를 골탕 먹일 수도 있으니까. 이 불쌍한 이 상주의자 같으니라고.* (현관문을 향해 가다가 현관으로 들어

서는 슈미트를 보고는 요란스레 반가운 척 소리를 지르며 거의 껑충껑충 뛰다시피 하며 축음기 쪽으로 달려간다.) 슈미트 씨가 오셨어요. 자, 음악을 울리세요! 환영 행진곡을 울려야죠! (축음기 턴테이블 위에 레코드판을 올린다.)

여주인   아! 드디어 오셨네요, 우린 또……

타자수   카를 이바느이치? 이제야 모두 모였네요.

연인 역   이거야말로 정확함 그 자체네요. 훌륭하십니다. 딱 점심시간
전문 배우   에 맞춰 오시다니.

축음기에서는 시끌벅적하고 명랑한 행진곡이 흘러나온다. 슈미트, 그러니까 프레골리 박사는 현관, 즉 1번 문에서부터 오른손으로는 경례를 붙이고, 왼손으로는 축음기판이 든 둥근 꾸러미를 가슴에 안은 채 행진하며 들어온다. 그의 겉모습은 조금 변했다. 머리카락은 동글동글하게 말아 보기 좋게 곱슬거리고, 볼에는 짧은 볼수염을 길렀다. 코에는 금빛 코안경을 걸치고, 헝가리 식 재단법으로 만든 점퍼를 입고 있다. 먼저 여인들에게, 이어 자리에 앉은 모든 사람의 곁을 지나며 미소를 띠고 정겨운 인사를 나눈다. 그의 뒤를 따라 맨발의 무희가 신문지로 싼 꾸러미를 들고 등장한다. 찬장 곁에서 꾸러미를 펼치자, 그 안에는 사탕과 과일들이 들어 있다. 서둘러 사탕과 과일을 유리병에 담고, 꾸러미의 포장지로 사용된 신문을 구겨버리려는 순간, 갑자기 마지막 페이지의 무엇인가가 그녀의 주의를 끈다. 맨발의 무희는 자기도 모르게 기사를 읽기 시작한다.

---

* 이 대화는 부차적인 대화이기는 하지만 이 대화를 타자수와 퇴역관리, 그리고 대학생의 등장 시간을 벌기 위한 '배경'으로 본다면, 연출가가 생략할 수는 없는 부분이다. (예브레이노프의 주)

연인 역 **전문 배우**	(무대 전면에서 슈미트와 경쾌하고 신나게 인사를 나누며) 시카고 축음기판 공장의 고귀하신 대표님께 인사를 올립니다! 에디슨과 그의 열정적인 전파자, 슈미트 씨 만세!
슈미트	저명한 보험회사 '두 마리 도롱뇽'의 존경받는 보험사님께 인사를 올립니다!

익살스럽게 격식을 갖춘 악수를 나눈다.

연인 역 **전문 배우**	(돌돌 만 꾸러미를 가리키며) 깜짝 선물인가요?
슈미트	(꾸러미를 두드리며) 최상품입니다.
연인 역 **전문 배우**	(비밀스럽게 슈미트를 무대 전면 오른쪽 구석으로 데려가며) 저한테도 깜짝 놀랄 소식이 있습니다. 당분간 말하지 않으려고 했는데……

여교사는 귀를 막은 채 부자연스럽게 웃으며 축음기 쪽으로 가 음악을 멈추고 제자리로 돌아온다. 음악이 그녀 취향에 맞지 않는 듯하다.

슈미트	무슨 일인가요?
연인 역 **전문 배우**	어제 그 점쟁이 여인에게서 편지를 받았어요. 이건 기적이에요!
슈미트	무슨 예언을 하던가요?
연인 역 **전문 배우**	아무에게도 말하지 않겠다고 맹세하세요.
슈미트	맹세하죠.
연인 역 **전문 배우**	점쟁이 여인 말이…… 여기 좀 읽어보세요. (슈미트에게 편

지를 건넨다.)

슈미트　　　(작은 소리로 읽는다.) 보자…… "커피 점을 쳐보았더니……
　　　　　　모스크바의 금빛 양귀비씨…… 그녀는 거기에 있어요. 알파
　　　　　　벳을 맞히는 접시에서 다음과 같은 성이 나왔습니다. '벨키
　　　　　　나 지나이다'……"

연인 역　　　(소리치고 싶은 마음을 간신히 억누르며 승리한 듯) 세번째 부
전문 배우　　인을 찾았어요! 아시겠어요? 이제 목표에 가까이 왔다고
　　　　　　요……

식탁 쪽으로 간다.

희극배우　　(하녀 곁으로 달려들며) 뭘 그렇게 열심히 읽으시나?

타자수는 슈미트에게서 꾸러미를 받아들어 축음기 장 위에 올려놓는다.

여주인　　　(하녀에게) 자, 빨리 빵을 내오세요. (식탁 앞에 앉는다.)
희극배우　　(하녀에게서 신문을 빼앗는다.) 아탕데.* 좀 보자고.

하녀가 나간다. 희극배우는 신문의 마지막 페이지에 실린 기사를 정신없이 읽는다.

타자수　　　(식탁 앞에서) 자, 여러분 무얼 드시겠어요? (연인 역 전문
　　　　　　배우에게) 보드카 한 잔 하시겠어요?

---

* "잠깐만!"이란 뜻의 프랑스어.

연인 역 전문 배우	아니요, 괜찮습니다.
타자수	술을 좀 하신다던데.
연인 역 전문 배우	(웃으며) 뭐, 그렇다면 주십시오.
타자수	(슈미트에게) 선생님은요?
슈미트	모임에서 뒤처지는 일은 절대 없죠.

타자수가 술을 따라주자 슈미트와 연인 역 전문 배우는 술잔을 부딪치고는 보드카를 마신다. 하녀가 빵을 가져온다. 여주인이 모두에게 돌아가도록 빵을 자르면, 하녀가 사람들에게 빵을 돌린다.

여교사	(슈미트에게) 그 모임이 나쁜 모임이라도 그러시나요?
슈미트	전 나쁜 모임에는 가지 않습니다.
여교사	(눈길로 식탁 앞에 앉은 사람들을 가리키며) 전 가야만 할 때가 있더라고요.
슈미트	거 참 안되셨군요.
연인 역 전문 배우	(일어서며) 이번엔 또 이 사람이 정신없이 읽네. (희극배우에게 다가간다.) 무슨 일입니까? 보드카도 안 마시고.

희극배우가 그에게 기사를 가리켜 보인다. 둘이 함께 읽는다.

여교사	(슈미트에게 계속 시비를 걸며) 그럼 당신은 항상 어떤 모임이 좋은 모임인지, 어떤 모임이 나쁜 모임인지 구분하실 수 있나보죠?
슈미트	(부드럽게, 하지만 잘 벼린 면도날의 날카로움으로) 부인, 저

에게는 언제나 나쁜 모임도 좋은 모임으로 변화시킬 수 있는 힘이 있는데, 그럴 필요가 뭐가 있겠습니까.

여교사　　하지만 자기를 더럽힐 필요가 있을까요! 힘든 일이잖아요?

슈미트　　장미를 기르는 정원사는 거름을 꺼려하지 않는 법이죠.

여교사　　궤변이에요.

슈미트　　그럴까요? (여교사의 귓가에 무언가를 속삭이자 여교사가 애교를 부리며 웃는다.)

희극배우　　(연인 역 전문 배우에게 손가락으로 신문기사를 짚어 보이며 감동한 목소리로) 나를 기억하고 있어. 안타까워하고 있다고……

연인 역
전문 배우　　(읽는다.) "재능 있는 희극배우 데랴빈이 이 극단을 떠난 것을 진심으로 안타깝게 생각한다. 그가 출연했더라면 이 별 볼일 없는 공연 「쿠오바디스」를 좀더 훌륭하게 만들 수 있었을 것이다. 위대한 작가 시엔키에비치의 불멸의 작품인 「쿠오바디스」는……"

희극배우　　그다음은 재미없어. (연인 역 전문 배우와 다가온 하녀에게) 아, 여러분, 나는 박수가 그리워. 아, 당신들은 어떤지 모르겠지만, 난 정말이지 그립다고.

맨발의 무희　　쉿……

슈미트　　(그들 쪽으로 걸어오며) 도대체 가게에서 무슨 끔찍한 신문지를 포장지로 말아준 거죠?

여주인　　(말을 끊으며) 아뉴타! 수프를 가져오세요!

하녀는 부엌으로 달려 나간다.

연인 역 전문 배우	고릿적 연극평이에요······ 헌정공연이었는데도 「쿠오바디스」 가 망했다는군요.

슈미트가 신문을 읽는다.

연인 역 전문 배우	우리가 어떻게 이걸 몰랐지?
타자수	도대체 뭘 그렇게 열심히들 보시는지 저도 좀 봐요.

하녀가 수프를 내온다.

여주인	(비난하는 듯한 말투로) 여러분, 수프가 식는다고요!

자리를 떴던 사람들이 제자리로 돌아온다.

슈미트	(타자수에게) 아무것도 아닙니다······ 시시한 연출자가 시시 한 배우를 후원하기 위해 올린 시시한 연극에 대해 쓴 시시 한 연극평이에요. (신문을 구겨버린다.) 이 쓸데없는 종이로 물건을 포장해준 점원이 여러분들보다 제대로 이 종이를 사 용한 거죠. (연인 역 전문 배우의 어깨를 친다.) 인정하세요!
희극배우	(다소 공격적으로) 난 동의할 수 없습니다.
슈미트	그것 참 유감이군요.
희극배우	그렇게 생각하시나요? (농담조로도 잘 가려지지 않는 적의를 품고) 혹시 저한테 안 좋으면 안 좋을수록 당신도 좋을 게

없을 거란 걸 모르시나요.

슈미트	무슨 말씀이신지.

희극배우   하하…… 나도 좀 따라 해보죠. 이해를 못하신다니, 그것 참 유감이군요.

슈미트   제가 잘못 알고 있는 게 아니라면 수프를 먹을 때 재미있는 일화를 들려주시기로 하고서는 대신 수수께끼를 내시네요.

타자수   그래요, 그래. 세묜 아르카디예비치, 재미있는 일화를 들려주세요.

연인 역
전문 배우   그래요, 선생님, 일화를 이야기해주신다고 하셨잖아요! 새로운 일화 말입니다! 선생님께서 직접 새로운 일화를 매일 이야기해주시겠다고 약속하셨죠. '마르지 않는 유머의 샘'이시여, 자, 말씀하시죠!

슈미트   (나이프로 접시를 두드리며) 여러분, 조용히 해주세요! 선생님, 시작하시죠.

희극배우   음…… (기침을 한다.) 한 유대인이…… 음……

연인 역
전문 배우   자…… 그러니까 두 명이 아니라 한 명의 유대인이란 말이죠……

타자수   방해하지 마세요……

희극배우   표도 없이 기차를 타고 가고 있었어요. 그러다 검표원이 다가와서 물으니까……

연인 역
전문 배우   그 이야기는 그저께 하셨잖아요.

하녀는 희극배우가 처한 곤란한 상황을 보고는 웃음을 터뜨린다.

희극배우	아, 내가 이야기했었나? 그러면, 음…… 그러니까…… (기억을 더듬는다.)
슈미트	말씀하시죠.
희극배우	(보드카를 한 잔 마신다.) 음…… 아주 예쁘장하게 생긴 한 부인이 말이죠, 자기가, 그러니까…… 흥미로운 상황에 처했다는 것을 느끼고는……
연인 역 전문 배우	잠깐만요, 선생님! 여기엔 아가씨들도 있는데, 좀 불편할 것 같은데요. 남자들끼리만 있는 게 아니잖아요.
희극배우	어떤 이야기인지도 모르잖소.
연인 역 전문 배우	알아요, 안다고요. 예쁘장한 부인이 '흥미로운 상황'에 처했다면 그다음에 어떤 이야기가 나올지는 뻔하잖아요.
여주인	그래요, 다른 이야기로 해주세요…… 아뉴타, 이거 좀 치워주세요!

하녀가 접시들을 거두어 부엌으로 내간다.

| 희극배우 | (용기를 내어) 좋습니다. 다른 걸 하라시면 다른 걸 하죠. 어떤 장교한테 졸병이 있었는데 말이죠…… 그러니까 이건 아직 니콜라이 1세 때 일입니다…… 하루는 그 졸병 녀석이 보드카를 한 잔 따르면서 이렇게 말하는 겁니다. "하느님의 종 이반이 하느님의 여종 술잔과 혼인을 한다. 반대하는 사람 있나? 전혀 없습니다요." 그러고는 술잔을 들어 눈 하나 깜짝하지 않고 단숨에 마셔버렸지요. 그런데 그 순간 어디선가 갑자기 장교가 나타났더라 이겁니다. 졸병은 그야말로 화 |

들짝 놀랐죠. 그러자 장교가 채찍을 들고는 이렇게 말을 하더랍니다. "하느님의 종 이반과 하느님의 여종 채찍이 혼인을 한다. 반대하는 사람 있나?" 그러자 졸병이 대답을 했더랍니다. "네, 나으리, 반대하는 사람이 있습니다. 신랑이 싫다는데요."

연인 역 전문 배우와 대학생, 그리고 슈미트를 제외한 나머지 사람들이 억지로 웃는다.

연인 역 전문 배우	아니 이건 또 무슨 구닥다리 일화입니까! 민망스럽게.
대학생	(연인 역 전문 배우를 지지하며) 기지도 없고요.
여교사	아니요, 기지에 넘쳐요. 졸병이 정말 똑똑하네요! 아주 재치가 있어요! 브라보! 예전에는 윗사람을 두려워할 줄도 알았고, 말에도 재치가 있었죠. 요즘 사람들하곤 달랐죠.
희극배우	(신이 나서) "신랑이 싫다는데요"라니…… 어때요? 하하…… 아시겠어요, 리디야 표도로브나? 가끔은 신랑이 싫다는 경우도 있답니다. 이런 문제를 어떻게 생각하시는지요?
타자수	(당황하여) 저한텐 신랑이 없는데요…… 그러니 제가 생각하고 말 게 뭐가 있겠어요. 무슨 말씀을 하시는 건지 이해를 못하겠네요.
희극배우	얼마 전에 우리가 나눈 대화, 기억하시나요?
타자수	그래서요?
희극배우	그러니까 (구노의 「파우스트」에 나오는 메피스토펠레스의 테마를 노래한다.) "나의 충고는 결혼 전에는 그에게 키스하지 말

라는 것. 하 하 하 하 하 하 하 하 하!"

슈미트   그나저나 마리야 야코블레브나, 댁의 보드카가 아주 독하네
요. 이걸 마시면 노래만 하게 되는 게 아니라 '전혀 다른 오
페라'도 부르게 되니 말입니다.*

희극배우   (타자수에게) 그러니까 신랑감이 없으시군요…… 유감입니
다. 전 그것도 모르고 "누군가를 사랑하는 누군가의 건강을
위하여!" 한잔하려 했죠.

연인 역   (일어서며) 그렇다면 제가 한잔하겠습니다. (희극배우를 향
전문 배우   해) 당신의 건강과 (여교사를 향해) 당신의 건강을 위해서요.

여교사   (민망해하면서도 기분이 좋아) Mais vous êtes fou, mon cher.**
마리야 야코블레브나, 댁의 보드카가 정말 독하네요!

하녀가 내온 메인 요리를 여주인이 접시에 담아주면, 하녀가 사람들에게 요리를
돌린다.

퇴역관리   (일어서며) 저…… 여기 계시는 한 분을 위해 건배를 제의
하고 싶습니다. 그분은 이 집에 사시는 것만으로도 이 늙은
이의 노년을 아름답게 해주시는 분입니다. 저랑 기꺼이 한담
을 나눠주시고, 슬플 때 위로해주시고, 장기를 두는 호사도
누리게 해주시고, 목욕탕에 갈 때 동무 노릇도 해주시지요.
천사 같은 마음을 지닌 분입니다! 천사 같은 마음, 가장 고

---

* '다른 오페라를 부르다'는 경우에 어긋나는 말, 맞지 않는 말을 비난할 때 쓰는 러시아 식
표현.

** "당신, 미쳤군요"라는 뜻의 프랑스어.

결하고 선량한 영혼을 가진 분, 우리와 함께 사시는 의사이자 인간 영혼의 치료자이신 세묜 아르카디예비치를 위해 건배를 제안합니다. 하느님께서 이분에게 큰 복을 주시기를 빕니다! (여교사와 여주인, 그녀의 딸과 슈미트의 박수를 받으며 희극배우와 잔을 부딪친다.)

희극배우 (감동하여 일어나 퇴역관리와 입을 맞추러 그야말로 '기어든다.') 감동했어요, 정말 감동했어요! 애를 쓰긴 했지만 이런 말씀을 들을 만한 일은 하지 못했는데…… 여러분! (잔을 든다.) 감동했어요…… 마침내 이 집에서 박수 소리를 들었네요! 떨려요, 떨립니다, 호출음을 들은 늙은 전투마처럼 떨립니다……

슈미트가 큰 소리로 의미심장한 기침 소리를 낸다.

죄송합니다, 쓸데없는 말을 했네요…… 제가 자주 이럽니다.

타자수가 사용하던 냅킨을 탁자에 내려놓고 잔을 들어 희극배우를 향해 몸을 돌리는 순간, 여교사가 타자수가 내려놓은 냅킨을 낚아채어 주의 깊게 들여다본다.

타자수 (여교사에게) 죄송한데, 이건 제 냅킨인데요. 헷갈리셨나봐요.

여교사 당신 냅킨이라는 거 알아요. 그런데 여기 묻은 이게 뭐죠?

타자수 주세요.

여교사 빨간 게 묻었네요. 아주 빨간 게…… 참 내! 이거 립스틱이

	묻은 거죠? 아니 입술을 칠하신단 말예요?
타자수	무슨 상관이에요. (냅킨을 빼앗는다.)
여교사	그렇게 칠하고 다녀도 되는 건가요? 내가 얘기했었죠. 우스꽝스러워요, ma chère,* 게다가 부자연스러워요. 부끄러운 줄 아세요.
타자수	(당황하여 처량한 모습으로 눈물 어린 눈을 깜빡이며) 입술이 갈라져서 그래요.
여교사	그래서 입술을 칠하고 다닌다고요? 내가 몇 번이나 이야기했죠. 자연스러운 것만이 좋은 거라고요. 요즘 들어 아주 부자연스러운 아가씨가 됐어요.
여주인	아글라야 카르포브나, 그만하세요. 왜 그러세요……
여교사	(말을 끊으며) 그래요. 하지만 부인이 어머니로서 훈계를 못 하시니까, 남이라도 해야지요.
슈미트	저는 훈계할 생각이 없는데요.

사이. 모두 궁금하다는 듯 슈미트를 바라본다.

	저는 부자연스러움을 사랑하고, 진심으로 그것을 높이 평가합니다. 왜냐하면 부자연스러움이야말로 우리의 인생을 아름답게 만드니까요.
여교사	하지만 부자연스러움은 가짜, 그러니까 거짓에 기반을 두고 있죠.

---

* "나의 아가씨"라는 뜻의 프랑스어.

슈미트	그래서요? 그럼 당신은 코앞에서 진실을 말하는 것이 그렇게 좋은 일이라고 생각하시나요? 만일 제가 당신께 모든 걸 사실대로 말씀드리면, 아마 저랑 한판 하려 하실 텐데요.
여교사	아뇨, 제가 왜요? 얼마든지 해보세요.
슈미트	됐습니다. 사람들이 때로 자기 나이, 출신, 가난함, 신체적인 결함, 생리적인 욕구 들을 숨겨야만 한다는 걸 모르신단 말인가요. 그렇게 숨기면서 사람들은 거짓말을 하고 부자연스러운 행동을 할 수밖에 없습니다.
여교사	사람들이 그렇게 제대로 된 교육을 받지 못했다니 거 참 유감이네요.
슈미트	사실 당신들이 하는 모든 교육이야말로 자연스러운 욕구를 억제하고 도저히 따라가기 힘든 고결한 이상을 모방하라고 가르치고 있는 것 아닌가요. 당신의 모든 교육이야말로 선하고 착하고 예절 바른 인간, 또 뭐가 있을까요, 이타주의자, 용감한 사람, 호감 가는 사람, 아니면 그저 사회생활에 어울리는 사람의 역할을 가르치는 게 아니고 뭔가요. 그 역할이 "두번째 본성"이 되기까지 가르치고 또 가르치는 거지요. 사실 아이들은 본성상 부모나 가정교사들이나 담임선생들이 그들을 그렇게 만들려고 하는 이상과는 아무런 공통점이 없어요. 아마 벌거벗은 그 자체로의 자연스러움이란 게 도대체 무엇인지 한 번도 생각해보신 적이 없는 것 같군요.
여교사	(고집스럽게) 내가 아는 건 자연스러움은 모든 인간의 의무라는 거예요. 거드름쟁이, 잘난 척쟁이, 아니면 울긋불긋 칠하고 다니는 인형 취급을 받지 않으려면 말이죠.

216

슈미트	(신이 난 듯한 표정으로 일어선다.) 좋습니다…… 정말 원초적인 자연스러움이 얼마나 멋진 건지 실제 예를 통해 알아볼까요? 빅토르 안토느이치! 세몬 아르카디예비치! 인간이 자연스러울 때 어떻게 행동하는지 한번 아글라야 카르포브나께 보여드립시다. 해볼까요?
희극배우	좋지요. (일어선다.)
연인 역 전문 배우	거 좋습니다. (일어선다.)
희극배우	(준비하듯) 순도 백 퍼센트로 할까요, 반쪽짜리로 할까요?
슈미트	백 퍼센트짜리로 가봅시다.

이때 맨발의 무희가 생크림을 얹어 맛있게 보이는 머랭*이 든 쟁반을 들고 들어온다.

희극배우	('하녀'에게 달려들어 손으로 머랭을 움켜쥐더니 입에 쑤셔 넣고는 게걸스레 먹어댄다. 결국은 쟁반 전체를 하녀의 손에서 빼앗아 든다.) 진짜 맛있군! 내가 좋아하는 과자야…… 열 개를 먹어치워도 목이 메지 않거든. (게걸스레 먹어댄다.) 배 아픈 게 좀 문제지만, 그까짓 거 아무것도 아니지. (타자기가 놓인 작은 탁자로 다가가 그 위에 걸터앉는다.)
슈미트	(재킷을 벗고 바지와 셔츠 바람으로) 마리야 야코블레브나, 오늘 불을 너무 넣으셨네. 진짜 덥구먼…… 게다가 보드카까지 마셨으니…… (등받이가 없는 긴 의자 위에 지극히 방만한

* Meringue. 달걀흰자에 설탕을 섞어 만든 쿠키의 일종.

자세로 드러눕는다.) 지쳤어…… (크게 하품을 하고 손가락으로 이를 쑤시더니 침을 뱉는다.)

희극배우   그러게, 정말 덥네…… 겨드랑이가 온통 땀이야. (짧은 재킷 단추를 풀고 오른쪽 장화를 벗어 집어던진다.) 여긴 또 망할 놈의 물집이 잡혀서 아파 죽겠어…… 사기꾼 같은 장화공 녀석…… 딸꾹…… 딸꾹…… (트림과 섞어가며 딸꾹질을 해댄다.) 어디서…… 딸꾹…… 돈이라도 후릴 수 있으면 좋겠는데…… (물집으로 부어오른 곳을 손으로 만져본다.)

이 시간 연인 역 전문 배우는 타자수의 뒤로 다가가 그녀의 머리를 뒤로 젖히더니 볼과 입술에 능란하게 입을 맞춘다.

여주인   (벌떡 일어서며) 여러분! 다들 미쳤군요…… 그만 하세요…… 아주 좋은 놀이를 생각해내셨네요……

연인 역 전문 배우   아글라야 카르포브나, 기뻐하십시오! 제가 이 여자 입술에서 립스틱을 몽땅 지웠거든요…… 자연스러움이여, 영원하라!

대학생   (여교사에게) 어떠세요? 졌다는 걸 인정하시겠어요?

여교사   나는 술 취한 상태에서의 자연스러움이 아니라 정신이 말짱할 때의 자연스러움을 이야기한 거라고요.

대학생   그렇군요, 하지만 고전에서도 in vino veritas!*라고 가르치지 않던가요.

슈미트   (여교사에게) 자, 이제 충분합니까, 아니면 계속할까요?

---

* '술 속에 진리가 있다'라는 뜻의 라틴어.

218

여주인	됐어요, 충분해요.
타자수	(당황했다 정신을 차리며 교태 어린 명랑한 어조로) 좋은 건 조금씩만 해야죠.

슈미트는 짧은 재킷을 입고, 희극배우는 장화를 신는다.

여교사	좋은 거라고요? 난 이런 걸 '저녁 먹은 뒤 겨자'*라고 부르죠.
슈미트	(사탕과 과일이 담긴 그릇을 식탁 위에 놓으며) 그렇다면 그 느낌을 좀 달콤하게 만들고 싶지 않으세요?

대학생은 희극배우에게서 접시를 받아 하녀에게 건네준다.

타자수	카를 이바느이치! 약속하신 걸 기다리고 있어요…… (축음 기판이 든 꾸러미를 푼다.)

하녀는 대학생이 생크림으로 짧은 상의를 더럽힌 것을 보고는 부엌으로 간다. 대학생도 그녀를 좇아 9번 방으로 간다.

여주인	그래요, 오늘 새 레코드판을 가져오시기로 했잖아요. 보여주신 '자연스러움'보다 그게 훨씬 재미있겠네요.
슈미트	(축음기를 돌리며) 그 전에 있던 판을 한 장 틀겠습니다…… 셰익스피어 판이지요…… 자크의 독백입니다…… (필요한

---

* '쓸데없는 일, 필요 없는 일'을 뜻하는 러시아 속담.

판을 찾아 제목을 읽는다.) "뜻대로 하세요." 제 생각에는······
(축음기 턴테이블 위에 판을 올린다.) 이게 오늘 우리 논쟁의
주제와 직접적인 연관이 있는 것 같아서 말이죠······

희극배우는 비난하듯 고개를 저어 보이는 여교사 옆에 찰싹 달라붙어 능글맞게
아첨하며 사죄의 말을 늘어놓는다. 축음기에서는 고결하고 고양된 어조로 다음
과 같은 시가 울려 퍼진다.

온 세상은 극장.
그 속에 사는 여자나 남자는 모두 배우라네.
모두에게는 맡은 바 등장과 퇴장이 있으며,
똑같은 사람이 여러 가지 역할을 연기하지.
이 연극에는 7개의 장이 있으니,
처음에 그는 아기로되······*

여교사   (말을 자르며) 이미 들은 거잖아요. 지겨워! 뭐 좀 새로운 걸
          틀어주세요. 음악적이고 고상한 걸로.
슈미트   (축음기를 멈추고, 아이러니를 담아) 만일 셰익스피어가 지겨
          우시다면, 그럼······
타자수   제가 고를게요.

슈미트가 가져온 새로운 판들을 살펴본다. 대학생은 체스와 체스판을 가져와 퇴

---

* 셰익스피어의 「뜻대로 하세요」의 2장 7절에 나오는 자크의 독백이다.

역관리 앞에 차려둔다.

퇴역관리　　　(희극배우에게) 선생님, 한 판 두시겠습니까?

대학생은 찬장으로 가 물을 마신다.

희극배우　　　괜찮으시면 조금 있다가요. 머리가 좀 안 돌아가서 말이죠.
　　　　　　　　(계속해서 여교사의 비위를 맞춘다.)
퇴역관리　　　마리야 야코블레브나는 어떠세요?
여주인　　　(웃으며) 저는 샤쉬키*밖에 못 두는데요.
퇴역관리　　　상관없어요. 한 판 두시겠어요?

체스를 둔다.

타자수　　　(판을 골라) 자 이거요.

슈미트는 타자수가 고른 판을 축음기의 턴테이블 위에 올린다. 여교사와 희극배
우는 등받이가 없는 긴 의자로 옮겨 앉는다.

　　　　　　　전 멀리서 듣는 게 좋아요.

자기 타자용 책상으로 가 책상 앞에 앉는다. 그녀의 뒤를 따라 연인 역 전문 배

---

* 두 사람이 체스판과 비슷한 격자무늬 판 위에서 샤쉬카라는 말을 가지고 두는 비교적 단순
한 게임이다.

우가 의자를 들고 가 그녀 곁에 앉는다. 축음기에서는 보이토*의 오페라 「메피스토펠레스」 중 파우스트와 마르가리타의 이중창이 흘러나온다. "멀리, 저 멀리에는 지복의 땅이 있다네……" 맨발의 무희는 뜨거운 물을 가져와 손수건에 적셔 대학생의 재킷에 묻은 생크림 얼룩을 오랫동안 닦아낸다. 대학생은 가까이 있는 그녀를 느끼며 거칠게 숨을 쉰다. 축음기 곁에 선 슈미트는 만족스러운 듯 이 네 쌍을 바라본다. 네 쌍의 모습 속에는 파우스트와 마르가리타가 아름답고 부드럽게 부르는 "지복의 땅"의 매혹이 깃들어 있다.

막

---

* 아리고 보이토(Arrigo Boito, 1842~1918) : 이탈리아의 작곡가이다.

제4막

마슬레니차 마지막 날 저녁 공동주택. 조화와 생화를 구분하기 어려운 여러 가지 꽃을 꽂은 화병들로 장식한 식탁은 오른쪽 벽 쪽에 놓여 있다. 식탁 위에는 포도주와 레모네이드, 차가운 안주거리와 과일 등이 차려져 있다. 천장에 매달린 램프를 기점으로 작은 깃발, 종이 꽃, 종이 리본, 알록달록한 전구를 넣은 작은 등으로 만든 화려한 화채(花綵)를 방의 구석구석으로 연결해두었다. 가운데 문 위에는 작은 악마들의 공격을 받는 피에로를 그린 대형 포스터가, 등받이가 없는 긴 의자 위에는 콜롬비나와 아를레킨의 연애 장면을 그린 대형 포스터가 걸려 있다. 현관문 위에는 카니발의 왕자*의 웃고 있는 얼굴이, 3번 방 위에는 검은 마스크를 쓴 붉은 심장이, 4번 방문 위에는 코메디아 델라르테의 전형적인 '박사'의 얼굴이 그려져 있다. 전체적으로 볼 때 지나치게 화려하지 않은 장밋빛으로 물든 무대는 다소 기이하고 투명한 느낌을 준다. 대학생은 찬장 옆 오른쪽 탁자 위에 놓인 의자를 붙들고 서 있다. 맨발의 무희는 대학생이 붙들고 있는 의자 위에 올라선 채 램프에서부터 늘어져 식당 벽 구석까지 이어지는 화채를 걸고 있다. 콜롬비나의 짧은 치마에 화살이 그려진 검은 스타킹, 빨간 굽에 빨간 구슬이 박힌 에나멜 칠을 한 구두를 신고 있는 그녀는 벌써 반쯤은 가장무도회 의상을 갖추어 입었다. 희극배우는 광대극 코메디아 델라르테의 '박사' 복장을 하고 가면을 끈에 매어 어깨 뒤로 늘어뜨린 채 술병과 각종 주전부리들을 안주용 탁자 위에 나름대로 '보기 좋게' 늘어놓고 있다.
연인 역 전문 배우와 타자수는 등받이 없는 의자의 폭신한 쿠션 위에 올라서서

---

* 유럽 카니발의 주요 등장인물. '광대'의 변형으로 축제의 주인공 역할을 담당했다.

재미있다는 듯 균형을 잡으며 포스터를 걸고 있다. 여주인은 3번 방 문턱에 나와 선 채 검은 반마스크 위에 서둘러 레이스를 꿰매어 붙인다. 방 한복판에 선 슈미트는 기분 좋은 흥분 속에서 방 장식과 관련된 지시들을 마무리하고 있다.

슈미트   (맨발의 무회에게) 조금 더, 좀더 당겨요! 안 그러면 늘어지겠어…… 그래요, 그렇게…… 좋아요, 좋아요. 단단하게 고정되었네. 떨어지지 말고 내려오세요……

여주인   (방의 장식들을 둘러보며) 카를 이바느이치, 정말이지 대단한 재주꾼이세요! 이렇게 방을 바꾸어놓다니. 정말이지 '친엄마도 못 알아보겠네.'* (웃는다.)

슈미트   (희극배우에게) 병은 모두 따셨지요?

희극배우   마지막 한 병까지 땄습니다요.

여주인   (슈미트에게) 도대체 돈을 얼마를 쓰신 건지……

슈미트   (여주인에게) 마리야 야코블레브나, 마슬레니차는 제물을 요구하죠. 카니발의 왕자는 자기의 성스러움을 홀대하는 걸 용서하지 않거든요…… (타자수에게) 조금만 더 왼쪽으로요! 그래요, 그렇게……

타자수는 포스터가 반듯하게 걸리도록 손을 본다.

    좀더요! 좋습니다.

희극배우   (식탁에서 물러나 사람들이 걸고 있는 포스터를 바라본다.) 좋

---

* 무언가가 급격하게 변한 것을 표현하는 러시아 속담.

구먼! 보아하니 우리 극장 미술 담당 솜씨네. 그런데 그 솜씨가 여기서는 전혀 다르게 보이거든…… 뭔가 영감이 어려 있어…… 딸꾹, 아이고, 내가 오늘 블린*을 너무 많이 먹어서……

슈미트는 엄격한 눈초리를 그를 바라본다.

죄송합니다요…… (술에 취해 교활한 웃음을 터뜨린다.) 좀 마셨거든요…… 그렇습니다. 하지만 참을 수가 있어야죠. 드디어 오늘이 마슬레니차의 마지막 날이라니! 슈미트 선생, 아시겠어요? 마슬레니차 마지막 날이라고요! (슈미트의 어깨를 치며 귀엣말을 한다.) 선생님과 할 이야기가 있어요.

퇴역관료   (중간 문에서 나타나 변화된 방을 감탄하며 바라본다.) 진짜 멋지게 꾸미셨습니다. 대단들 하세요. 아, 카를 이바느이치가 계시네! 아니, 페쟈도 돕고 있습니까? 그러니까 이거 우리에게 진짜 마슬레니차가 찾아온 거군요.

대학생   여러분, 오늘 제가 아글라야 카르포브나에게 어떤 의상을 준비했는지 혹시 보셨어요?

퇴역관료   (웃으며) 보여주렴, 보여줘.

대학생   잠시만요…… (맨발의 무희가 바닥으로 내려오도록 도와주고는 자기 방으로 간다.)

슈미트   (맨발의 무희에게 무대 전면 쪽 오른쪽 구석으로 이어지는 화채

---

* 마슬레니차에 먹는 러시아 전통음식으로, 밀가루에 달걀, 우유 등을 섞어 얇게 부친 일종의 팬케이크이다.

를 가리켜 보이며) 이것도 좀더 당겨주세요. 보세요, 약하게
걸려 있죠.

무희는 슈미트의 도움으로 탁자와 의자를 무대 전면 오른쪽 구석으로 옮긴다.

희극배우   (슈미트에게, 작은 소리로 놀리듯) 네, 그렇습니다. 20년을
무대에 섰지만, 이런 무대장식은 처음입니다요. (자기를 향
해 오는 관료에게) 한잔하지 않으시겠어요? (잔을 따른다.)

이 시간, 연인 역 전문 배우와 타자수는 등받이 없는 긴 의자에서 내려와 자기
들의 작품을 감상한다.

퇴역관료   이렇게 좋은데 뭔들 못하겠습니까.

슈미트   (시계를 보며) 그나저나 여러분, 이제 가장무도회 복장으로
갈아입을 때가 되지 않았나요? 아니면 손님들이 와서 기다
릴 수도 있겠습니다. 박사는 이미 준비가 된 것 같고, (손가
락으로 목을 치며 술 마셨다는 표시를 해보인다.*) 저는 문제
가 없고. 여러분은 어떠신가요? (맨발의 무희가 탁자 위로 올
라서는 것을 도와준다.)

**연인 역
전문 배우**   그러네요. 시간이 다 되었어요…… 하기야 난 1분만 있으면
옷도 입고 다른 것도 할 수 있긴 하지만……

대학생   (해골이 달린 장대를 들고 들어온다. 해골은 성이 난 듯 이를

---

* 만취한 것을 뜻하는 러시아 식 표현이다.

드러낸 채 희고 긴 수의를 입고 있다.) 우리 메게라 여사에게
아주 어울리는 옷이지요?

모두가 놀란다. 우습기도 하고 무섭기도 한 얼굴들.

슈미트   기분 상해하시지 않을까?

여주인   페쟈, 왜 항상 당신 머릿속에서는 죽음에 관한 생각이 떠나
         지를 않죠?

대학생   하지만 마리야 야코블레브나, 아글라야 카르포브나야말로 삶
         의 죽어가는 시작이 아닐까요? 심은 대로 거두는 거죠. (타
         자수에게) 아글라야 카르포브나가 집에 있나요?

타자수   아뇨, 없는 것 같아요.

여주인   나갔어요. 곧 올 거예요.

대학생   방에 가져다 둬야지. 알아서 하겠죠. (4번 방으로 나간다.)

여주인   (그를 말리려 한다.) 페쟈, 그만둬요. 그러지 마요……

타자수는 3번 방으로 간다.

퇴역관료   (말을 끊으며) 괜찮아요, 마리야 야코블레브나…… 장난 좀
         치라고 해요. 장난인데요, 뭐.

타자수   (엉킨 리본 뭉치를 들고 3번 방에서 나오며) 여러분, 시간은
         흐르는데 아무도 우리 방에는 신경도 안 쓰시네요. 이 방을
         응접실로 만들려면……

여주인   가구를 다시 배치해야지.

타자수	그리고 저 끔찍한 옷장도 뭐로든 가려야죠.
여주인	(서두르며) 그래, 지금 하자. (3번 방으로 간다.)
슈미트	우리가 도와드리죠! 세묜 아르카디예비치, 갑시다. 아인스, 츠바이, 드라이* 하면 모든 게 바뀔 겁니다. 그렇죠?
희극배우	(슈미트의 뒤를 따라 3번 방으로 가며) 맞습니다요. 내 피를 빨아 마셔요…… 이제 얼마 남지도 않으니. 오늘이 드디어 마지막 날이니까요. (나간다.)
대학생	(맨발의 무희에게) 왜 그래요? 엉켰어요?
맨발의 무희	(화채의 끈을 풀며) 쪼까 엉켰구만요…… 잠깐만 기다리셔라…… 걱정 마셔라.
퇴역관료	(자랑스럽게) 페쟈, 아무래도 오늘 내가 새 장화를 신어야겠지?
대학생	물론이죠, 아빠. 오늘이 아니면 언제 그놈들 바깥바람을 쐬어주겠어요?
퇴역관료	네 말이 맞다! (자기 방으로 들어간다.)
타자수	(대학생과 무희 쪽을 등지고 등받이 없는 긴 의자에 앉으며 작은 소리로 연인 역 전문 배우를 부른다.) 이거 좀 풀어줘요! (리본 뭉치를 가리킨다.)
연인 역 전문 배우	(다가앉으며) 어디 보자…… 이거 옷에 달려고?
타자수	코틸리옹** 춤을 출 때 쓰려고요.
대학생	(맨발의 무희에게) 그러니까, 결국 떠나시는 거군요.
맨발의 무희	편지하겠어라.

---

* '하나, 둘, 셋'을 뜻하는 독일어.
** 프랑스어 cotillion을 음차한 단어로 여러 춤을 섞어 추는 카드릴의 일종이다.

대학생	고마워요…… 저…… 내가 시골로 찾아가면 안 될까요? 주소를 줄 수 있어요?
맨발의 무희	우리 시골에선 모두들 비웃을 거여라. 웬 남정네랑 놀아난다고 모두들 수군거릴 거라. 거기다가 우리 마을에는 편지도 잘 안 오지라. 어떻게든 제가 소식을 전하는 것이 낫겠구먼요.
대학생	약속하죠?
맨발의 무희	아무 일 없으면 꼭 쓰겠어라…… 그 대신 참고 기다리셔라.
타자수	(연인 역 전문 배우에게) 내일이면 가는 거예요?
연인 역 전문 배우	응.
타자수	배웅할게요.
연인 역 전문 배우	안 돼, 안 돼. 그러다 나쁜 일이 생길 수도 있다고. 병든 아내한테 가는 거잖아. 미신이지만 그래도……
타자수	왜 결혼했다는 사실을 말 안 했죠? 지금도 이해가 안 가요.
연인 역 전문 배우	그건…… 내가…… 내가 결혼하고서도 혼자 사는 '떨거지'인 걸 알면 자기가 날 밀쳐낼까 봐……
타자수	(그에게 기대며) 바보. 자기가 나보다 먼저 다른 사람을 만난 게 자기 죄예요? 자기를 사랑하는 내 눈에 그렇게 보일 것 같아요?
연인 역 전문 배우	(그녀를 부드럽게 안는다.) 그래도 난 내가 죄인 같아.
대학생	참으라고 말했죠?
맨발의 무희	그게 가장 중요한 거여라.
대학생	얼마든지 참을 수 있어요. 그런데 저를 기억해주시기는 할 건가요?
맨발의 무희	왜 그런 말을 하신다요…… 아시면서 왜 그러셔라……

대학생	당신 말을 믿고 싶지만……
맨발의 무희	(말을 끊으며) 그럼 절 기억하실 건감요?
대학생	나요? 난 평생! 평생 기억할 거예요! 이젠 살아가야 할 이유가 생겼으니까. 그래요, 난 당신에 대한 기억으로 살아갈 겁니다.

맨발의 무희는 자신의 즉흥무대에서 내려온다.

연인 역 전문 배우	(계속 타자수를 안은 채) 자기 가슴 속에서 사각사각 소리를 내는 게 뭐야?
타자수	(미소를 지으며) 음…… 평생 누구도 나한테 뭐냐고 물어보지 않을 보물이에요……
연인 역 전문 배우	그게 뭔데?

타자수는 앞섶에서 종이를 꺼내 보여준다.

	아…… 내 사랑 고백……
타자수	자기 타자 교습 제4과…… (종이에 입 맞추고 다시 가슴 속에 숨긴다.)

이때 대학생과 맨발의 무희는 밟고 올라섰던 탁자와 의자를 현관으로 옮긴다.

연인 역 전문 배우	(둘만 남은 것을 알고는 타자수에게 여러 차례 입 맞춘다.) 자기는 왜 더 이상 아무도 자기한테 묻지 않을 거라고 생각해?

타자수	내 가슴 속에서 사각거리는 게 뭐냐고요?
연인 역 전문 배우	응……
타자수	왜냐하면 죽을 때까지 더 이상 아무도 날 안지 않을 거니까. (눈물이 고인다.) 난 아무에게도 필요 없는 사람이잖아요…… 자기는 부인한테 갈 거고…… (조용히 운다.)
연인 역 전문 배우	(그녀에게 부드럽게, 부드럽게 입 맞추며) 자기가 원하면 가지 않을게. 남을게. 좋아?
타자수	아니, 아녜요. 난 그런 이기주의자는 아니에요…… 부인이 기다리잖아요…… 병들고, 어쩌면 불행한 분인지도 모르 죠…… 그리고 어찌 되던 간에 결국 자기는 나를 떠나게 될 거예요…… 그리고 자기가 떠나도 난 자기가 나한테 준 행 복에 감사해요. 자기는 나한테는 꿈속에서 본 밝은 빛이었어 요…… 그래요…… 밝은 빛이었어요…… 그걸 보고 나서 잠에서 깨면 평생 그 빛으로 위로 받으며 살 수 있는 그런 빛 이요…… (그의 손에 입 맞추며) 평생을 그렇게 살 수 있어 요. 고마워요, 자기. 사랑해요. 내 하나밖에 없는 사람.
여주인	(3번 방 문턱에 나타나) 리도치카! 리본은? 풀었니?
타자수	(일어선다.) 지금 가요, 엄마.
여주인	카를 이바느이치가 기다리신다…… 게다가 이젠 옷도 갈아 입어야 하잖니. (나간다.)
타자수	(눈물 어린 미소를 지으며) 자, 이렇게 풀었습니다요! 봐 요…… (리본 뭉치를 보인다.) 더 엉클어놓았네.

연인 역 전문 배우도 마주보며 웃는다.

(3번 방으로 가며 주위를 둘러본다.) 아, 하느님, 얼마나 이상한 방인지! 게다가 이 조명…… 주변의 모든 것이 투명한 것 같아…… 이게 우리 방일까? 자기가 날 사랑하는 게 정말일까? 자기가 떠나는 게 정말일까? 이게 꿈일까, 생시일까? 이젠 헷갈려. 이게 뭘까? 행복이었을까? 아니면 그저 행복의 환영이었을까……

여주인의 목소리 리도치카, 왜 이렇게 늦장이니?

타자수 (마치 잠에서 깨어난 듯 미소를 지으며) 가요, 엄마, 가.

3번 방으로 간다. 연인 역 전문 배우도 그녀를 따라 나간다. 현관문 오른쪽에서 대학생과 맨발의 무희가 나타난다. 대학생은 그녀의 손을 잡고 식탁으로 끌고 간다.

대학생 자, 오세요…… 부탁이에요……

맨발의 무희 안 되어라…… 마님이 보시면 큰일 나라……

대학생 한잔 같이하는 게 뭐가 어때요! 바보 같은 소리예요…… (마데라* 두 잔을 따른다.) 나는 평등주의자라고요…… 당신 건강을 위하여! 당신은 저의 용기를 위해서 건배해주세요! (그녀와 잔을 부딪치고 마신다.) 오늘 말이죠, 아무 잘못도 없는 우리 아버지를 쫓아낸 바로 그 기관에서 말이죠, 내가 그 죽일 놈의 개자식 기관장 새끼를 똑바로 마주보고 귀싸대

---

* 진한 포도주의 한 종류이다.

기를 날려줬어요. 어떻게 한 방 먹였는지 그 소리를 들으셨어야 했는데…… 몽둥이로 젖은 이불 호청 내리치는 소리가 났다니까요…… (웃는다.) 사실 뭐 대단한 영웅 노릇을 한 건 아니었지만 그래도 한잔할 만한 일이죠…… (자기 잔에 술을 더 따른다.) 당신의 건강을 위하여……

맨발의 무희   (웃으며) 갑자기 거기에 왜 저를 갖다붙이신다요!

대학생   나한테 날개를 달아주셨으니까…… 그래요…… 웃지 마세요…… 당신은…… 아뉴타, 어떻게 설명해야 할지 모르겠지만, 당신은 내 '삶의 의지'의 한 이유예요…… 산다는 건 싸운다는 거, 그러니까 자기와 가까운 사람들, 그리고 정의를 지킨다는 거잖아요……

맨발의 무희   (웃으며) 정말 말씀을 잘하셔라. 학자처럼요…… 하지만 저도요 마음으로는 이해할 수 있어라…… (잔을 부딪치고 마신다.) 다 이해할 수 있어라…… 그란디 딱 한 가지 이해가 안 가는 게 있어라…… 도대체 예전에 무엇 때문에 자살하려고 하신 거여라…… 교활한 사탄이 눈을 흐렸나…… 아니면……

대학생   아니, 사탄 짓이 아니에요, 아뉴타…… 그건 (눈물이 고인 눈을 돌린다.) 발로쟈…… 우리 형…… 발로쟈가 원양어선을 탄다는 이야기는 들었죠?

맨발의 무희   그란디요? (갑자기) 나리, 울지 마셔라, 무슨 일이다요! 왜 그러신다요…… (그의 등을 쓰다듬는다.) 그러지 마셔라…… 힘들면 이야기하지 마셔라……

대학생   (마음을 가다듬으며) 죽었어요……

맨발의 무희   죽었다고라?

대학생	그래요, 벌써 반년도 더 지났어요…… 아버지는 몰라요…… 절대 견디지 못하실 거예요…… 그래서 숨기고 거짓말을 하게 되었죠…… 배우처럼 연기를 하게 된 거예요…… 아시겠어요…… 이 말을 하고 싶으면서 다른 말을 하고, 형 때문에 슬퍼하고 싶어도 미소를 짓고 희망을 이야기하고……
맨발의 무희	(깊이 공감하며) 맙소사……
대학생	힘든 배역이었어요…… 신이시여, 누구에게도 이런 역할을 주지 마소서…… 누구나 견딜 수 있는 그런 역할이 아니에요…… 우리 모두는 하느님 앞에서 배우잖아요…… 누가 알아요, 아뉴타, 저 세상에서는 우리도 상으로 최고의 역할을 맡게 될는지…… 하지만 아직은…… 견딜 거예요, 아뉴타, 서로 도우면서 여기서의 우리 모습을 견딜 거예요……
맨발의 무희	(대학생을 자기 쪽으로 끌어당겨 뜨거운 키스를 퍼붓는다.) 그라요, 그라요, 사랑하는 사람! 좋은 사람……

3번 방에서 연인 역 전문 배우가 나오는 바람에 키스는 끝나고 만다. 대학생은 재빨리 자기 방으로 숨어버린다.

연인 역 전문 배우	(장난스런 아이러니를 담아) 변형을 통해 변화로?
맨발의 무희	그런 말을 가지고 장난질이나 치다니 부끄럽지도 않아? 나도 똑같은 말을 할 수 있다고……
연인 역 전문 배우	질투를 했다면 그랬겠지……
맨발의 무희	당신이 어떻게 알아……
연인 역 전문 배우	리도치카 같은 여자를 (3번 방 쪽으로 몸을 돌린다.) 질투할

리는 없잖아……

맨발의 무희 그럼 폐짜 같은 남자는? (비웃는다.)

연인 역 전문 배우 흠…… 당신이 너무 연기를 잘해서 말이지, 나도 모르게 뭐가 연기이고 뭐가 실제인지 구분이 안 가서 말이야…… 제기랄, 난 정말 당신이 하느님의 자비를 전하는 배우라고 믿기 시작했다니까. (그녀를 끌어당긴다.)

맨발의 무희 (웃으며) '간호배우'라고 할 수 있지……

연인 역 전문 배우 나한테만 빼고 말이야.

맨발의 무희 질투해?

연인 역 전문 배우 당연하지……

맨발의 무희 (감격하여) 정말이야? 그러니까 자기도 날 사랑해? 사랑하냐고?

연인 역 전문 배우 난 항상 자길 사랑했어…… 하지만 지금은…… (그녀에게 입 맞춘다.) 자기의 가치를 알고 자기를 더 소중히 여기게 됐어……

맨발의 무희 지금 연기하는 거 아니지?

연인 역 전문 배우 당신은?

맨발의 무희 (웃으며 그에게 키스한다.) 바보, 그걸 모른단 말이야!

희극배우 (3번 방에서 나오며) 어이, 비둘기들! 꼭 자기 집 안방인 것처럼 사랑을 나누네…… 연극이 끝나니 좋은가 보지?

현관에서 벨이 울린다. 맨발의 무희는 현관으로 뛰어나간다.

그래, 힘든 시즌이었어…… 하지만 다행히 오늘은 마지막 날이고 '라 피니타 코메디*야 . 내일은 대정진기간의 시작이지. 난 다시 자유의 몸이 되는 거야. 자유로운 예술이여, 영원하라! 자넨 어디로 초청 받았나? 난 내 극장을 열어볼까 하는데…… 혹시 우리 극장에 올 생각은 없어?

현관에서 방수코트를 입고 모자를 쓴 여교사가 들어온다.

여교사   (방을 둘러보며) 이건 또 웬 광대극이야?

맨발의 무희는 현관에서 부엌으로 향한다.

연인 역 전문 배우   선생님은 광대극을 자주 보러 다니셨나요?

여교사   (연인 역 전문 배우의 말을 무시하고, 손잡이 안경으로 희극배우의 의상을 찬찬히 살핀다.) 선생님, 무슨 옷을 입으신 거예요?

희극배우   당신 의상도 준비되어 있습니다. 알레고리적인 의상이죠. (마치 사과라도 하듯) 오늘은 모두가 가장무도회를 준비하고 있거든요. 나도 입으라고들 하도 졸라대서……

여교사   저한테는 조르지 못할 거예요. 절대로요.

3번 방 문가에 여주인과 슈미트가 나타난다.

---

* "코미디는 끝났다"라는 뜻의 이탈리아어.

마리야 야코블레브나, 손님들을 부르셨나봐요?

여주인 (눈치를 보며) 네, 뭐 문제라도……

여교사 편두통이 좀 있어서요. 너무 떠들지는 말라고 미리 주의를 좀 주세요. (문을 쾅 닫고 4번 방으로 들어간다.)

여주인 (잠시 서글픈 듯 멍하니 있다가) 정말 끝없이 모든 사람의 기분을 망쳐요……

슈미트 마리야 야코블레브나, 이게 마지막이에요…… 골이 나서 저러는 거예요. 미리 방세를 낸 5개월이 이제 끝나가니까……

연인 역 그래요, 그나저나 어디로 이사를 갈지 그 집 사람들도 참 안됐네……
전문 배우

여주인 (희극배우에게) 또 신경질을 내는 게 아닌지 모르겠어요. 선생님, 제발 가서 진정 좀 시키시고 안정제 같은 거라도 좀 주세요……

희극배우 (양팔을 벌리며) 이젠 뭘 생각해내야 할지도 모르겠어요. 쥐오줌풀약은 이미 양동이로 처방해드렸고. 브롬, 아편! 아무것도 도움이 안 되니…… (4번 방 문을 두드린다.)

타자수 (무대 뒤, 3번 방에서) 엄마!

여주인 간다, 가! (3번 방으로 간다)

여교사 (무대 뒤 4번 방에서) 들어오세요!

희극배우는 4번 방으로 들어간다.

슈미트 (연인 역 전문 배우에게) 웬일인지 오늘은 좀 특별히 긴장하신 것처럼 보입니다.

연인 역 전문 배우	당연하죠! 만일 점쟁이 여인이 거짓말을 한 거라면…… 저는 완전 바보가 되는 거잖아요!
슈미트	어디 그 편지 좀 한 번 더 봅시다……
연인 역 전문 배우	(주머니에서 편지를 꺼내 슈미트에게 건넨다.) 도대체 어떤 사람일지 짐작도 못하겠어요…… 혹시 우리 극장 사람이 아닐까요? 동료들 중 한 사람일 수도 있잖아요.
슈미트	(봉투에서 편지를 꺼내며) 오늘 극단 사람들을 모두 불렀어요? 아니면……
연인 역 전문 배우	거의 극단 전체를 불렀죠. 일부는 미리 오고, 일부는 공연이 끝나고 올 겁니다……
슈미트	(편지를 읽는다.) "2월 20일, 자네가 사는 곳에서 가장무도회가 열릴 거야. 손님 들 중에 수도승으로 분장한 사람이 올 텐데, 그 수도승이 바로 그자야. 그자의 부인들을 가장무도회에 초대해. 그러면 놈을 잡을 수 있을 거야. 행운을 빌어." 부인들을 몇 시까지 오라고 했어요?
연인 역 전문 배우	11시까지요. 세 명 모두 검은 도미노*를 입고 마차를 타고 올 거예요. 그놈을 잡아서 바로 수사대에 넘기면…… 오늘 당장 수고비를 받아 부자가 될 거예요. 게다가 탐정들 중에서도 유명해지겠죠.
슈미트	거짓말하는 건 아닐까요?
연인 역 전문 배우	누구요? 점쟁이 여인이요?
슈미트	아니, 그 아내들 말이에요. 귀먹고 말 못하는 여자를 설득하

---

* 소매와 후드가 달린 긴 가장무도회용 의상.

는 게 쉽지 않았을 텐데⋯⋯ 그 여자가 분명 올까요?

연인 역 전문 배우 사실 세번째 부인도 당장 동의하지는 않았어요. 매춘부인 주제에 소동이 나는 걸 겁내고 그자를 불쌍하게 생각하더라고요. 그 여자 말에 따르면 그 작자는 자기가 수치스러운 직업을 버리고 구원받을 수 있게 하기 위해 자기랑 결혼했을 뿐이고, 그 작자야말로 자기 몸뚱이가 아니라 영혼에 입을 맞춰준 유일한 사람이라는 거예요. 그리고 순결의 맹세를 어겨 그자를 자기에게서 멀어지게 한 건 자기니까 오히려 자기 죄가 더 크다는 겁니다. 그러니까 여기 온다면 그건 그자를 법정에 넘기려고 오는 게 아니라 구하러 온다는 거죠. 하여간 이 삼중혼자가 어떤 사람인지 점점 더 수수께끼가 되어가요. 귀신이 곡할 노릇이죠.

슈미트 (시계를 보며) 피에로 복장을 할 건가요?

연인 역 전문 배우 네.

슈미트 부인은요?

연인 역 전문 배우 콜롬비나 복장이죠. 선생님은⋯⋯

슈미트 난 아를레킨 옷을 입으려고요. 말했잖아요⋯⋯

연인 역 전문 배우 의상은 구하셨어요?

슈미트 예, 이리저리해서 구했습니다.

희극배우 (들어서며) 간신히 달랬네⋯⋯ 가장무도회 옷까지 입겠답니다. 죽음 복장에는 아무런 불만도 없답니다. 이집트인들도 향연의 절정에 미라를 가져왔다나요. 삶이 그저 '랄랄라'는 아니니 뭔가 좀더 진지한 게 필요하다 이거랍니다⋯⋯ 정말 심오한 사상이죠. (식탁 쪽으로 가 술을 마신다.)

연인 역 전문 배우	(시계를 보며) 저는 옷 갈아입으러 갑니다. (자기 방으로 간 다.)
슈미트	(희극배우에게) 요즘 여선생한테 좀 잘못하셨어요······ (4번 방 쪽을 가리킨다.)
희극배우	(안주를 먹으며 방만한 톤으로) 더도 덜도 아니고 딱 계약서 에 명시된 대로 했을 뿐입니다.
슈미트	(가까이 다가가며) 그 여자에게서 5천 루블을 빌리는 것도 계약에 따른 건가요?
희극배우	아이고, 얼마나 걸레 같은 여자를 따라다니라고 하셨는지 좀 보세요! 그런 사적인 일 하나도 비밀로 지키지를 못하고······

4번 방문이 살짝 열리고 여교사가 엿듣는 포즈로 서 있는 것이 보인다.

슈미트	(4번 방을 등지고 서서) 여선생은 당신이 돈 때문에 자기를 따라다니는 게 아닌가 의심이 들어 나에게 상담을 부탁했던 겁니다.
희극배우	나쁜 년!

계속되는 장면에서 여교사의 표정 연기가 이어진다.

슈미트	나는 당연히 빌려주지 말라고 충고했어요. 여기 사는 사람들 을 착취하라고 당신을 여기로 데려온 게 아니니까.
희극배우	(분노하여) 그러니까 내가 닭 쫓던 개 지붕 쳐다보는 꼴이 된 게 당신 때문이구먼.

슈미트	나는 "그분은 돈이 아니어도 당신을 좋아할 겁니다!"라고 했을 뿐입니다.
희극배우	"좋아해야 합니다!"겠지.
슈미트	그래요…… 우선 계약상 그렇고, 두번째로 그분은 당신처럼 존경받는 사람의 호감을 얻을 만큼 충분히 훌륭한 분이니까요.
희극배우	좋아요, 프레골리 박사, 됐다고! 농담은 집어치워요. 나는 돈이 필요하다고. 이미 오래전부터 내 일을 시작할 계획을 세웠거든.
슈미트	술집을 하실 건가요?
희극배우	무슨 소리! 술집이 아니라 극장을 열 거라고. 물론 여기서 당신이 벌인 이 바보 같고 아무짝에도 쓸모없는 극장이 아니라, 진짜 극장, 자연스런 극장 말이야. 아마 내가 예술감독이 되겠지.
슈미트	(한숨을 내쉬며) 불쌍한 관객들……
희극배우	당신이 나한테 그 5천 루블을 돌려주지 않으면, 나도 오늘 당신한테 아주 근사한 헌정공연을 열어줄 거야. 기분이 좋지는 않으실 텐데.
슈미트	(싸늘하게) 내가 잘못 기억하는 게 아니라면, 계약서에 따라 여기서 헌정공연을 여실 수는 없을 텐데요……
희극배우	그놈의 계약서는 지옥으로나 꺼져버리라지. 당신은 그 계약서를 미끼로 사람들을 마음대로 비웃고 있다고.
슈미트	비웃는다고요?
희극배우	그래, 비웃지…… 오늘 당장 당신의 정체를 폭로할 거야. 모두에게 이 모든 건 그저 연극이었다고…… 당신 표현대로

하자면 '삶의 무대'였을 뿐이라고 말할 거야. 나는 의사가 아니라 지방 극단의 희극배우이고, 저 보험사 직원이 보험사 직원이라면 나는 중국 황제라고. 그리고 당신도 슈미트가 아니고 프레골리이고……

슈미트   (분노하여 말을 끊으며) 감히 그러지 못할 겁니다.

희극배우   (뻔뻔하게) 누가 못하게 할 건데?

슈미트   당신 양심이 그렇게 해주길 바랍니다.

희극배우   양심을 따르려면 사실을 말해야지.

슈미트   연극 예절을 아신다면 공연 도중에 그러시면 안 되지요. 다행히 당신 동료들이 너무도 훌륭하게 자기 역할을 연기해주어서 아마 당신의 배신은 통하지 않을 겁니다…… 연기의 최면은 당신 같은 '사실주의 예찬론자들'로부터 우리를 지키는 믿음직한 방패니까요……

희극배우   그렇게 생각하신다?

슈미트   심지어 확신합니다…… 여기서 항상 가장 한심한 모습으로 거짓말만 지껄이던 당신 같은 불쌍한 주정뱅이 말을 누가 믿겠습니까?

희극배우   (광분하여) 믿을 거야, 믿을 거라고, 걱정 마시지, 믿을 테니까…… 내기를 걸 수도 있어! 5천 루블 내기를 해볼까?

슈미트   질 텐데요.

희극배우   이길 거야! (3번 방으로 달려간다) 내기를 받아들인 거지?

여교사는 기만 당한 메게라의 일그러진 얼굴로 비틀거리며 4번 방 안으로 사라진다.

슈미트	좋습니다. 그저 당신에게 교훈을 주기 위해 받아들이지요.
희극배우	(3번 방문을 두드린다.) 좋다 이거야. 누가 누구를 가르치는 지 두고 보자고.
타자수	('공작부인' 의상으로 거의 다 갈아입은 모습으로 엄마와 함께 문가에 나타난다.) 왜 그러세요? 아직 준비가 안 됐는데요……
희극배우	리디야 표도로브나! 마리야 야코블레브나! 여러분! 사과드리러 왔습니다…… 우리가 당신들처럼 좋은 분들을 속였어요…… 신이시여…… 우리가 당신들을 속였습니다. 속이고 기만하고 연극을 벌였습니다……
여주인	(이해하지 못한 채) 가장무도회 말씀인가요? 그래서요?
희극배우	그래요, 바로 가장무도회입니다. 사실 나는 의사가 아니라 지방 극단의 희극배우입니다. 그리고 카를 이바느이치는 (슈미트 쪽으로 몸을 돌린다.) 카를 이바느이치가 아니라 우리 모두를 이곳에 고용한 프레골리 박사고요…… 하느님 맙소사…… 고용한 거예요…… 배우로 우리를 고용했다고요…… 그리고 스베토자로프도 배우이고 여기서 하녀로 일하는 그의 아내도 배우예요. 우리는 모두 배우예요. 보험사 직원이 아니라고요. 그자는 그저 연인 역 전문 배우 스베토자로프입니다.
타자수	무슨 실없는 소리를 하시는 거예요? '정부'*라는 단어로 감히 저한테 무슨 암시를 하시려는 거죠?

---

* 러시아어 'любовник'은 연인이란 뜻과 함께 정부(情夫)라는 뜻도 가지고 있다.

희극배우	보험사 직원 말입니다. 빅토르 안토느이치는……
타자수	(분개하여) 그래서요, 그래서 뭐가 어떻다고요?
희극배우	화내지 마세요…… 사실을 말하는 겁니다……
타자수	무슨 사실요?
희극배우	그러니까 그자가 연인 역……
타자수	내 정부라고요? 그렇단 말이죠?
희극배우	그러니까 '연인' 역……
타자수	정말 역겨운 분이에요! 어떻게 감히 나뿐 아니라 빅토르 안토느이치까지 한 번에 모욕할 수 있죠? 그분은 아내에게 정절을 지키는 분이에요. 당신은 그분 새끼발가락도 못 쫓아올 사람이에요!
슈미트	(안심시키듯) 리디야 표도로브나, 화내지 마세요. 선생님이 마슬레니차라 좀 과하게 드셨잖아요.
여주인	(희극배우의 어깨를 두드리며) 가세요, 선생님, 좀 주무세요! 아직 시간이 좀 있어요……
희극배우	(당황하여) 나 안 취했어요! 제 말을 잘못 이해하신 겁니다……
타자수	(분개하여) 아~주 잘 이해했거든요. 사실 당신이 어떤 분인지 오래전부터 알고 있었어요…… (나간다.)
여주인	리도치카, 그만둬! 가세요, 선생님…… (희극배우에게) 잘못하셨어요, 잘못하셨어요…… 그러실 줄은 몰랐네요. 정숙한 아가씨에게 그런 말씀을 하시다니요…… (자기 방으로 들어가며 문을 닫는다.)
슈미트	(희극배우에게) 자! 내 말이 맞았죠?

희극배우	(이를 갈며) 병신 같은 년들! 하지만 난 아직 지지 않았다고! 아직 여선생, 대학생, 퇴역관료가 남았어……
슈미트	삶의 무대가 주는 환상이 극장 무대의 환상보다 더 탄탄하단 걸 이해하셨을 법도 한데……
희극배우	절대 아니지…… (식탁으로 가 보드카를 따른다.) 내가 유명한 희극배우란 걸 잊으신 모양인데…… 난 20년을 무대에선 배우라고…… 모두가 나를 알지…… 수천 명의 증인들이 내가 의사가 아니라 배우라는 걸 증명해줄 거라고……
슈미트	지금 자기가 어떤 '희극적 상황'에 처했는지를 모르시는 걸 보니 진짜 '희극배우'시군요…… (나간다. 복도에서 그의 웃음소리가 들린다.)
희극배우	(술을 마시며 조금 비틀거린다.) '희극적 상황'이라고? 누가 희극적 상황에 처하는지 보자고……

몸을 돌려 이상한 그림을 본다. 4번 방문에서 죽음의 마스크를 쓴 수의가 튀어나온다. 방을 가득 채운 투명한 빛이 점점 약해지더니 비밀스럽게 깜빡인다.

죄…… 죄…… 죄송합니다, 아글라야 카르포브나, 당신이죠? 벌써 옷을 입으셨어요? 헤헤…… 이미 무도회 준비를 하셨군요. (겁에 질린 듯 환영에게 다가간다.)* 방금 당신 방에 들르려고 했거든요. 정말 놀라운 소식을 전해드릴까 하고요…… 그런데 왜 그렇게 비틀거리시죠? 아니면 그렇게 보

---

* 문에서 비죽 튀어나온 환영은 장대 끝에 죽음의 마스크를 씌우고 어깨를 대신하는 가로대에 수의를 걸쳐 단순하고 조야하게 만든다. (예브레이노프의 주)

이는 건가…… 제가 오늘 당신 건강을 위해 좀 마셨거든요, 파르동.* 눈앞이 어른거리고 머리가 빙빙 도네요…… (그녀에게 가까이 다가간다.) 그러니까 아글라야 카르포브나…… 부인은 지금 마스크를 쓰셨지만, 저는 반대로 벗으려 한다 이겁니다…… 사실 저는요…… 의사가 아니라 지방 극장의 유명한 희극배우입니다…… 관객들이 받들어 모시고 다니는 최고의 배우지요…… 왜요? 놀라셨지요? 너무 놀라셨군요! 그럴 줄은 모르셨죠……

환영의 허리를 잡고자 하지만 수의 밑으로 아무것도 느껴지지 않는다. 순간 그는 있는 힘을 다해 비명을 지른다. 잠시 불이 꺼진다. 환영은 사라지고 방은 다시 빛으로 가득 찬다. 빛이 더 이상 깜빡이지 않기 때문에 상대적으로 무대의 현실성이 더욱 강조된다. 중앙의 문에서 숲의 정령으로 분장한 대학생이 뛰어나온다. 그가 나타나자 희극배우는 겁에 질려 두번째 비명을 지른다.

대학생	(마스크를 벗으며) 왜 그러세요? 무슨 일이죠? 왜 소리치셨어요?
희극배우	(이마의 땀을 닦으며) 아, 자네로군. 아이고, 맙소사…… 이 집에서 내 신경줄이 모두 거덜 나버렸어……
대학생	무슨 일이세요? 어디 아프세요?
희극배우	(4번 방문을 가리킨다.) 저기…… 저기…… 뭔가 불길한 일이 일어난 것 같아……

---

* "실례합니다"라는 뜻의 프랑스어.

현관에서 벨 소리가 들린다.

타자수   (검은 반마스크를 쓰고 공작부인의 의상을 한 채 3번 방 문턱에
          등장한다. 의상이 그녀에게 아주 잘 어울린다. 손에는 색종이
          가루와 리본 테이프 자루를 들고 있다.) 또 무슨 일이 일어난
          거죠? 페쟈! 정말 우스워요! (깔깔댄다.) 진짜 숲의 정령 같
          아요…… (그에게 색종이 가루를 뿌린다.)

여주인   (딸의 뒤를 쫓아 나타난다. 축제 때 쓰는 머리 장식에 가장 좋
          은 원피스를 입고 있다.) 진짜 숲의 정령이네…… 선생님이
          소리치신 거예요?

다시 현관에서 희극적으로 눌렀다 떼었다를 반복하는 고집스런 벨 소리가 들린
다. 콜롬비나로 분한 맨발의 무희가 부엌을 가로질러 현관으로 달려 나간다.

희극배우   (4번 방 쪽으로 대학생을 밀며) 저리 좀 가보자고. 무슨 일인
          지 좀 알아봐야겠어. 혼자는 무서워……

대학생이 4번 방문을 두드린다.

          두드려도 소용없어. 대답할 사람이 없으니까. 아마……

대학생을 방문 안쪽으로 밀어 넣고는 자기도 겁에 질린 채 그의 뒤를 따른다. 여
주인과 딸도 그들의 뒤를 따라 들어가려 한다. 하지만 이때 피에로 의상을 하고

가느다란 검은 마스크를 쓴 연인 역 전문 배우가 등장한다. 그는 오만하고 유쾌한 비명으로 모녀의 눈길을 사로잡는다. 전통적인 피에로 의상의 긴 소매가 공중에 어른거린다.

연인 역 전문 배우	(초대받은 손님들이 즐겁게 웅성거리는 소리가 들리는 현관 쪽을 힐끗 보고는) 오호! 올랄랴! 어서들 오십시오! 방울이여, 울려라! 꽃들이여, 피어나라! 영원히 젊은 가슴이여, 봄을 기뻐하라!

축음기를 돌린다. 새 장화를 신은 늙은 관료가 중간 문에 등장해 즐거운 미소로 사람들에게 큰절을 한다. 그는 모두가 자기의 새 장화를 볼 수 있도록 코믹하게 발을 구른다. 타자수─공작부인은 피에로에게 리본 끈을 던져 그를 가상의 고리로 사랑스레 감싼다. 축음기에서는 웅장한 폴로네즈가 울려 퍼진다.

　　　　　(피에로가 외친다.) 카니발 만세! 어이, 북을 울려라! 종을 쳐라! 태양을 맞이하라! 별들이여, 춤춰라!

가면을 쓴 군중들 사이로 제2막에 등장했던 '쿠오바디스' 의상들이 어른거린다. 손님들은 자기들을 맞이하는 여주인과 공작부인이 뿌려대는 색종이 가루 사이로 우아하고도 유쾌한 폴로네즈 음악에 맞추어 현관에서부터 행진해 들어온다. 늙은 관료는 여주인의 손을 잡아 그녀와 한 쌍을 이루어 폴로네즈 춤을 추는 무리 속으로 섞여든다. 피에로와 콜롬비나, 그러니까 연인 역 전문 배우와 그의 아내도 배우라는 이름에 걸맞은 매혹적인 춤사위로 무리 속에 섞여들며 행진을 마무리한다. 웃음, 농담, 비명, 재담, 색종이 가루와 리본이 흩날린다. 이때 갑자기

4번 방에서 창백한 얼굴에 수심이 가득한 희극배우와 대학생이 뛰어나온다.

희극배우	(소리친다.) 여러분! 큰일 났습니다! (손에 무슨 쪽지를 들고 있는 것이 보인다.)
대학생	음악을 멈추세요!
희극배우	이 집에 망자가 있어요……
대학생	자살입니다!

소동이 일어난다. 모두가 얼어붙은 듯 멈추어 선다. 콜롬비나는 축음기를 끈다.

여주인	아글라야 카르포브나인가요?
대학생	네.
타자수	정말, 이런 날조차 다른 사람들의 기쁨에 재를 뿌리지 않을 수 없는지……
희극배우	음독자살이에요!
대학생	아편 한 병을 다 마셔버렸어요……
희극배우	여기 죽기 전에 남긴 메모가 있어요!
연인 역 전문 배우	"내 죽음으로 그 누구도 탓하지 말라?"
희극배우	정반대죠! (대학생에게) 읽어보게!
대학생	(쪽지를 받아 들고 읽는다.) "내 죽음은 모두의 탓이다!"
연인 역 전문 배우	젠장…… (말을 계속하려다 삼간다.)

모두가 놀라 침묵한다. 이때 현관에서 벨 소리가 울린다. 콜롬비나는 문을 열러 뛰어나간다.

여주인   (4번 방으로 뛰어들며) 어쩌면 아직 희망이 있을지도 몰라
            요……

여주인이 4번 방으로 들어가자 모든 사람들이 근심스런 목소리로 웅성거리며 그
녀의 뒤를 따른다. "정말 끔찍하군!" "젊은 여자였나?" "잔치가 벌어지는 곳에
무덤이 있다니" "거 참 이런 일이 있다니" 등의 소리가 들린다. 가장무도회 의상
을 입은 마지막 인파까지 4번 방으로 들어가려는 찰나 한 쌍의 가장무도회 참석
자들이 들어선다. 그들은 오색의 색종이 가루를 한 줌 뿌리며 즐겁게 소리치고
깔깔대며 들어온다. 사람들이 그들에게 소리친다. "조용히 하세요, 집 안에 망
자가 있어요." 그들은 당황하여 입을 다물고 모두를 따라 4번 방으로 들어간다.
콜롬비나도 그들을 따라 방으로 들어가려는 찰나, 현관에서 다시 벨 소리가 울
린다. 그녀는 문을 열기 위해 현관으로 뛰어나간다. 무대가 텅 빈다. 복도에는
카푸친회*의 탁발승 복장을 한 비밀스러운 수사가 얼굴을 덮는 후드 모자를 쓴
채 등장한다. 그는 식당으로 숨어들어 현관 쪽을 힐끗 보더니 빠른 걸음으로 4번
방 쪽으로 다가가 열쇠로 문을 잠가버린다.

수사   (방 한가운데로 나오며) 아뉴타!
콜롬비나   (현관으로 이어지는 문턱에 서서) 누구세요?
수사   나요. 이리 오시오.
콜롬비나   (수사 쪽으로 달려오며) 누구시죠?

---

* 1525년에 설립된 중세의 대표적인 수도회이다.

수사는 관객을 등지고 후드 속에 감추어진 얼굴을 그녀에게 보인다.

수사	맙소사…… 선생님은 아를레킨 분장을 하시기로 했잖아요? 쉿…… 나중에 다 설명하지. 현관으로 가서 더 이상 아무도 들어오지 못하게 하세요. 2, 3분 정도만 이 부인들과 독대를 해야겠으니까. (현관 쪽을 가리킨다.)
콜롬비나	하지만 만일……
수사	따지지 마세요! 저분들을 이쪽으로 안내하고 문 옆에서 지켜 요!

콜롬비나는 어쩔 수 없다는 듯 어깨를 으쓱하고는 현관으로 돌아가 새로 도착한
이들에게 무릎을 굽혀 절하고 방으로 안내한다. 무대에는 검은 도미노를 입은
세 명의 여인들이 등장한다. 그들 중 한 명은 우아한 사슬에 맨 개를 데리고 있
어, 그 주인을 쉽사리 알아볼 수 있다. 콜롬비나는 현관에서 사라진다.

수사	사랑스러운 아내들이여, 들어오시오! 들어와요! 겁내지 말 고…… 당신들이 이 만남을 그토록 고집스레 원했으니 나도 기쁘오.

얼굴을 덮고 있던 후드를 벗는다. 검은 도미노를 입은 여인들은 깜짝 놀라 소리
를 지른다.

개를 데리고 다니는 여인	아니, 이게 누구야! 당신이군! 이 뻔뻔한 사기꾼! 마침내 잡 혔어…… 결국은 잡혔어. (마스크를 벗는다. 귀먹고 말 못하

는 여인도 그녀를 따라 가면을 벗는다.) 당신 같은 작자도 법
의 심판을 받게 될 거라고는 생각도 못했지? 아주 대단했어.
말로 표현할 수가 없을 정도야. 나는 병신처럼 당신 말에 혹
해서…… 당신을 믿고 헤벌레해져서는 내 영혼의 전부를 사
랑의 제단에 갖다바쳤지…… 그런데 저자가 그걸 어떻게 갚
았는지 알아? 무슨 짓으로 놀라게 했는지 알아? 법은 우리
를 위한 게 아니라고? 법 따위는 무시해도 좋다고? 이 사기
꾼 같은 양반아! 법이 승리하는 거야. 당신도 그 앞에서 죗
값을 치러야 한다고…… 반드시 치르게 될 거야!

그사이 파라클레트*는 두번째 부인과 수화로 이야기를 나누고 있다.

타락한 여인   (개를 데리고 다니는 여인에게 소리친다.) 이런 사악한 여자
           같으니라고! 입 닥치지 못해요! 당신어 법에 관해 말할 자격
           이 있어요? 율법보다도 더 고귀한 최고의 법인 사랑을 법보
           다 더 높여주신 분께 당신이 무슨 말을 할 자격이 있어요?
           (마스크를 벗는다.)

**개를 데리고
다니는 여인**   (깜짝 놀라서) 당신 미쳤어?

타락한 여인   아니, 너무 배가 불러 미친 듯이 날뛰는 건 내가 아니라 당
           신이에요. 재투성이 계집애를 구한 멋진 왕자처럼 당신을 구

---

* 희곡의 모두에 등장인물을 소개할 때 예브레이노프는 조언자, 조력자, 위로자를 뜻하는 '파
라클레트'를 이 작품의 주인공으로 소개하며 '점쟁이 여인' '프레골리 박사' '슈미트' '수사'
'아를레킨' 등을 모두 파라클레트의 가면들로 소개한다. 그리고 마지막 부분에 이르러서야
지문과 '수사'의 대사 속에서 파라클레트의 이름을 다시 언급한다.

해주셨던 분께 한심한 율법 나부랭이를 들이대면서요. 당신이 정말 아무 힘이 없을 때, 그분은 당신에게 힘을 주셨어요! 저 여자도 (파라클레트와 계속 수화로 이야기하고 있는 귀먹고 말 못하는 여인을 가리킨다.) 불행한 여자였고, 이분이 저 여자에게 행복을 주셨어요! 그리고 나도…… 불쌍한 창녀인 나를 그분의 수준으로 높여주셨어요! (파라클레트의 발 아래 엎드려 모든 것을 잊은 듯 그의 발에 입 맞춘다.) 주님, 주님, 저 여자의 험담과 욕설을 용서해주세요…… 저 여자는 자기가 무엇을 하는지도, 무슨 일을 벌였는지도 깨닫지 못합니다…… (후드 아래로 그녀의 숱 많은 긴 머리가 비어져 나오며 빛나는 파도처럼 파라클레트의 발을 덮는다.)

수사   마리야, 모든 것이 협력해서 선을 이룰 거야…… 일어나, 일어나요…… 난 신이 아니야…… (그녀를 일으켜 세운다.) 심판이 이루어져서 당신들 모두를 구하고자 했던 내 연민에 대한 벌을 받지…… 어쩌면 감옥이야말로 내게 가장 어울리는 장소인지도 모르겠소…… 거기야말로 파라클레트를 필요로 하는 수많은 사람들이 있을 테니…… 파라클레트는 조언자이자 조력자, 위로자니까…… 파라클레트의 길은 항상 골고다로 이어지지…… 그렇게 되어 있소……

타락한 여인   (귀먹고 말 못하는 여인의 손을 잡으며) 우리가 그렇게 되도록 두지 않겠어요……

개를 데리고
다니는 여인   '결혼생활'의 품으로 돌아오라고 해요…… 도대체 무슨 골고다가 더 필요하단 거야?!

타락한 여인   (오만하고 저속하게) 그거 말 한번 '끝내주게' 잘했네.

개를 데리고 다니는 여인	(그녀에게) 배신자!
수사	(개를 데리고 다니는 여인에게) 그렇게 할 수도 있지…… 하지만 누구와의 '결혼생활'을 말하는 거지? 당신과? 그럼 이 여자가 (타락한 여인을 가리킨다.) 반대할 텐데. 아니면 이 여자와? 그럼 당신이 반대하겠지? 아니면 귀먹고 말 못하는 이 여인과? (귀먹고 말 못하는 여인을 가리킨다.) 그러면 당신들 둘이 다 반대를 할 텐데?

현관에서 벨 소리가 울리고 하녀 콜롬비나와 새로 도착한 사람들 간의 실랑이 소리가 들려온다.

	그대들이 하렘에서 살 수 있을 만큼 제대로 된 이슬람교도들도 아니고…… 다른 출구는 난 모르겠소…… 내가 죽었다고 생각해요…… 나는 당신들에게는 존재하지 않는 사람이오…… 내가 수도원에 입적했다고, 그래서 이 옷이 정말 내 직분에 맞는 옷이라고 생각해요…… 나는 그대들에게 내가 줄 수 있는 모든 것을 주었소. 더 많은 것을 요구하지 않았으면 좋겠소. 그건 아직 나에게서 빵부스러기 하나도 얻지 못한 다른 사람들의 몫이요.
개를 데리고 다니는 여인	(신경질적으로 주위를 둘러보며) 도대체 이놈의 스베토자로프는 어디 있는 거야? 내 탐정과 헌병들은 어디 있지? 공권력을 동원하지 않고는 저자를 당할 방법이 없을 것 같네.
수사	스베토자로프는 내 하수인이오…… 당신을 이리로 부른 건 사실 그가 아니라 나요…… 그렇소, 내가 불렀소. 당신의 내

면 깊은 곳에서 암컷이 아니라 참된 인간이 승리할 수 있도록 도와주고 싶었소. 땅의 헌병들이 아니라 하늘의 헌병들에 대해 더 관심을 가져야 하오. 그곳에서는 남자가 아닌 인간이 중요하니까. 다행히 당신들 중에서, 내가 민망하여 차마 스스로 할 수 없었던 자기 변명을 대신 해줄 변호사를 (타락한 여인을 가리킨다.) 찾았소……

현관에서는 끊이지 않는 집요한 벨 소리가 울리고 4번 방문을 두드리는 소리도 들린다. 4번 방문은 문을 열려는 사람들이 밀어대는 통에 심하게 삐걱거린다.

시간이 기다려주지 않는군…… 할 말은 다 했소…… 이제 가서 당신들에게 기쁨을 주려고 자신의 영혼을 내던졌던 사람을 비난하지 마시오! 내 마지막 선물이라면…… 스베토자로프에 대한 수고비는 내가 지불하겠소……

개를 데리고 다니는 여인 그 자식에게 절대 돈 주지 마요! 우린 속았다고요……

타락한 여인 (수사에게 돈다발을 건네며) 여기 그 사람의 수고비가 있어요. 당신이 아니라 저희가 내야 할 돈이에요.

개를 데리고 다니는 여인 아니 왜?

타락한 여인 부인, 정직해지셔야 해요…… 감사할 줄 아셔야 해요…… 주님, 이제 가겠어요. 빌 수 있어 기뻤어요. 감사합니다…… (다른 아내들에게) 갑시다…… 더 이상 이분을 방해하지 맙시다…… 우리는 수가 많은데 저분은 한 분이시니까……

귀먹고 말 못하는 여인을 데리고 오른쪽으로 나간다. 파라클레트는 두번째 부인에게 표정으로 작별 인사를 건넨다.

개를 데리고 다니는 여인   (개를 손에 안으며) 미미, 몸이나 파는 걸레가 감히 우리한테 정직과 감사를 가르치다니 도대체 우리가 어떤 시대에 사는 거니?

훌쩍거리며 개의 얼굴에 입 맞춘다. 그사이 파라클레트는 4번 방문 쪽으로 다가 간다.

내 보석, 이제 나한텐 너밖에 없어. 넌 저 인간들처럼 배신 하지 않을 거야! 그렇지? 너 배신하지 않을 거지? 대답해! 대답할 거지? 대답해!

개를 들어 올려 열정적으로 자기 얼굴에 비벼대며 나간다. 그때 파라클레트는 수사 복장으로 하고 4번 방문을 연다.

대학생   (흥분하여 의심에 찬 소리로) 도대체 누가 문을 잠근 거요?
수사   무슨 일이죠?
대학생   (다소 놀란 듯) 아, 카를 이바느이치세요? 급하게 물이 필요해요! 자살한 여자 정신 좀 차리게 하려고요······ (찬장에서 물병과 컵을 챙긴다.)
수사   자살한 여자라니요?
대학생   걱정 마세요······ 가짜 경보였어요······

4번 방으로 달려간다. 이때 가면을 쓴 배우들과 극장장, 그리고 지방극장의 연출자가 현관으로 들어선다. 극장장은 로마의 원로원의원으로, 연출자는 시인 루카누스로 분장했다.

수사   (후드를 푹 눌러쓰고 로마의 원로원의원에게 점잖빼는 목소리로 묻는다.) Quo vadis domine?*

극장장-원로원** (수사의 후드 아래를 들여다보며) 아! 당신이군요? (웃음을 터뜨린다.) 알아보셨나요? (마스크를 이마까지 올린다.)

수사   (후드를 들어 올리며) 물론이죠. (웃는다.)

새로 온 사람들 중 몇몇은 호기심 어린 눈빛으로 식당을 둘러보고는 3번 방으로 간다. 곧이어 나머지 사람들도 그들의 뒤를 따른다.

            자, "어디로 가시나이까?"***

극장장   박사께서 삶의 무대에 올리신 코미디의 마지막 장을 보러 왔지요.

수사   환영하는 바입니다.

극장장   공연은 성공적인가요?

수사   최고입니다. 그쪽 일은 어떠신지?

극장장   그저 그렇습니다……

---

*   "주여, 어디로 가시나이까?" 베드로가 십자가를 지고 가는 예수를 보고 한 말.
** 예브레이노프가 극장장의 경우는 단 한 번만 '극장장-원로원'이라고 표기했기에 원문에 따라 이하 극장장 배역 표기는 '극장장'으로만 한다.
*** "Камо грядши?"라고 고대슬라브어로 질문하였으나, 외국어가 아니므로 원문 표기를 하지 않았다.

수사	관객이 적은가요?
극장장	드문드문……
수사	산이 무함마드에게 오지 않으면, 무함마드가 산으로 가면 되지요. 관객이 오지 않으면, 저처럼 극장장님께서 직접 관객에게 가시면 되지요…… (웃는다.)
극장장	(웃음으로 답하며) 보시다시피 그래서 왔잖습니까…… 늦지는 않았죠?
수사	결말에 딱 맞춰 오셨습니다.
극장장	흥미로운 결말인가요?
수사	글쎄요, 결말이 너무 늘어져 극장장님과 저는 그 끝도 못보고 죽을 것도 같습니다.

손님들과 공동주택 거주자들이 4번 방에서 무리지어 나온다. 수사는 후드를 내려썼지만, 모두가 그를 볼 수 있는 무대 전면에 남아 있다.

여주인	(안심한 듯 한숨을 내쉬며) 휴…… 다행히 큰일은 피했네…… (딸에게) 여선생이 의사 선생님께 도대체 무슨 '극장'에 대해 그렇게 꼬치꼬치 캐물은 거니?
타자수	의사 선생이 취해서 머릿속으로 말도 안 되는 이야기를 지어낸 거죠…… 나는 그런 부류가 아니니까 속이지를 못했는데, 여선생은 감쪽같이 믿어버린 거죠.
피에로-스베토자로프	당신 누구요? 대답해요! 여러분, 다들 멈추세요…… 법의 이름으로 명령합니다.

모두가 말을 그치고 피에로와 수사의 주위를 에워싼 채 서 있다.

수사   (목소리를 달리하여) 진정하시오…… 내가 바로 당신이 이
           연극의 4막 내내 찾고 있던 그 사람이오.

피에로   당신 이름은?

수사   점쟁이 여인의 모든 예언이 이루어진다는 것이 이렇게 분명
           한데, "내 이름 속에 그 무엇이 당신에게 의미가 있으
           리……"*

피에로   점쟁이 여인이라고요? 그럼 그 여자의 예언을 알고 있다는
           말이오?

수사   일이 잘되면 탐정 노릇에 대한 대가로 상이 기다린다는 것도
           알고 있소……

피에로   젠장!

수사   자, 친구여, 여기 그 상이 있소. 세어보시게. (그에게 돈을
           건넨다.)

피에로   (떨리는 손으로 돈을 받아 든다.) 당신 누구요? 이젠 아무것
           도 모르겠네……

수사   내가 누구인지는 당신 스스로 알아맞혀야 하겠지만, 당신이
           누구인지는 맞히려 애쓸 것도 없지.

피에로   당신 생각에는 내가 누구요?

수사   바보가 된 피에로요.

피에로   바보가 된?

---

* 러시아의 시인 푸시킨의 시 「내 이름이 그대에게 무슨 의미가 있으리」의 한 구절.

수사	그렇지. 당신이 피에로이니, 그게 당신 소명이 아닌가? 피에로는 괜스레 남의 일에 간섭하다가 종종 곤경에 빠지는 단순한 바보니까.
피에로	그럼 당신 생각에 내 일은 뭐죠?
수사	사랑이죠…… 수백 개의 코메디아 델라르테와 수백 개의 할리퀴네이드*가 바로 그걸 가르치는 거 아니겠소?
피에로	하지만 만일 내가 피에로라면, 나는 아를레킨 때문에만 바보가 될 수 있는 거 아닙니까. 수백 개의 코메디아 델라르테와 수백 개의 할리퀴네이드가 그것 역시 가르치고 있지요!
수사	그가 당신 앞에 있잖소.

수도승의 법의를 벗는다. 법의가 그의 발아래로 흘러내린다. 그러자 눈이 부실 정도로 화려하게 빛나는 의상을 입은 아를레킨이 나타난다.

피에로	당신…… 당신이었어요???
아를레킨	(소매에 달린 방울 소리를 울리며) 그래, 여보게, 이게 바로 나야. 이게 당신이고, 이건 그녀지 (그들을 향해 오는 콜롬비나의 손을 잡는다.) 그리고 이게 바로 저 사람이지…… (그 순간 마스크를 쓰고 전통적인 관장기를 손에 든 채 나오는 박사를 가리킨다.) 모두가 모였지? 한번 세어보라고…… 아를레킨, 피에로, 콜롬비나, 그리고 볼로냐에서 온 박사…… 즐거운 코메디아 델라르테의 인기 절정의 인물들이지!

---

* Harlequinade: 판토마임에서 어릿광대인 할리퀸Harlequin이 등장하는 막.

그들은 손을 맞잡고 신나게 줄지어 무대 전면 가장자리에 화려한 대열을 이루며 선다.

　　여보게들! 우리가 부활했다고! 다시 살아났단 말이야! 하지만 이제는 극장을 위해서만이 아니야! 우리의 후추와 소금과 설탕이 없어 심심해져버린 삶 자체를 위해서도 부활했지! 우리는 마치 적당한 양념처럼, 양념 없이는 아무 맛도 없는 삶의 빵 속으로 섞여들었어! 그리고 우리의 사랑의 불로 그 빵을 축제용 빵처럼 노릇노릇하게 구워냈지. 태양빛이 충만한 남쪽 나라의 마스크들, 우리에게 영광이 있을지어다! 자신의 예술로 불행한 아마추어들의 보잘것없는 코미디를 구원하는 진정한 배우들에게 영광 있으라! (프롬프터석으로 뛰어오르며 관객들에게) 만일 그대들이 가슴 속에 가장 중요한 것에 대한 기억, 여기서 들은 것뿐 아니라 본 것에 대한 기억까지 간직한 채 이곳을 떠난다면, 그대들에게도 영광 있으라! 연극은 끝났으니, 이제 그대들이 반대하지 않는다면 우리는 공연에 걸맞은 위풍당당함으로 막을 내리리! 하지만 만일 그대들에게 가장 중요한 것이 여기서 본 공연이 아니라, 누구든 평범한 극장 공연에서 기대할 권리가 있는 드라마적 간계의 결말이라면, 여러분 뜻대로도 해드릴 수 있지! 사실 평범한 극장에서는 관객의 취향에 부응할 줄 아는 경험 많고 똑똑한 사람들이 공연 목록을 관리하지. 하지만 우리도 여러분 뜻대로 공연을 끝내는 것이 조금도 어렵지 않아! 스베토자로프가 아내인 맨발의 무희와 이혼하고 리도치카와 결혼을 하고, 대학생 폐쟈는 맨발의 무희와 결혼하게 할까? 혹은 원한다면, 폐쟈의 아버지인 퇴역관리가 다시 복직되고, 심지어 리도치카의 엄마와 결혼이라도 하게 할까? 아니면, 이런 것도 좋은 결말이 되겠군. 스베토자로프가 보험회사 직원이 아니라 지방극장의 배우인 것을 알게 된 리도치카가 스베토자로프의 뛰어난 연기를 봐서 그자를 용서해주고, 대신 자신의 모든 사랑을 연극예술에 바쳐 마침내 배우가 된다? 아니면 프레골리 박사를 법정에 세우는 것도 아직 늦지는 않았지. 게다가 실은 반드시 이렇게 해야 하는 건지도 모르겠어. 어찌 되었든 삼중혼은 결코 칭찬할 일은 아니니까! 그렇게 연극을 끝낼까? 눈 깜짝할 사이에 그렇게 할 수 있지! 우리한테 그런 일쯤은 식은 죽 먹기니까! 아니면 연극을 비극적으로 끝내볼까? 어찌 되었든 드라마는 드라마니까! 원한다면 그대들이 본 것처럼 희극배우와 프레골리 박사의 대화를 엿들은 여교사가 파라클레트의 비밀을 폭로하고, 결국 극장 무대의 환상보다 삶의 무대의 환상이 더 탄탄하다는 파라클레트의 생각과 달리 그의 계획이 수포로 돌아가게 하는 건 어떨까?

극장장   (뒤쪽에서 그에게 다가와 그의 어깨에 손을 얹는다.) 늙고 경험 많은 극장주의 말을 들으세요! 가장 중요한 건 말이죠, 제때 연극을 끝내는 겁니다. 벌써 시간이 많이 늦었어요. 관객들은 집으로 가려고 서두르고 있어요. 이 중의 많은 분들은 내일 일찍 출근도 하셔야 하고…… 게다가 전차 운행도 시간 제한이 있잖아요…… 공연을 잘하셨으니 이젠 됐습니다! 관객들이 겉옷이며 덧신 같은 것에 대한 걱정으로 조마조마해하는 게 안 보이세요?

연출자　(다른 쪽에서 아를레킨에게 다가와 그의 귓가에 속삭인다.) 가장 중요한 건 말이죠, 인상적으로 연극을 끝내는 거예요. 군무! 아니면 즐거운 웃음의 폭발! 뭐 이런 거 말입니다! 그리고 예술적인 공연이라면, 공연에 상응하는 조명 효과에 대해서도 생각할 필요가 있죠. 화려한 결말은 항상 효과가 있으니까…… 전 이런 경우에 대비해서 불꽃놀이용 화약을 가지고 다닙니다…… 자, 여기 있습니다. (주머니에서 긴 막대 모양으로 생긴 불꽃놀이용 화약을 꺼내 아를레킨에게 건네주고 성냥으로 불을 붙인다. 이어 주위 사람들에게 외친다.) 여러분, 군무! 음악 주세요! 시작하세요! 웃으세요! 색종이 가루를 던져요! 더 생생하게! 과감하게! 더 즐겁게! 활기차게! 막!!!

아를레킨은 관대한 미소를 지으며, 오케스트라가 연주하는 장엄한 왈츠에 맞추어 의도적으로 인위적인 즐거움을 연출하며 춤추는 배우들을 화려한 불꽃으로 비춘다.

막

나는 아를레킨, 아를레킨으로 죽으리
—— 예브레이노프와 '삶의 연극'

　　스타니슬랍스키K. Stanislavskii, 메이에르홀트V. E. Meyerhold 등 기라성 같은 동시대 연출가들에 가려져 국내에는 거의 소개된 바 없는 러시아의 연출가이자 극작가 니콜라이 예브레이노프Nikolai Nikolaevich Evreinov (1879~1953)의 연극론은 언제 읽어도 흥미롭고 도발적이며, 또 애잔하다. 흔히 '삶의 연극화'라는 테제로 요약되는 그의 연극론은, 보다 정확히 말하면, 인생론이다. '연극이라는 마약에 중독된 아편쟁이'라 불리던 이 기이한 연출가는 1913년에 출간한 연극이론서 『극장 그 자체』를 필두로 러시아혁명 전후에 집필한 수많은 저서들을 통해 '삶의 연극화' '삶 속의 극장' '자신을 위한 극장' '연극으로서의 삶' 등 어찌 보면 동어반복처럼 보이는 개념들을 쏟아냈다. 세계 연극사와 러시아 연극사뿐 아니라 심리학·생리학·역사학 등 다양한 분야를 망라하는 현란한 수사로 풀어낸 그의 연극론은 이 비속한 현실을 받아들이지 말고 '자신의 삶을 적극적으로 연극화하라!'라는 정언명령으로 수렴되었다.

　　예브레이노프 연극론의 가장 기본적인 전제는 연극성은 '미학'의 문제가 아니라 변형을 지향할 수밖에 없는 인간 '본능'의 문제, 즉 인간 삶의 가장 기본적인 욕구의 문제였다. 이러한 가설 위에 그는 '자신을 위한 극장'을 세우고 '연극'이 인생의 메타포를 넘어 실존의 또 다른 이름이 될 것을 요구했다. 그는 출구 없는 현실의 고통과 맞서 싸울 유일한 방편으로 삶을 연극화하기를 원했고, 무엇보다 자신의 삶으로 그러한 철학을 살아냈다. 그의 극작과 연출작, 20여 권에 달하는 연극이론서, 그리고 무엇보다 그의 삶 자체는 방울 소리를 울리는 왁자지껄한 한 편의 퍼포먼스였다. 그의 연극론에서 풍기는 유사종교적인 색채 역시 실존을 걸지 않으면 실현될 수 없는 그의 연극론의 존재론적인 속성에서 비롯된다. 그런 의미에서, 자신의 죽음마저도 '삶의 연극'의 화려한 피날레가 되기를 갈망했던 이 열정적인 연극인의 비극적인 인생사와 쓸쓸한 죽음을 생각하면, 자신의 실존을 담보하여 쓴 그의 연극론은 어딘지 애틋하게 읽힌다.

예브레이노프는 1879년 모스크바에서 엔지니어인 아버지와 러시아로 귀화한 프랑스 귀족 가문의 후손인 어머니 사이에서 태어났다. 예술적 감수성이 뛰어났던 어머니는 예브레이노프가 다섯 살 되던 무렵부터 예브레이노프를 데리고 다양한 연극공연과 음악 콘서트, 그리고 당시에 도시 장터를 중심으로 큰 인기를 누렸던 민속공연들을 보러 다녔는데, 평자들은 바로 이 시기에 연극에 대한 예브레이노프의 각별한 사랑이 형성되었을 것이라고 추측한다. 이러한 추측의 정당성을 증명이라도 하듯, 예브레이노프가 보여준 화려한 '연극으로서의 삶'은 매우 이른 나이에 시작되었다. 1892년, 열세 살 소년은 집을 나와 동네를 방문했던 서커스단을 쫓아 '보클라로'라는 예명의 곡예사로 줄타기를 하며 러시아의 시골 마을들을 떠돌았다. 물론 장터의 꼬마 신동은 얼마 지나지 않아 집으로 붙들려 왔고, 가족 모두가 페테르부르크로 이주하여 그곳에서 법대를 졸업하고 교통국

관리가 되었다. 하지만 법대생 시절에도 예브레이노프는 아마추어 극단 활동을 하며 꾸준히 희곡작품들을 썼고, 교통국 관리로 재직하면서도 모스크바음악학교에서 림스키-코르사코프N.A. Rimskii-Korsakov의 작곡 수업을 수강했다. 교통국에 사표를 제출한 것은 1910년의 일이었지만, 이 시기 예브레이노프가 참여했던 다양한 활동들을 보면 그가 이미 1900년대에 실질적으로 전문 연극인의 길에 들어섰음을 알 수 있다. 1905년, 그의 희곡「행복의 기저」가 전문 극단의 무대에 오른 뒤로, 그의 여러 편의 희곡들이 모스크바와 페테르부르크에서 공연되었고, 1907년에는 고전극의 재구(再構)를 통한 연극적 시대의 부활이라는 비전을 품고 설립된 '고전극장Starinnyi teatr'의 상임연출자가 되었다. 또한 1908년부터는 코미사르제프스카야V. Kommissarzhevskaia와의 불화로 극장을 떠난 메이에르홀트의 뒤를 이어 '코미사르제프스카야 극장'의 예술감독으로 일하며, 1910년부터는 당시 유행하던 카바레-소극장 '휘어진 거울Krivoe zerkalo'에서 극작가 겸 연출가, 작곡가로 활약했다.

흥미로운 것은 이렇듯 다양한 극장에서 정력적인 활동을 하던 예브레이노프가 1910년대에 이르면 제도로서의 극장에서 멀어져 본격적으로 '삶의 연극론'에 몰두했다는 점이다. 이 시기에 그는 서유럽, 스칸디나비아, 아프리카 등을 여행하며 독특한 시각의 연극사책을 집필했고, 혁명 전야인 1914년부터 1916년까지는 핀란드에서 칩거하며 총 세 권으로 이루어진 대작 『자신을 위한 극장』을 탈고했다. 혁명과 이어지는 내전 시기에는 '삶의 연극'을 설파하는 강의와 공연으로 러시아 전역을 누비기도 했다. 그리고 소비에트연방공화국이 세워진 후, '소비에트 제2극장'의 연출자로 일해달라는 '소비에트 제1극장'의 연출가 메이에르홀트의 제안을 거절하고 1925년, 파리로 망명했다. 흔히 그의 망명을 정치적인 이유보다는 '최고가 되어야만 하는' 과도한 자기애의 분출로 설명하는데, 그가 소비에트의 혁명을 기념하는 거대한 퍼포먼스 「동궁의 체포Vziatie zimnego dvortsa」(1920)를 진두지휘하고, 「가장 중요한 것」이 소비에트의 거의 전지역에서 상연되었던 것을 기억한다면 이런 견해는 대체로 타당해 보인다. 망명 초기에는 「가장 중요한 것」이 프랑스에서 영화화되는 등 비교적 활발한 활동을 했지만, 점차 대다수의 망명 작가들처럼 '땅을 잃고 잊힌' 작가의 삶을 살게 된다. 게다가 경제적 궁핍과 건강상의 문제 역시 죽을 때까지 그를 괴롭혔다.

사실 인성적으로나 예술적으로나 세상과 화목하기 힘든 이 독특한 보헤미안이 소비에트의 현실 속에 남았던들 그 세월이 순탄하지 않았을 것은 거의 자명하다. 그러나 동시에, 지독한 냉소와 구원을 향한 절절한 열망을 함께 간직했던 그의 예술혼의 극단적인 이중성을 생각하면, 예브레이노프는 러시아의 아우라에서만 활동할 수 있는 작가였을지도 모른다는 생각을 떨치기 어렵다. 어쨌거나 '삶의 연극화론'이 꿈꿀 수 있는 가장 대대적인 퍼포먼스를 허락했던 소비에트(1917년 혁명을 기리기 위해 기획된 「동궁의 체포」에는 2만 명의 인원이 동원되어 '동궁의 체포'라는 역사적 사건을 '삶의 연극'으로 재현해냈다)를 떠난 그의 삶은 수월하지 않았다.

그래서 화려한 변형도, 불멸로 이어질 죽음도 꿈꾸기 힘든 파리의 초라한 아파트에서 예브레이노프가 여전히 정열적으로 러시아 연극사를 집필했고, 즐겨 아를레킨의 옷을 입었으며, 죽기 2주 전쯤부터 곧 닥쳐올 '삶의 연극'의 피날레를 예감하고 운명했다는 아내의 회상록을 읽다 보면, 연극, 혹은 예술이라는 '존재의 집'의 견고함과 연약함이 동시에 느껴져 여러 가지 생각이 오간다.

이 책에 실린 세 편의 희곡 「즐거운 죽음」 「제 4의 벽」 그리고 「가장 중요한 것」은 모두 예브레이노프 연극론을 선명하게 반영하고 있는 작품들이다. 뛰어난 극작가이자 집요한 설교가이기도 했던 예브레이노프의 창작 세계에서 극작과 연극론은 동전의 양면처럼 연결되어 있었다. 이러한 연결이 때로 그의 극작품이 지니는 지나치게 노골적인 메시지들을 만들어내기도 하지만, 동시에 다양한 연극판을 누볐던 이 재능 있는 연출가의 생생한 무대화의 능력과 만나 매우 강렬하고 통쾌한 작품들을 만들어냈다. 그리고 그것이 희곡이든, 아니면 연극 관련 저서이든 관계없이 예브레이노프가 의도했던 것은 한 가지, 그만의 '복음'을 목청껏 외치는 것이었다.

> 나는 낭랑한 목소리로 그대들에게, 그대들 자신의 삶의 무대를 향해 외친다. 〔……〕 오늘은 광대로, 내일은 성인으로. 인간에게 구원이 되는 성스러운 소식, 연극성을 전하기에!
>
> ──『극장 그 자체』

*

1908년에 집필하여, 같은 해 '휘어진 거울'의 무대에 올린 「즐거운 죽음」은 이미 1910년대에 영어·프랑스어·이탈리아어 등 다양한 언어로 번역되었고, 유럽의 무대들에서 공연되었다. 분명 '죽음'은 예브레이노프 연극론이 품은 가장 흥미로운 화두였다. '연극이 된 삶' '나를 위한 극장'을 나의 '새로운 실존'으로 선언하는 예브레이노프에게도 '죽음'은 정면승부를 요청하는 가장 강력한 현실의 고리였기 때문이다. 어떤 의미에서 예브레이노프의 연극론 전체는 죽음과 벌이는 한판 놀이였는지도 모른다. 그는 삶의 연극화를 통해 객관적 소여로서의 역사, 자연, 시간의 덫에 걸린 자아를 이기고, 그렇게 함으로써 예술이라는 형식의 영원한 불연속 속으로 들어서기를 열망했다. 그래서 구체적인 인간의 물리적 죽음이야말로 인생을 건 이 무모한 도전의 성패를 가름할 수 있는 가장 격렬한 무대일 수밖에 없었다.

이런 의미에서 전문 극장에 올린 예브레이노프 최초의 희곡 「행복의 기저」의 배경인 장의사의 집은 예브레이노프 창작 전체의 원형적 공간이라 할 수 있다. '우린 모두 죽을 존재들!'이라는 닳고 닳은 표현을 주문처럼 외고 다니는 작품의 등장인물들은 모두 '아름다운 죽음'을 꿈꾼다. 그리고 이 꿈은 「즐거운 죽음」에 그려진 '아를레킨'의 방자한 죽음, 그리고 이후 예브레이노프의 연극 관련 저서들에서 발견되는 예브레이노프 자신의 죽음에 관한 집요한 꿈들로 이어진다. 「즐거운 죽음」보다 4년 뒤에 출간된 『극장 그 자체』에서 예브레이노프는 그가 「즐거운 죽음」에서 그려낸 아를레킨의 죽음이야말로 예브레이노프 자신의 삶의 연극의 가장 아름다운 꿈임을 고백한다.

광대극장의 문틀과 장례식용 영구차는 색깔만 다를 뿐이다. 〔……〕 나의 '즐거운 죽음'. 나는…… 아를레킨. 그리고 아를레킨으로 죽으리.

"나는 아를레킨, 아를레킨으로 죽으리!"라는 예브레이노프의 고백은 문학적 메타포이거나, 단순한 비유가 아니다. 그는 "코미디는 끝났다. 막을 내려라!"는 '마지막 대사'로 생을 마감했던 프랑수아 라블레F. Rabelais나 어릿광대의 포즈로 죽은 장 바티스트 륄리Jean-Baptiste Lully처럼 자신의 죽음을 한 편의 광대극으로 마감했던 역사적 인물들을 즐겨 인용하며 그들의 삶을 엿보고 꿈꾸었다. 마치 결전의 날을 기다리는 용사처럼 연극적 변형의 승리를 선포할 '그날'을 기다렸던 것이다. 그리고 그날을 위해 그가 택한 의상은 아를레킨의 의상이었다.

주지하다시피 '연극이 된 삶'을 살 것을 설교하는 예브레이노프 연극론의 배경에는 20세기 초 러시아 모더니즘 문화 전반의 연극성이 자리하고 있다. 하지만, 그의 연극론의 방향은 러시아 모더니즘 전반에 팽배했던 이상주의적이고 유토피아적인 열망, 예술을 통해 현실을 개혁하겠다는 거대한 비전과는 그 궤를 달리했다. 무엇보다 예브레이노프는 예술이 현실을 변혁할 것이라는 러시아 모더니즘 특유의 이상을 애당초 공유해본 일이 없다. 오히려 현실에 대한 철저하게 비관적인 이해야말로 그가 꿈꾸는 모든 화려한 연극적 변형과 구원의 출발점이 된다.

그리고 바로 이 지점에서 예브레이노프의 '가면/연극성'은 러시아 모더니즘 전반의 '가면/연극성'과 결별하게 된다. 수많은 러시아 모더니스트들에게 '삶의 연극'은 결국은 '진짜'가 되지 못한 가면무도회와도 같은 삶의 표지였다. 그들이 쓴 가면은 삶과 예술, 이상과 현실의 분열을 고통스러워하는 서정적 자아의 얼굴을 가리고 있거나, 혹은 가면 뒤의 얼굴 없음, 공허에 대한 비극적 이해를 전제하고 있었다. 하지만, 예브레이노프는 가면과 연극성을 이 비참한 인생에 주어진 유일한 축복으로 찬양한다. 전술했듯이 그는 '연극성'을 변형을 지향할 수밖에 없는 인간의 본능적인 욕구, 미학적인 감성보다 훨씬 근원적인 욕구로 정의했다(그는 연극성의 발현을 막았던 역사적 시대의 '자살률'을 근거로 인간에게 내재된 '연극성'이 본원적 욕구임을 주장하기도 했다). 예브레이노프에 따르면, 인간은 누구나 '본능적으로' 객관적인 소여로서의 내가 아닌 '다른 나' '다른 삶'을 꿈꾼다는 것이다.

'세상은 극장이다'라는 바로크의 명제가 인간사를 굽어보는 신의 시선 앞에 결국은 꼭두각시일 수밖에 없는 인간 존재상황의 메타포로 사용되었다면, 예브레이노프는 주어진 현실, 주어진 나를 거부하며 역설적으로 '나'의 창조주가 되기를 꿈꾸었고, 그런 의미에서 세계를 극장화하고자 했다. 그에게 '얼굴 없음'은 비극이 아니라 오히려 가장 큰 축복이며 인간에게 허용된 유일한 자유를 의미했다. 그리고 그런 그에게 코메디아 델라르테의 마스크, '아를레킨'은 아주 구체적인 삶의 모델이 된다. 예브레이노프는 변화무쌍한 변형 그 자체, 어쩌면 연극성 그 자체인 이 가면의 존재방식, 그의 '얼굴 없음'의 자유를 자신의 실존의 가장 구체적인 이상으로 품었던 것이다.

*

1914년에 발표된 「제4의 벽」은 「즐거운 죽음」이나 「가장 중요한 것」에 비하면 비교적 덜 알려진 예브레이노프의 작품이다. 「제4의 벽」이 흥미로운 것은 이 작품이 당시 메이에르홀트, 예브레이노프 등을 중심으로 발흥했던 '극장주의' 운동, 반(反)사실주의적 연극문화의 한 장면을 엿볼 수 있게 해주기 때문이다. 극의 사실성을 높이기 위해 무대 위에 진짜 귀뚜라미와 개구리를 올리고, 부두노동자들을 출연시키고, 공연 전 공연의 배경이 되는 나라나 지역을 반드시 답사하고 그곳에서 가구뿐 아니라 소품으로 쓸 카드와 펜까지도 사들였던 스타니슬랍스키의 초기 극사실주의 연출방법론은 종종 모더니스트들의 조롱의 대상이 되었다. 예브레이노프 역시 '휘어진 거울'에 스타니슬랍스키와 그가 이끄는 모스크바예술극장에 대한 패러디를 담은 수많은 공연들을 올렸다.

흥미로운 것은 최근 들어 많은 예브레이노프 연구가들이 예브레이노프가 지독할 정도로 패러디하고 조롱했던 스타니슬랍스키식 연극론과 예브레이노프 연극론의 유사성을 지적한다는 점이다. 무대 위에서 진짜 파우스트로 '살아갈' 것을 강요받고, 쥐들이 들끓는 밤에도 극장에서 잠을 자며, 20세기의 신문 기사 몇 줄을 읽었다고 타박을 듣는 파우스트는 결국 허구와 현실의 경계에서 비틀거리다 자살을 택하고 만다. 물론 그가 들이키는 독약이 실은 위장약에 불과하다는 것을 알고 있는 관객의 입장에서는 그의 자살마저도 허구와 현실의 유회를 한 번 더 꼬아 보여주는 우스꽝스러운 에피소드가 될 수 있지만, 그는 분명 예브레이노프의 작품 세계 속에 종종 등장하는 인물들, 허구와 현실의 경계에서 의도적으로 허구를 자신의 현실로 선택하고 내면의 갈등을 겪는 많은 인물들을 생각나게 한다. 예를 들어, 비교적 초기작에 속하는 희곡 「아름다운 폭군」(1905)의 줄거리는 「제4의 벽」 줄거리와 많은 부분 겹친다. 1904년을 사는 주인공인 '귀족'은 사회주의에 환멸을 느끼고, 동시대 사회를 등진 채 조부의 영지로 돌아와 1백 년 전 조부의 삶의 방식을 그대로 재현하며 1808년을 산다. 조부의 일기에 따라 하루하루의 생활계획을 세우는 그의 삶은 하루 일정과 의상, 식사 메뉴뿐 아니라 읽는 잡지까지도 완벽하게 1808년의 삶을 따른다. 어느 날 주인공이 갑작스레 잠적한 이유를 알아보고, 그를 평론가로 다시 복귀시키기 위해 친구가 찾아온다. 그는 모두가 1백 년 전의 의상을 입고 하인들은 농노의 삶을 살고 집에서는 귀족의 노리개이던 흑인 소년과 어릿광대가 뛰노는 '귀족나리'의 삶에 경악한다. 한편 1904년에서 온 친구의 등장으로 1808년을 살기로 결심한 삶의 연극의 출연자들의 내면에도 미세한 균열이 생겨난다. 그들은 자신의 삶이 실은 허구인 것, 그 허구를 현실로 받아들이기로 한 자신들의 결정의 연약함을 마주하게 된다. 결국 희곡은 1904년에서 온 친구가 눈앞에 펼쳐진

1808년이라는 허구 세계의 진실성의 무게에 괴로워하며 아침 일찍 그 집을 나서기로 결심하는 것으로 끝을 맺는다.

분명 1808년의 잡지를 읽으며, 조부의 삶을 복기하고 재구하는 '귀족'의 형상과 20세기의 신문을 들고 타박을 들으며 중세의 옷을 입고, 중세의 요강에 볼일을 보고, 중세의 연금술 관련 서적을 읽어야 하는 파우스트의 모습은 흥미로운 유사성을 보인다. 내 삶의 진실을 스스로 선택하는 '의지'를 제외한다면, 두 삶은 모두 '진실성'을 주장하는 '허구'로 가득 차 있기 때문이다.

예브레이노프는 이러한 모순적 상황의 아이러니와 연극성, 허구와 현실의 그 불분명한 경계의 묘미를 십분 활용할 줄 아는 작가였다. 소품 담당, 프롬프터, 연출보조 등 극장의 늙은 스태프들이 무대 위에 늘어 앉아 술을 마시다 "막을 내리라!"고 명하는 희곡의 마지막 장면은 삶과 무대, 현실과 허구 사이의 그 불분명한 경계의 매혹을 「파우스트」를 올리며 빚어지는 소동과는 또 다른 각도에서 조명해주며, 이 블랙코미디 같은 작품의 의미장을 한층 복잡하게 만든다.

*

소비에트는 물론 1920년대 유럽 전역에서 공연되었고, 망명 후에는 프랑스에서 영화로까지 제작되었던 예브레이노프의 희곡 「가장 중요한 것」의 줄거리는 그 자체로 예브레이노프 연극론을 매우 효과적으로 요약한다. 극장의 무대가 아닌 '삶의 무대'를 연출하고자 하는 주인공 파라클레트는 별 볼일 없는 지방극단의 배우들을 스카우트하여 그야말로 '삶의 극단'을 조직한다. 이들은, 자격지심에 빠져 자살을 시도했던 대학생, 한 번도 사랑받아본 적 없는 못생긴 노처녀 타자수, 부당하게 퇴역당한 늙은 관료, 신경질적인 여교사와 선량한 집주인 등이 살고 있는 공동주택에 음반 판매상, 하녀, 보험사 직원 등의 배역을 맡아 들어가 비참한 삶을 사는 이들에게 기쁨의 환상을 선사하는 짧은 '삶의 연극'을 벌이고 그곳을 떠난다.

몇 겹의 가면을 벗은 파라클레트가 결국은 아를레킨의 모습으로 등장하여 폭죽을 울리며 잔치를 벌이는 것으로 끝나는 이 작품에는 '연극이 된 삶'만이 인간을 구원할 것이라는 끝없는 설교와 그런 구원은 실상 허상이고 미망일 뿐이라는 날카로운 (자기) 아이러니가 절묘하게 결합되어 있다. 예브레이노프가 의도적으로 예수의 이미지와 중첩시킨 파라클레트 (어원상 이는 '은혜'라는 뜻이다)는 불행한 여인들을 구원하기 위해 가난한 고아, 귀머거리, 창녀와 삼중혼(三重婚)을 하고, '파라클레트'이자 '프레골리 박사', '점쟁이 노파', 그리고 '슈미트 씨'로 살아가며 작품에 등장하는 모든 이들의 삶에 개입한다. 그는 인간의 삶을 아름답게 만드는 삶의 연극에 대한 설교를 그치지 않는 동시에, 그것이 결국은 한판의 놀이이자 '기만'일 뿐이라는 사실을 지속적으로 암시한다.

흥미로운 것은 예브레이노프가 '기만'이야말로 자신의 선택임을 강조한다는 사실이다. 작품의 주인공이자 예브레이노프의 직접적인 분신이라 할 파라클레트는 삶을 연극화하고자 하는 그의 계획을 '기만'이라 부르는 등장인물에게 푸시킨A. Pushkin의 시 「영웅」의 한 구절을 인용하여 응수한다.

우리에게는 저열한 진리의 어둠보다는
우리를 날아오르게 하는 기만이 더 소중하네!

프레골리 박사의 이 대사를 통하여 예브레이노프는 매우 의도적으로 자신의 연극론/인생론을 러시아 문학사, 나아가 예술 전반을 둘러싼 영원한 논쟁에 합류시킨다. 그가 인용한 푸시킨 시의 원 구절은 다음과 같다.

> 시인: 내게는 저열한 진리의 어둠보다
> 우리를 날아오르게 하는 기만이 더 소중하네.
> 영웅에게 심장을 남겨두게.
> 심장이 없다면 그는 도대체 누구인가?
> 독재자일 뿐.
>
> 친구: 그렇게 위안을 삼으려무나……

「영웅」은 일차적으로 나폴레옹의 형상을 둘러싼 역사적 진실과 허구의 문제를 다룬 시지만, 보다 큰 맥락에서 보자면 예술 전체의 '존재론적' 위상에 관한 시로 읽을 수 있다. 그리고 인간의 삶에서 예술/허구/환상/기만이 차지하는 존재론적 위상의 문제는 푸시킨이 이 시의 짧은 에피그라프에 담아낸 물음, '도대체 진리란 무엇인가?'라는 논쟁적인 질문으로 요약될 수 있다.

예브레이노프의 모든 시끌벅적한 연극론, 나팔 소리를 울리는 화려한 선언들은 언제나 '도대체 진리란 무엇인가?'라는 도발적인 질문을 담고 있다. 동시에, 인간의 삶을 아름답고 살 만한 것으로 만드는 연극/기만/환상을 찬양하는 그의 설교의 배면에는 언제나 시 「영웅」에 등장하는 '친구'의 마지막 대사, "그래, 그렇게 위안을 삼으려무나!"가 들린다. 그의 냉소적인 비웃음은 언제나 진리의 문제를 단의적으로 해석할 수 없다는 양가성의 끈을 놓지 않는다. 그의 연출작과 극작, 이론서 들에는 종종 '이 저열하고 더러운 현실보다는 차라리 기만을 택하겠다!'는 위악적인 몸부림, '도대체 무엇이 진리인지 누가 알 수 있겠는가? 어차피 절대 진리에 도달할 수 없는 거라면 차라리 나의 진리를 만들겠다!'는 냉소적인 도전의 흔적들이 선명하다. 그리고 바로 그런 위악과 냉소의 몸짓이 1912년, 왕성한 창작열을 불태우던 예브레이노프의 공연을 보고 온 러시아의 위대한 모더니즘 시인 블록A. Blok을 몸서리치게 하기도 했다.

저녁에 '휘어진 거울' 공연에 가서 예브레이노프의 놀라우리만큼 재능 있는 속물성과 성물 모독을 보고 왔다. 재능이 얼마나 해악한 것이 될 수 있는가를 보여주는 아주 선명한 예이다. 아무것으로도 가려지지 않은 벌거벗은 영혼의 냉소주의.

예브레이노프의 필생의 꿈은 '연극'으로 가장 화려한 '실존'의 집을 짓는 것이었다. 그것은 기만이고 허구인 동시에 구원이었기에, 그는 마치 이야기를 끝내면 죽게 되는 셰에라자드처럼 계속되는 '허구', 끝없는 '삶의 연극' 속에 자신을 맡겼다. 그리고 러시아 모더니즘이 낳은 최고의 유아론자(唯我論者)라는 비난을 한 몸에 받으며, '나를 위한 극장'의 창조주가 되었던 것이다.

위악과 냉소, 놀라우리만큼 순수한 열정과 어린아이 같은 단순함을 동시에 보여주는 이 문제적인 극작가는 서구에서 종종 '러시아의 피란델로'라는 이름으로 불린다. 사실, '삶과 예술/허구/연극' 사이의 그 애매한 경계 위에 서 있는 예브레이노프의 작품들은 많은 부분 소위 '피란델리

즘'을 선취하고 있다. 1924년 피란델로L. Pirandello가 로마에 극장을 열었을 때 「가장 중요한 것」은 피란델로가 첫 시즌에 무대에 올린 유일한 외국 작품이기도 했다. 물론, 예브레이노프와 피란델로의 선후 관계나 영향 관계의 문제는 우리의 관심 밖의 일이다.

우리의 관심을 끄는 것은 이 흥미로운 작가들이 평생을 걸고 탐구했던 문제, 즉 예술과 현실의 관계, 리얼리티의 불확정성, 혹은 자아의 불확정성, 그리고 그렇듯 불확실한 세계에서 '예술'이 가지는 의미 등이 21세기를 사는 우리에게도 여전히 의미 있는 문제의식이라는 점이다. 예브레이노프의 작품을 국내에 소개하며 그의 극작품과 연극론이 삶과 예술의 경계, 연극과 현실의 경계, 무대와 객석의 경계와 같은 가장 원론적인 문제의식을 다시 한 번 돌아볼 수 있게 해주는 흥미로운 사유의 단초를 제공해주기를 바라는 소박한 기대를 품게 된다. 흘러간 미학적 사조로서의 모더니즘은 다양한 형식실험의 결과들 외에도 삶과 예술의 관계를 고민하는 그 '근본주의'적인 철저함으로 우리에게 의미를 가진다. '예술이 된 삶', 혹은 '삶이 된 예술'을 꿈꾸던 모더니스트들은 연극 장르의 생래적인 물성(物性)에 열광했다. 그들에게 연극은 '꿈의 육화(肉化)'이자, 삶으로 밀고 들어오는 예술의 첨병이었고, 무대와 객석의 경계는 종종 그 자체로 삶과 예술의 경계로 받아들여졌다. 예브레이노프의 창작세계는 이러한 모더니즘 비전의 극단에 자리하고 있다. 그리고 비록 그것이 시대착오적인 것일지라도, 그의 흥미로운 희곡들이 예술과 연극의 존재론적 위상을 다시 한 번 되돌아보게 해줄 어떤 자극이 될 수 있기를, 그리고 무엇보다 국내의 무대에서도 공연되는 작품이 되기를 기대해본다.

끝으로 이 책이 출판될 수 있도록 작품을 선정해주신 심사위원들과 번역을 지원한 대산문화재단에 감사의 마음을 전한다. 아울러 번역 원고를 세심하게 검토하고 편집해주신 문학과지성사의 이근혜 편집장님을 비롯한 여러분들께도 감사를 드린다.

작가연보

1879   2월 13일 엔지니어였던 아버지와 프랑스 태생의 어머니 슬하에서 태어남.

1886   일곱 살의 나이로 최초의 시를 쓰고, 형제들과 함께 가정연극을 올림.

1892   열세 살에 가출하여 '보클라로'라는 가명으로 유랑 서커스단에서 줄타기 공연을 하며 이름을 날림. 같은 해에 가족이 페테르부르크로 이주하게 되고 예브레이노프는 페테르부르크 소재 황실법률학교에 입학함. 재학 중에도 교내 아마추어 극단에서 활동.

1899   최초의 희곡 「매혹의 힘」을 쓰고 이를 황실법률학교에서 올림.

1901   학교를 졸업하고 통신국에서 근무를 시작함과 동시에 모스크바음악학교에 입학하여 림스키코르사코프N. A. Rimskii-Korsakov의 작곡 강의를 들음.

1902   희곡 「행복의 기저」 집필.

1905   '신극장Novyi teatr'에서 「행복의 기저」 상연. 이 시기부터 여러 극장에서 예브레이노프의 희곡들이 무대에 오르게 됨.

1907	최초의 희곡집 출판. 사학자이자 연극인인 드리젠N.V. Drizen 남작과 함께 '고전극장Starinnyi teatr'을 설립하여 중세극들을 무대에 올림.
1908	메이에르홀트V. E. Meyerhold와의 갈등으로 새로운 연출자를 찾던 코미사르제프스카야V. Kommissarzhevskaia의 초청으로 '코미사르제프스카야 극장'의 연출자로 일하게 됨. 이 극장에서 「행복한 죽음」을 상연. 드라마 스튜디오를 운영하며 '미래 극장'의 배우 교육을 시작.
1909	소논문 「모노드라마 입문」을 출판.
1910	통신국에 사표를 제출하고 전업 연극인의 길에 들어섬. 쿠겔A. Kugel의 제안을 받아들여 극장 '휘어진 거울Krivoe zerkalo'의 예술감독직을 맡아, 극작가이자 연출자, 작곡가로 활동. 이 극장에서 고골의 「검찰관」을 비롯한 1백여 편의 희곡을 연출함. 기성 연극문법에 대한 패러디와 풍자가 이 극장에 오른 많은 작품의 주제가 됨. 이 시기부터 자신의 연극론이 표방하는 바에 따라 '휘어진 거울'을 제외하고는 기성 극장에서의 일을 대폭 축소함.
1911	'고전극장'의 두번째 시즌에 르네상스 시기 스페인 연극을 재구성한 공연을 연출.
1913	자신의 '모노드라마론'에 따라 쓴 희곡 「영혼의 막 뒤에서」(1913) 역시 이 극장에서 상연됨. 극작과 연출과 더불어 이론적 연구를 꾸준히 해온 결과로 『극장 그 자체』를 출간. 이 책에서 '삶의 연극화'와 관련된 핵심적인 개념들을 기술함.
1914	핀란드에 거주. 예브레이노프 희곡집 2권 출간.
1915	예브레이노프 희곡집 3권과 핀란드에서 집필한 『자신을 위한 극장』 출간.
1916	핀란드에서 귀국.

1917	캅카스로 여행. 혁명기와 내전 중에는 러시아 전역을 돌며 공연을 올리고 강연회를 개최함.
1920	혁명을 기념하는 대중극 「동궁의 체포」 연출.
1921	「가장 중요한 것」 집필.
1922	베를린 방문.
1923	파리 방문. 당시 파리에서 저명한 연출가들이 「즐거운 죽음」 「가장 중요한 것」을 상연함. 이어 이 시기 「가장 중요한 것」이 미국과 폴란드에서도 상연됨.
1924	「가장 중요한 것」에 이어 훗날 예브레이노프가 '이중극장 삼부작'이라 부른 세 작품 중 두번째 작품이 된 「정직한 자들의 배」 집필.
1925	프랑스로 망명해 이민자로 창작 활동을 이어감. 같은 해에 폴란드를 방문해 그곳에서 2년간 거주. 다양한 활동에 희망을 걸어보지만 만족할 만한 성과를 거두지 못함.
1927	프랑스로 돌아옴.
1928	'파리의 러시아 오페라Russe Prive de Paris' 극장에서 「루슬란과 류드밀라」 등의 공연을 올림. '이중극장 삼부작'의 마지막 작품인 「영원한 전쟁의 극장」 집필.
1931	대중적 취향의 프랑스풍 희곡 「현미경으로 들여다본 사랑」, 영화 시나리오 「라디오 키스 혹은 사랑의 로봇」 「입술에는 안 돼요」 집필. 프랑스극작가협회의 회원이 됨. 이후 유럽 문화계에 정착하려 했던 예브레이노프의 시도들은 큰 성과를 거두지 못함.
1953	9월 7일 파리에서 사망. 파리 근교의 러시아인 묘지에 묻힘.

기획의 말

'대산세계문학총서'를 펴내며

2010년 12월 대산세계문학총서는 100권의 발간 권수를 기록하게 되었습니다. 대산세계문학총서의 발간은 앞으로도 계속될 것이고, 따라서 100이라는 숫자는 완결이 아니라 연결의 의미를 지니는 것이지만, 그 상징성을 깊이 음미하면서 발전적 전환을 모색해야 하는 계기가 된 것은 분명합니다.

대산세계문학총서를 처음 시작할 때의 기본적인 정신과 목표는 종래의 세계문학전집의 낡은 틀을 깨고 우리의 주체적인 관점과 능력을 바탕으로 세계문학의 외연을 넓힌다는 것, 이를 통해 세계문학을 바라보는 우리의 시각을 전환하고 이해를 깊이 해나갈 수 있도록 한다는 것이었다고 간추려 말할 수 있습니다. 그리고 궁극적으로는 우리의 인문학을 지속적으로 발전시켜나갈 수 있는 동력이 될 수 있기를 희망하는 것이었습니다. 이러한 기본 정신은 앞으로도 조금도 흩트리지 않고 지켜나갈 것입니다.

이 같은 정신을 토대로 대산세계문학총서는 새로운 변화의 물결 또한 외면하지 않고 적극 대응하고자 합니다. 세계화라는 바깥으로부터의 충격과 대한민국의 성장에 힘입은 주체적 위상 강화는 문화나 문학의 분야에서도 많은 성찰과 이를 바탕으로 한 발상의 전환을 요구하고 있습니다. 이제 세계문학이란 더 이상 일방적인 학습과 수용의 대상이 아니라 동등한 대화와 교류의 상대입니다. 이런 점에서 대산세계문학총서가 새롭게 표방하고자 하는 개방성과 대화성은 수동적 수용이 아니라 보다 높은 수준의 문화적 주체성 수립을 지향하는 것이며, 이것이 궁극적으로 한국문학과 문화의 세계화에 이바지하게 되리라고 믿습니다.

또한 안팎에서 밀려오는 변화의 물결에 감춰진 위험에 대해서도 우리는 주의를 게을리하지 말아야 할 것입니다. 표면적인 풍요와 번영의 이면에는 여전히, 아니 이제까지보다 더 위협적인 인간 정신의 황폐화라는 그늘이 짙게 드리워져 있는 것이 사실입니다. 대산세계문학총서는 이에 대항하는 정신의 마르지 않는 샘이 되고자 합니다.

'대산세계문학총서' 기획위원회

대 산 세 계 문 학 총 서